英国ひつじの村⑤

巡査さんを惑わす映画

リース・ボウエン　田辺千幸 訳

Evan Can Wait

by Rhys Bowen

コージーブックス

EVAN CAN WAIT
by
Rhys Bowen

挿画／石山さやか

献辞

もっとも新しいふたりの読者サムとエリザベスに、祖母から愛をこめてこの本を捧げます。

腐乱死体についての助言をくれた、法医学の専門家マイク・バウアーズに感謝します。北ウェールズを知るための目と耳となってくれたスーザン・デイヴィスとメガン・オーウェンにお礼を言わせてください。また例によって、だれよりも早い読者であり容赦のない批評家である誠実なチーム——ジョン、クレア、ジェーンとトムに感謝の言葉を。

スランフェアとそこの住人はわたしの想像の産物ですが、それ以外の北ウェールズの場所や背景となっている第二次世界大戦の物語は事実です。ドイツの爆撃機は実際に痕跡を残すことなく消えていますし、ナショナル・ギャラリーの展示物は本当にスレート鉱山に保管されていたことがありました。

巡査さんを惑わす映画

主要登場人物

エヴァン・エヴァンズ……………………スランフェア村の巡査
ブロンウェン・プライス……………………村の学校の教師
ハワード・バウアー……………………映画監督
グラントリー・スミス……………………映像プロデューサー
エドワード・フェラーズ……………………飛行機専門家
サンディ・ジョンソン……………………映像制作助手
ゲルハルト・アイヒナー……………………ドイツ人パイロットの弟
マファンウィ（ジンジャー）・デイヴィス……………………ブライナイ・フェスティニオグ村の住人
トレフォー・トーマス……………………ブライナイ・フェスティニオグ村の住人
テューダー・トーマス……………………トレフォーの息子
ロバート・ジェームズ……………………農夫
ジャック・ワトキンス……………………北ウェールズ警察の巡査部長
ゲラント・ヒューズ……………………北ウェールズ警察の警部補
グリニス・デイヴィス……………………北ウェールズ警察の刑事
ベッツィ・エドワーズ……………………パブのウェイトレス
グウィネス・ウィリアムス……………………エヴァンの住む家の大家

1

わたしはあの頃のなにを覚えているだろう？　まるで昨日のことのように鮮明だ。彼女が初めてわたしに気づいたときのことを覚えている。ジョニー・モーガンの送別会の席だった。ジョニーはロイヤル・ウェルシュ・フュージリア連隊に入隊し、フランスに送られることになっていた。制服姿のジョニーは最高に格好いいとわたしは思い、そこにいた娘たちも皆、同じように感じたらしい。全員がジョニーを取り巻き、住所を渡して、手紙を書くと約束していた。そこへ、彼女が現われた。最初わたしは気づかなかった。やがてだれかが言った。「マファンウィ？　マファンウィ・デイヴィスじゃないよね？」

彼女は笑って言った。「そのとおりよ。マファンウィ・デイヴィスじゃない。これからはジンジャーよ。ジンジャー・ロジャーズのジンジャー」アメリカ風の発音もかなり上手だった。

娘たちが彼女を取り囲んだ。「お母さんに殺されるわよ」グウィネス・モーガンが言った。「もう殺されそうになったわよ。でも、母さんにはなにもできないもの。でしょう?」彼女はプラチナブロンドの髪に手を当てた。「もう脱色しちゃったんだから。伸びるまで待つしかない。それにあたしは気に入っているし、自分の髪をあたしがどうしようとあたしの勝手だもの」彼女は娘たちの輪から抜け出ると、パンチボウルに近づいた。「あたしがハリウッドに行ったら、母さんも後悔するでしょうね」

「どうやってハリウッドまで行くつもりだ?」若者のひとりが訊いた。「ブライナイから列車に乗っても着かないと思うぞ」

何人かが笑ったが、ジンジャーは冷ややかな目つきで彼を見た。「いつか行くから。どうにかして。どうやってかはまだわからないけど、でも行くから」

そして彼女はわたしを見た。その目はこれ以上ないほど澄んだ青色で、わたしに微笑みかけるときらきらと光った。「煙草を持ってきてくれる、トレフォー?」

わたしは煙草を吸える年ではなかったけれど、角の店まで走っていき、今週の給料の残りを全部はたいて『ウッドバイン』をひと箱買った。当時わたしは鉱夫の見習いとして働き始めたばかりで、週給はわずか数シリングだった。映画を見て、ビールを一、二杯飲めるだけの金額を残し、残りはすべて母に渡していた。

店から走って戻ったときには、マファンウィはジョニー・モーガンとソファに座り、彼の煙草を吸っていた。わたしのことなど、すっかり頭から消えていた。

ジンジャーはそんなふうだった。彼女に近づくべきではないとわかっていたけれど、手遅れだった。わたしはすでに恋に落ちていた。


トレフォー・トーマス、第二次世界大戦の思い出をここに録音する。


「ここか？」ランドローバーが速度を落とすと、グラントリー・スミスが後部座席で体を起こし、前に座っているふたりのあいだから外の景色に目を凝らした。フロントグラスに打ちつける雨はワイパーが追いつかないくらい激しかったが、灰色の石造りのコテージが両側に立ち並ぶ、細く険しい坂道はかろうじて見て取ることができた。石造りの太鼓橋を渡ると、小川の脇の牧草地でびしょ濡れになった数匹のひつじが草を食んでいるのが見えた。夜が近づいてきていて、あたりはどんどん暗くなっていたが、窓からこぼれている明かりはない。それどころか、村全体が冬に備えて活動を停止したようだった。

「ここだ」運転している男が前を見つめたまま答えた。「標識に〝スランフェア〟とあった」

「からかっているのか」グラントリー・スミスの声は、若い頃のローレンス・オリヴィエと比べられることがよくあった。彼は隣に座っている娘に顔を向けた。「道を間違えたんだろう、サンディ。インターネットからプリントアウトしておけって言ったじゃないか。ここのはずがない」

「ちゃんとプリントアウトしたわよ。本当よ、グラントリー」娘は訴えかけるように、大きな目で彼を見つめた。「ここで間違いないはずなの。あなたがずっと寝ていたあいだも、ちゃんと書いてあるとおりに走ってきたんだから」

「どこかで道を間違えたんだ」グラントリーは言い張った。「ここで撮影するんだから、それらしいところじゃないと困るんだぞ。だからといって、鉱夫と一緒に台所で風呂に入りたいわけじゃないんだ……」

冗談のつもりだったのかもしれないが、だれも笑わなかった。グラントリーが後部座席で手足を伸ばして眠っているあいだ、彼らは雨のなか、ロンドンからずっと交代でハンドルを握ってきたのだ。

「現場がこのあたりなら、近くに滞在するのが理にかなっている」運転している男が歯切れのいい声で言った。気まぐれでお洒落な若き日のバイロン卿を思わせるグラントリーとは対照的に、エドワード・フェラーズは育ちすぎた天使みたいに、ピンク色で堅実だった。「大きなホテルは海岸沿いにしかないし、毎日この峠を通いたくはないだろう？ それにぼくは現場で、作業員たちに目を光らせていなくてはならないんだ。ぼくがいないあいだに、なにかに触らせたくない」

「エドワードと彼の大切な飛行機」グラントリーが言った。「だれもぼくの玩具には触らせない！」彼はジタンの箱を取り出し、一本抜いて火をつけた。つんとくる独特のにおいが車内に広がる。煙が漂ってきて、エドワードは嫌そうな顔でうしろを見た。

「おいおい、グラントリー、ここはビバリー・ヒルズじゃないんだからな」助手席の男は、アメリカ生まれであることがわかる間延びした話し方をした。「海岸沿いのホテルのどれかに泊まったとしても、たいして設備がいいとは思えない」年配の男性で、チェックのシャツに着古したジーンズ、スエードのベスト、色褪せた黒のベレー帽という装いだった。彼の職業を知るのに、背中に〝映画監督〟と書く必要はない。「ここできっと大丈夫だ」

「ハワード、あなたが恐れ知らずだってことはよくわかっているよ」グラントリーは前の座席の左右の背もたれに肘をつき、ふたりのあいだに顔を突き出した。「あなたが言う〝なかなかいい〟は、ハイエナに爪先をかじられながらアフリカの草原でテントに寝ることなんだ。水洗の屋外トイレがあれば、豪華だと思うんだろう？」

「大丈夫だって、グラントリー。黙っていろよ」エドワードが素っ気なく言った。「もう予約はしたんだ。もしきみが気に入らないなら、明日どこかほかのところを探してくれ。いいか？」

「そう怒るなって、エドワード。きみたちがその小さな宝物を見つければ、すべては問題ないってことさ。おれが訊きたいのはだ、そいつはどこにあるかってことだ。もうすぐ村を抜けてしまうぞ」グラントリーは体をずらし、白く曇った横の窓を丸く手でぬぐった。「ここは、まともな頭の持ち主が高級ホテルを建てようなんて考えるところには見えないぞ。ちょっと待て――左側になにか看板がある。あの大きな白い建物の前だ……」

その看板は風に大きくあおられていて、赤いドラゴンを見て取るのには少し時間がかかった。

「ただのパブだ」エドワードが言った。

「助かった。ひどく陰気な建物だからな」グラントリーはわざとらしくため息をついた。「だいたいこのあたりはなにもかもが陰気だ。あそこにある店を見ろよ。R・エヴァンズ。G・エヴァンズ――ここで暮らすにはエヴァンズと名乗らなきゃいけないらしい。〝キゲッド〟っていったいなんだ?」

「ショーウィンドウのなかは肉がいっぱいだ。いくらきみでも、あれを見ればわかるんじゃないか、グラントリー」ハワードが言ったが、グラントリーは無視して言葉を継いだ。「ここは完全に外国だ。冬の最中にウェールズに来ようなんてばかなことを、いったいだれが考えついたんだ?」

「ぼくがその話をしたとき、きみは乗り気だったじゃないか」エドワードが言った。

「素晴らしいドキュメンタリーになると言ったのはきみだ」

ハワードがエドワードの腕に手を乗せた。「車を止めて、だれかに訊いてみよう」

エドワードは笑いながら答えた。「いったいだれに？　人がいるようには見えませんよ」

その言葉が合図だったかのように一軒の家のドアが開いて光がこぼれ、制服姿の若い男性が現われた。彼は雨の激しさに気づくと、ドアロで立ち止まって紺色のレインコートの襟を立て、それから通りへと足を踏み出した。

グラントリーは嬉しそうに笑った。「驚いたね。こんな人里離れた場所にも警察官がいるんだ。見失うなよ、エドワード」警察官は、雨をしのげる場所に向かって走り出そうとしている。「あとは、彼が英語を話せることを祈るだけだ。このあたりの人間は英語を話すんだろう、エドワード？」

「ここはカザフスタンじゃないんだぞ、グラントリー。ウェールズなんだ。きみがフランスでするみたいに、身振り手振りをすればわかってもらえると思うね」

「おれはフランス語がものすごくうまいんだぞ。ほら、追いかけろよ」

一行は、警察官の横に車をつけた。黒い髪を顔に貼りつけた警察官は、素直に足を止めた。肩幅が広く、好感の持てる快活そうな笑顔の若い男性だった。「なにかご用でしょうか？」その言葉にはわずかにウェールズ語のなまりがあった。

「〈エヴェレスト・イン〉というホテルを探しているんですよ」ハワードがエドワードごしに言った。「このあたりにあるはずなんですが、どうも見逃してしまったみたいで」

警察官は左方向を示した。「この道をあがって、村を通り過ぎたところにあります。大きな石の門柱がありますから、そこを入ってください。右手に見えてきます。見逃しっこありませんよ」

「そこは問題ないですか？　ちゃんとしたところですかね？」グラントリーが後部座席から身を乗り出して尋ねた。

「ぼくは泊まったことはありませんが、とても豪華ですよ。たしか五つ星のはずです」

「ありがとうございます、おまわりさん」エドワードが言った。「これ以上お引き留めしちゃいけませんね。びしょ濡れだ」

「いえ、このくらいなら慣れていますから」巡査が答えた。「このあたりは雨が多いんですよ」

巡査は人懐っこい笑みを浮かべ、車のうしろにまわって通りを渡っていった。

「ほらね、きみはなんでもないことにパニックを起こしていただけさ」エドワードは車を発進させながら言った。

「パニック？　だれがパニックを起こしたって？　疲れて不安になっただけさ」グラ

ントリーは座席にもたれ、煙草をふかした。

「よく言うね。きみはずっと寝ていたじゃないか」ハワードは乾いた声で笑った。

「だれもがあなたみたいにスタミナがあるわけじゃないからね、ハワード」グラントリーがさらりと言った。「大腸菌やコレラにやられることも、少年兵のギャングにマチェーテで殺されることもなく、夜中にジャングルを歩きまわって培った我慢強さはおれたちにはない」

「きみはいつかやりすぎるぞ、グラントリー」ハワードが言った。

「それはないと思うな。とりあえず、いまはそうは思わない」グラントリーは再び身を乗り出し、前方のふたりの肩をつかんでフロントグラスの外を眺めた。「見ろよ、あそこだ!」

雨のなか、大きな建物が右手に見えてきた。駐車場の濡れた舗装に光が反射している。

「なんてこった」車が駐車場へと入っていくと、グラントリーが言った。「おれの言ったとおりじゃないか、エドワード。やっぱりきみはどこかで道を間違えたんだ。おれたちはスイスに来たみたいだぞ!」

その建物は、岩と木で造られた育ちすぎたシャレーのようだった。彫刻を施した木のバルコニーには季節はずれのゼラニウムが飾られている。

「スイスかディズニーランドのどちらかだな。おれにはわからない」グラントリーは男子生徒のようにくすくす笑った。「うれしくなるくらい醜悪だな。こいつはきっと面白くなるぞ」

ハワード・バウアーとエドワード・フェラーズはちらりと視線を交わしたが、その建物を見つめていたグラントリーは気づかなかった。

2

エヴァン・エヴァンズ巡査は、彼の小さな警察支署の窓が村の通りではなく山に面しているのを残念に思うことが時々あった。理由のひとつが、机に座っていると村でなにが起きているのかを見られないことで——大きなミスだと上司に何度か進言していた——、ふたつめが書類仕事に行きづまったとき、顔をあげると大好きな山が見えるので気が散って仕方がないことだった。ちょうどいまのように。

四か月に一度の経費報告書を書く時期だった。一〇月の半ばから暖房を入れていたことを叱責されるのは予測がついていた。けれどカナーボンにいる上司やコルウィン・ベイにある本部の人間は、スノードン山の麓、三〇〇メートルも標高が高いところにあるこの村がどれほど寒いかまったくわかっていないのだ。エヴァンは窓越しに山の斜面を眺め、ため息をついた。一週間近く雨が続いたあとの美しい日だった。新しくできた何本もの川が色鮮やかなリボンのように急斜面を流れている。下のほうの斜面はエメラルドグリーンに染まり、まだ残る雨粒がダイヤモンドのようにきらめいていた。ひつじたちは漂白剤のコマーシャルに出てきそうだったし、岸壁でさえ柔らかな一月の日差しを受けて暖かそうに輝いていた。

散歩や登山にうってつけの日だというのに、エヴァンは署から出ることもできずにいた。週末もずっと雨だったから、家のテレビでラグビーを見たり、ブロンウェンとスクラブルをしたりして過ごした。スクラブルは楽しいとは言えなかった。ブロンウェンは山ほど本を読んでいたので、まったく勝負にならなかった。

ブロンウェンのことを思い出したとたんに、エヴァンの視線は村のずっと上のほうにあるコテージの焼け跡に向けられた。イングランド人夫婦の持ち物だったのだが、放火犯に火をつけられて全焼した。あの場所に自分の家を建て直すというのは、ありえない夢だろうか？　イングランド人夫婦は保険金を請求しただろう。もうここに戻ってはこないとエヴァンは確信していた。二束三文でも喜んで手放すはずだが、だとしても家を建て直すには国立公園局の許可が必要だ。彼らはなかなか建築許可を出してくれないが、試してみる価値はあるだろう。煙突から煙が出ている堅牢なコテージの絵をノートの片隅に書いていると、電話が鳴ってエヴァンはぎくりとした。

「エヴァンズ巡査ですか？」女性の声だった。「本部のP・C・ジョーンズです。メレディス警部がいますぐお会いしたいそうです」

「くそっ」エヴァンはつぶやきながら立ちあがった。すぐ会いたいと警部に呼び出されるのがいい話のはずがない。車に乗りこみ、スランフェアの村を抜け、カナーボンに向けて峠をくだっていきながら、今度はどんなまずいことをしたのだろうと考えた。だがなにも思いつかない。これまで警部に文句を言われたのは、殺人事件に首を突っこんだときだけだ。エヴァンはいくつかの重大事件の解決に役立っていたから、そのときでさえそれほどの騒ぎにはならなかった。

私服刑事になることを考えてはどうだと、上司たちから何度か打診されたことがある。ようやくその気になって異動申請書を出したのだが、却下された。そのときも彼らはとてもよくしてくれた。エヴァンの能力にはまったく関係ないと彼らは言った。男性を雇う前に、まずは女性刑事を増やすようにという命令がコルウィン・ベイからあったらしい。

エヴァンはカナーボン警察署の駐車場に車を入れると、大きく息を吸った。さっさと終わらせるに越したことはない。ドアに歩み寄ったところで、淡黄褐色のレインコートを着たすらりとした砂色の髪の男がなかから出てきた。

「やあ。会えてうれしいよ」ワトキンス巡査部長がエヴァンに声をかけた。「また死体を見つけたなんて言わないでもらいたいね——この数週間ほど、平和な暮らしを楽しんでいるんだ」

エヴァンはにやりと笑った。「死体はありませんよ、巡査部長。警部に呼ばれたんです」

「なにか悪さをしたのかい？　経費報告書をごまかしたとか？」

「ぼくが知る限り、なにもないはずなんですけれどね。さっさと行って、確かめてきます。不安で死にそうだ」

「わたしはテスコで、ワクワクする張りこみをしなきゃならないんだ」

「スーパーのテスコ？　だれかが強盗でも計画しているんですか？」

「そんな派手なものじゃないよ。クリスマス・プディングと包装紙が何度も盗まれていてね――腐るようなものじゃないから、一週間たってから露店で売られているんだ。地元のギャングだと思うんだが、なかなか巧みなんだよ。防犯カメラにはまだ一度も映っていないんだ」ワトキンスはぐるりと目をまわした。「静かな暮らしは過大評価されているのかもしれないと思うことが時々ある」

建物のなかに入ったエヴァンは、そこがほっとするくらい暖かいことを知って驚いた。暖房をかなり高い温度に設定しているようだ。これなら、エヴァンのささやかな暖房代を出し渋ったりはしないだろう。

メレディス警部は二重顎をした大柄で血色のいい男性で、シャツの袖をまくっていた。エヴァンがオフィスに入っていくと顔をあげた。「ああ、エヴァン。よかった。

こんなに早く来てくれてうれしいね」そう言って椅子を示した。「座りたまえ」

「なにか問題でもありましたか、サー」エヴァンは我慢できずに尋ねた。

「いや、なにもない。きみを呼んだのは、頼みたい仕事があるからだ。いまはまだ極秘なんだが」部屋にはほかにだれもいないにもかかわらず、警部は秘密めかして顔を寄せた。「国防省から警察の支援を求められた」

「そうなんですか？」エヴァンは素早く考えをめぐらせた。いまこの瞬間にも、IRAのテロリストかリビア人が山に入りこんでいて、それを捕まえるために呼ばれたのかもしれない……。

「どうも、スリン・スラダウ湖からドイツの爆撃機を引き揚げるらしい」

「ドイツの爆撃機？」エヴァンは聞き間違えたのかと思った。「飛行機ですか？」

「もちろん飛行機だとも。第二次世界大戦中に、ドイツの爆撃機が湖に墜落したらしい。それを引き揚げるんだそうだ。どうしていまなのかは訊かないでくれたまえ。また政府が金を無駄遣いしているということだろうね。撮影チームがその様子をすべて撮影する。当然ながら、地元の人間に邪魔をされたくない」警部はまた言葉を切った。「きみの仕事は野次馬たちを近づけないようにして、なにも問題なく作業できるようにすることだ。わかったかね？」

「はい、サー」エヴァンは拍子抜けした。テロリストと戦うどころか、ただの警備員だ。

「撮影チームは〈エヴェレスト・イン〉に滞在している」警部は言葉を継いだ。「きみに会いに来てほしいそうだ」

「もう会いました、サー」

「いったいどうやって？　気づかれないようにしたいと言っていたはずなのに。例によって、いまいましいスランフェアの情報網だな」

「いえ、偶然です。数日前、道を尋ねられたんです。いかにも撮影チームという感じでした。ひとりは本当にベレー帽をかぶっていましたし」

「きみは観察眼が鋭いね、巡査」警部は見くだすような笑みを浮かべ、エヴァンは奥歯を嚙みしめながら笑みを返した。

エヴァンは立ちあがった。「それだけでしょうか、サー？」

「そういうことだ。彼らに会って、必要な手助けをしてやってほしい。きみにとってあのあたりは庭のようなものだと言ってあるんだ。湖まで重たい道具を運ぶ最適のルートを教えてやってくれ」

「鍛えているといいんですがね」エヴァンは素っ気なく言った。「けっこうなのぼりですから」

「車を使うんだと思うね――ランドローバーとかその手の車だ。車で行ける道があるんだろう？」

「ぼくは車を使いたいとは思いませんが、行けるはずです」

警部はエヴァンに笑いかけた。「できるだけのことをしてくれたまえ、巡査。苦情はごめんだ。それなりの地位にいる人間だと聞いているし、ああいう業界の人間は気難しいからね」

「わかりました、サー」エヴァンは答えた。「一日中ぼくが山にいることになるのなら、村にはだれか代わりの者をよこしてくれるんでしょうか？」

「時々、パトカーに巡回させることにしよう。ずっとだれかを置いておく必要があるほど、スランフェアで犯罪が起きるとは思えないからね」警部は再び書類に視線を落とした。「もう、帰っていい」

まるで、校長室から追い出される男子生徒のようだ。〝きみは観察眼が鋭いね、巡査〟警部の言葉がエヴァンの耳の奥で反響していた。

さっさと車に乗りこみ、スランフェアにできるだけ早く戻ることだけを考えながら、エヴァンは廊下を足早に進んだ。

「もうわたしとは話もしてくれないんですか、エヴァンズ巡査？」

エヴァンはその声に振り返った。「やあ、グリニス。それともデイヴィス刑事と呼ばなきゃいけないかな？」グリニスは見た目も変わっていた。赤い髪はボブカットになっていて、灰色のピンストライプのパンツスーツを着ている。とても男性っぽい格好なのに、どういうわけか彼女が着ると女性らしく見えた。「ここでなにをしているんだい？　本部で訓練を受けているんだと思っていた」

「ええ、そうなんです」グリニスはうれしそうな笑みを浮かべた。「今週はジョンソン警部補に同行しているんですけれど、ある事件のことでヒューズ警部補と話し合わなきゃいけないらしくて。昔なじみのホームグラウンドに戻ってくるのはいいものですね。訓練を終えたら、ここに配属してくれるといいんですけれど」

「それじゃあきみは、充実した時間を過ごしているんだね？」

「もちろんです」再び、輝くような笑み。「わたしが女だからっていらだたしく思う人がいるんじゃないかと心配だったんですけれど、でもいまのところ、みんなとてもよくしてくれています。すごく助けてくれるんです」

きみの恋人が警察署長の甥だということに関係があるかもしれないと、エヴァンはひそかに考えた。

「そうか、会えてよかったよ、グリニス。ぼくはもう戻らないと」

「刑事の仕事ってとても面白いです、エヴァン」グリニスが彼の背中に向かって言った。「志願するべきです。あなたはきっと向いているわ」

ドアを押し開けながら、振り返って微笑むだけの礼儀は心得ていた。車で峠をのぼっていくあいだも、グリニスの声が頭から離れなかった。そのうえ彼女はエヴァンをエヴァンズ巡査と呼んだ。彼女は自分に気があるのではないかと考えていたこともあったというのに。自分はばか正直すぎる。それが問題だ。

彼女のせいじゃない。気持ちが落ち着いてきたところで、エヴァンは自分に言い聞かせた。彼女はただの事務員にしておくにはあまりにも優秀だ。頭のいい子だ。そうだろう？　大学を出ているし、コンピューターにも精通している。きっといい刑事になるだろう。それに、美人なのは彼女が悪いわけじゃない。

スランベリスの町を過ぎて、きらきら光る長い湖が左側に遠ざかっていくと、道は次第にのぼり始めた。窓を開けると、すがすがしい山の空気が流れこんできた。緑のにおいがする。カモメの群れが湖へと舞いおりていく。風に乗ってひつじの鳴き声が遠くから聞こえてきた。

ぼくにはブロンウェンがいる、エヴァンは心のなかでつぶやいた。ぼくは幸せな男だ。彼女も頭がいいし、きれいだ。これ以上、なにを望む？　その答えならわかっていた――彼女のためにも、ただの田舎の巡査以上の自分でありたい。けれど、いまさらくよくよ考えても無駄だ。そのチャンスがあったのに、断ったのだから。いまは自分に与えられた仕事をこなすほかはない。それも文句のつけようがないくらいに。

3

〈エヴェレスト・イン〉のオーク材の羽目板張りのバーにいるのは、撮影チームだけだった。勢いよく火が燃えている大きな川石の暖炉のすぐそばのテーブルに集まっている。テーブルは紅茶のポットと食べかけのスコーンの皿、さらには様々な書類や地図、煙草の吸殻でいっぱいの灰皿で埋まっていた。暖炉の脇の二脚の肘掛け椅子にはふたりの男性が座っている。色黒の男と色白の男。ぽっちゃりした色白の男には見覚えがあった。エヴァンに道を尋ねてきた運転手だ。羽目板張りの壁と狩りで仕留めた動物の頭部のはく製が飾られた部屋に、ジーンズにデニムのシャツという格好はよく似合っていた。

もうひとつの肘掛け椅子に座っているのは、黒髪のほっそりした若い男だった。だらしなく椅子にもたれて片足を肘掛けに掛け、手には煙草を持っている。

ずいぶん対照的だとエヴァンは思った。善と悪を描いた絵画の登場人物のようだ。カインとアベル、昼と夜。

ベレー帽をかぶった年配の男性は、片手にノート、もう一方の手に半分空になったウィスキーグラスを持って、赤い革張りの椅子に座っていた。エヴァンは彼がベレー帽をかぶっていた理由に気づいた。明らかにはげている箇所に薄い髪をきれいに撫でつけている。

このあいだ見かけなかった四人めのメンバーは顔色の悪い痩せた娘で、背もたれのまっすぐな椅子に浅く腰かけ、クリップボードの上でペンを構えていた。じっくり彼女を見たエヴァンは、痩せすぎだと思った。それなりに魅力はあるものの、とにかく痩せている。ぽっちゃりした娘がエヴァンの好みだというわけではないが、彼女はちょっと強い風が吹いたら飛んでしまいそうだ。

スレートのタイルの床に響く足音に、全員が顔をあげた。

「おや、あのときのおまわりさんだ」色黒の若い男が、上流階級のゆったりした話し方で言った。エヴァンに魅力的な笑顔を向け、テーブルを示した。「座って、お茶をどうぞ。それほど濃くなってはいないと思うよ。きれいなカップがひとつあるはずだ。ハワードがスコッチを飲み始めているからね。ところで、おれはグラントリー・スミス」彼は手を差し出した。「今回の件のプロデューサーだ。こちらはハワード。もちろん紹介の必要はないだろう？　世界的に有名な、オスカーを獲得したこともあるハリウッドの監督だ……」

グラントリーはあえて曖昧な言い方をした。エヴァは年配の男性に会釈をした。「すみません、ぼくは映画にはくわしくなくて」

「わたしのことは知らないと思いますよ」年配の男性が言った。「オスカーを取ったのは、ドキュメンタリー部門でしたから」

「『ザ・ハート・オブ・ダークネス』。アフリカの内乱中の集団虐殺の話なんだ。とても印象的な作品だよ。彼は業界ではとても尊敬されている。そうだろう、ハワード？」グラントリー・スミスは称賛の笑みを浮かべた。

エヴァンは微妙に張りつめた空気を感じながら、背もたれのまっすぐな椅子を引き寄せて座った。「エヴァンズ巡査です、サー。警部から、お手伝いをするように命じられました。ドイツの飛行機についての映画を撮られるんだそうですね？」

色白の男が身を乗り出した。「本来の目的は飛行機を引き揚げることなんですよ」元々はヨークシャーのものだったとおぼしきアクセントが、南部の人間と接するうちに薄れてきているようだ。「ぼくはエドワード・フェラーズと言います」

「彼は専門家で、今回の調査のリーダーなんだ。鉄道オタクになる男はいるが、エドワードは古い飛行機によだれを垂らすってわけだ。十人十色ってやつだな」グラントリーが割って入った。

エドワードはいらだったようにちらりと彼を見た。「ぼくが全体を監督するんです。

細心の注意を要する作業ですからね。なのであなたの協力が必要なんですよ——だれも機材をいじったり、邪魔をしたりしないように」

「きみの機材をいじりたい人間なんていないさ、エドワード」グラントリーは灰皿で煙草を乱暴にもみ消すと、新しいものを箱から取り出した。「それに、撮影は単なるおまけみたいな言い方じゃないか」

「そのとおりだ。きみたちの存在に関わりなく、ぼくはあの飛行機を引き揚げることができる。ただ、記録しておけば、博物館には役立つだろうというだけだ。それから、きみはどうしてもその汚らしいものを吸わなきゃいけないのかい、グラントリー？」

「おれにジタンをやめろなんて言わないでくれよ、エドワード。人生の楽しみはそれほどたくさんないんだからな。そう思わないか？」

エヴァンは冷たい空気が漂うのを感じて、咳払いをした。

「飛行機はスリン・スラダウ湖の底だと聞いていますが、それは間違いないんですか？あの湖なら一〇〇回はそばを通っていますが、飛行機みたいなものは一度も見たことがありませんが」

エドワードは人を見くだすような笑みを浮かべた。「あの湖は深いんですよ、巡査。水面からでは飛行機は見えません。ぼくたちは去年、水中カメラを使って見つけたんです。カメラチームに気づきませんでしたか？」

エヴァンは笑みを返した。「残念ながら。夏のあいだ、あの山にはありとあらゆる人が来ますからね――ほとんどがカメラを持って」

エドワードは咳払いをした。「ぼくたちのカメラは、ありきたりのソニーよりも少しばかり大きいんですよ。幸い、ぼくの仮説は証明できました。ぼくは戦時中にスノードニアで墜落した飛行機の歴史について本を書いているんです。ご存じでしょうが、とんでもない数の飛行機が、戦争中にこのあたりで行方がわからなくなっています。英国空軍(RAF)と敵の爆撃機の両方です。山と雲は危険な取り合わせなんですよ。このドルニエ一七は、ドイツ軍のリストに行方不明機として載っています。一九四〇年一〇月一一日の爆撃に参加したことがわかっているんです。その際にスピットファイアの攻撃を受けて火が出た。それっきりです。飛んでいたはずの経路と、残骸がなにも見つかっていないことから判断して、このあたりの深い湖のどこかに墜落したんだとぼくは考えたんです。そしてついに、その場所を特定した。数百メートルの湖の底に、ほぼ原形をとどめたまま眠っているんです。そのままの形で引き揚げたいと思っているんですよ。乗組員を乗せたままで」

「人間がまだそのなかにいるということですか?」

「ええ、そう願っていますよ。三人乗っていました。制服がまだ識別可能だといいんですが」

「それってぞっとする」娘が初めて口を開いた。育ちのよさそうな小さな声だ。「死体を引き揚げるのは見たくないわ」

「きみは言葉をそのまま受け取りすぎるんだよ、サンディ」グラントリーが手を伸ばして、彼女の膝を叩いた。恥ずかしそうな笑みが返ってきた。

「死体ではないよ」エドワードが言葉を継いだ。「骸骨だ。座席に座ってくれていれば、身元がわかる」

「弟がここにいれば、感動的な瞬間になるだろうな」グラントリーがハワードを見ながら言った。

「弟?」エヴァンが訊き返した。

グラントリーはだらしない姿勢から少しだけ体を起こした。「少しばかり人情話を盛りこむことにしたんだ。湖の底から五〇年前の飛行機を引き揚げたというだけじゃ、エドワードのような人間の興味は引くかもしれないが、BBCは買ってくれない。エドワードからこのプロジェクトの話を聞いて、これを売るにはアイディアを広げる必要があると思った。このドキュメンタリーは『ウェールズの戦い』と名付けたんだ。ここに疎開してきた少女を見つけたし、あの飛行機を操縦していた男の弟を連れてくる予定だ」

ハワード・バウアーは眺めていたリストから顔をあげた。「手を貸してもらえませんかね、巡査？　わたしたちの代わりに、村で尋ねてもらいたいんですよ」

「いい考えだ、ハワード」グラントリーが言い添えた。「戦時中の思い出を語ってもらえるばあさんたちがいるといいな――ほら、〝タラの頭を手に入れるのに三日も並んで、それで一〇人も食べさせなきゃいけなかった。それでもありがたいくらいだった〟なんていう話をしてもらうんだ。他人の苦労話はみんな好きだからな。そうだろう？」

「ぼくはこの村に来てまだ日が浅いんです」エヴァンはためらった。普段なら喜んで手を貸すところだが――ブロンウエンにはボーイスカウトがそのまま大きくなったと言われている――彼らにはいまひとつ好感が持てなかった。気をつけていなければ、彼らの使い走りにされてしまいそうな予感がした。「ぼくが訊いてみてもいいですが、ご自分でパブに行かれてはどうですか？　チャーリー・ホプキンスのような年配の男なら、地元の人間について知るべきことはなんでも知っていますよ」

「おれたちがここで撮影していることは、あんまり知られたくないんだ」グラントリーが声を潜めた。「パブに行ったりして、自分たちの存在を教えたくない。それよりは、きみにひそかに調べてもらって、だれに話を聞けばいいのかを教えてもらうほうがいい。みんなに知られたら、野次馬が集まってきて撮影が台無しになる」

「あなたがたがなにをしているのかを地元の人間に秘密にしておくのは、無理だと思いますよ」エヴァンは言った。「ここのような村では、なんでも筒抜けなんです」

「それならきみの仕事は、彼らを近づけないようにすることだな、巡査」グラントリーは親しげな笑みを浮かべたまま言った。「撮影中は、時は金なりだから」

「それなら、老婦人の話や地方色にフィルムを無駄にすることはないと思うね、グラントリー」エドワードが注意した。「ほんの六〇分のドキュメンタリーなんだ。六話のシリーズじゃない」

「考えたんだが」グラントリーは再びハワードに目を向けた。「それだけの題材が集まったら、六話にできるんじゃないか。『ウェールズの戦い』をミニシリーズにするんだ」

「六〇分の枠を埋められるだけの題材が集まれば御の字だよ」ハワードが冷ややかに応じた。「いまどき、昔の話に興味を示す人間がそれほど多いとは思えない。もっと現代的なものが――」

「アフリカでバラバラに切り刻まれた子供とか」グラントリーがあとを引き取って言った。「あなたはそういうことにくわしいからね、そうだろう、ハワード?」

「それで、いつから始めますか?」エヴァンはどうにも理解できない居心地の悪さを感じていた。

「すぐにだ」エドワードが答えた。「引き揚げ用の機材と作業員はもう待機しているんです。明日、ぼくたちが湖まで行って、機材を車で運ぶことができるのか、それともヘリコプターを手配する必要があるのかを判断しますよ」

潤沢な資金のある調査らしいとエヴァンは思った。その金はどこから出ているんだろう? 財布の紐を握っているのはどの男だ?

〈エヴェレスト・イン〉から峠をくだり、二軒の礼拝堂のところまでやってきたエヴァンは、それぞれの掲示板に新しい聖句が貼り出されていることに気づいた。左手にあるベテル礼拝堂が選んだのは詩編一二一の〝目を上げて、わたしは山々を仰ぐ〟(詩編121‐1)で、右側のベウラ礼拝堂はイザヤ書の〝谷はすべて身を起こし、山と丘は身を低くせよ〟(イザヤ書40‐4)だった。パリー・デイヴィス牧師とパウエル＝ジョーンズ牧師は、相変わらず礼儀正しい争いを続けているようだ。

掲示板を見ながらにやにやしていると、ベウラ礼拝堂の横のドアが開いて、子供たちの集団が走り出てきた。エヴァンの脇を走り抜けながら笑顔で声をかける。

「こんにちは、ミスター・エヴァンズ。ミス・プライスを探しているの?」テリー・ジェンキンズが尋ねた。「すぐに出てくると思うよ」

「今日はすごく素敵なドレスを着ているのよ」メガン・ホプキンスが恥ずかしそうに言い添えた。「きれいなんだから」

子供たちが、自分たちの先生とエヴァンが結婚すると信じこんでいるのはわかっていた。エヴァンをものすごく愚図だと考えていることも。エヴァン自身も、愚図かもしれないと思うことが時々ある。ただ、いまは現状に満足していた——母親のようなミセス・ウィリアムスが身のまわりの面倒は見てくれるし、週末の空いた時間にはハイキングや登山にも行ける。そのうえ、通りを少しのぼれば、学校に隣接する小さな家にブロンウェンが住んでいるのだ。

やがて、ブロンウェンが礼拝堂から出てきた。冷たい風に乱された灰色がかった金色の髪が顔のまわりに広がって、まるで後光のようだ。今日も青いデニムのワンピース——彼女の目の色とよく合っていた——で、その上から赤ずきんのような赤いケープをまとっている。風にあおられたケープが、まるで生きているみたいにはためいた。確かにとてもきれいだとエヴァンは思った。

「やあ、なにをしているんだい？」エヴァンは、急ぎ足で近づいてくるブロンウェンに声をかけた。「ライバルの礼拝堂に通うことにしたとは知らなかったよ。日曜学校で教えているの？」

「お断りよ」ブロンウェンは鼻にしわを寄せた。「日曜日は子供抜きで自由にしていたいわ。今年のキリスト降誕劇（クリスマス・ページェント）を手伝ってくれって、ミセス・パウエル＝ジョーンズに頼まれたの。彼女がノーって言わせてくれないことは、あなたも知っているでしょう？」

エヴァンはうなずいた。よくわかっている。「それで、どんな具合？」

「最初の会合が終わったところだけれど、もう大きな問題が起きているの。ミセス・パウエル＝ジョーンズは、天使ガブリエルは男じゃなきゃいけないって言うんだけれど、わたしの上のクラスの男の子たちはだれも白いネグリジェを着たがらないのよ」

エヴァンは声をあげて笑った。「当然、ミセス・パウエル＝ジョーンズが監督するわけだ」

「監督して、衣装を作って、背景を描いて、きっと終わったあとのサンドイッチと紅茶も作るんでしょうね。わたしはあそこに立って〝はい、わかりました〟って書いたクリップボードを持っていればいいのよ」

「たったいま〈エヴェレスト・イン〉で会ってきた人たちそっくりだ」

「撮影チームの？　それじゃあ、子供たちが言っていたとおりなのね。このあたりで映画を撮るそうね」

「いったいどうやってこんなに早くわかったんだろう？　スランフェアの住人はシークレットサービスに勤めるべきだと、本当に思うよ」

「グリニス・リーズのいとこが〈エヴェレスト・イン〉のベルボーイとして働いているのよ。その人たちの荷物を運んだときに、カメラとフィルムに気づいたんですって。それに年配の男性はベレー帽をかぶっていたし、スリン・スラダウ湖までどれくらいかかるのかを訊かれたそうよ。アーサー王の新しい映画を作るの？　エクスカリバーがスリン・スラダウ湖の真ん中から現われるとか？」

「残念ながら、そんなわくわくするようなものじゃないんだ。第二次世界大戦中の飛行機を湖から引きあげるというドキュメンタリーだ――このことはだれにも言わないでくれないか。彼らは秘密にしておきたがっているんだ」

「それは無理ね」ブロンウェンは笑いながら言った。「週末には村じゅうの子供たちが集まってくるわ。手伝わせてくれって」

エヴァンは顔をしかめた。「野次馬を近づけないようにするのがぼくの仕事なんだ。実を言うと、あまり気乗りがしないんだよ。気難しい連中みたいで」

「離婚したのが残念だわ」ブロンウェンが言った。

ブロンウェンは思わずまじまじと彼女を見つめた。

ブロンウェンは笑顔で言った。「そういう意味じゃないの。離婚して本当によかったと思っているわよ。わたしが言いたいのは、近くで第二次世界大戦中の飛行機を引き揚げることを知ったら、元夫は有頂天になっただろうっていうこと。いそいそと駆けつけて、荷物を持ったり、お茶をいれたりしたでしょうね。古い飛行機が大好きだったのよ。とりわけ、第二次世界大戦中の飛行機が」

ふたりは人気(ひとけ)のない通りを並んで歩いた。冷たい風がふたりの顔をなぶっていく。

「すごく退屈な人だった」ブロンウェンは身震いした。「よくあんな人と結婚したと思うわ」

ぎこちない沈黙のなか、ふたりは歩き続けた。エヴァンは彼女に訊きたいことがあったけれど、訊かなかった。これまで互いのプライバシーには触れないようにしてきた。いずれときが来れば、彼女のほうから話してくれるだろう。

「本当に気持ちのいい日だ」エヴァンは言った。「平日なのが残念だよ。このあいだの週末は雨で憂鬱だったからね」

「スクラブルで二度負けたから憂鬱だっただけでしょう?」ブロンウェンはからかうような笑みを浮かべた。

「もうやめてくれないか。ぼくに知性が足りないことはわかっているんだ」

「ばかなこと言わないで。わたしはただ大学で退屈な本を山ほど読んで、役にも立たない知識をいっぱい仕入れたというだけのことよ」ふたりは運動場のゲートまでやってきた。校舎の煙突から煙が立ちのぼっている。「いいお天気が続いたら、週末はどこかに行く?」

「週末は自由な時間がないと思う。撮影チームは、天気のいいあいだはずっと撮影をするんじゃないかな」

「不公平よね。あなたっていつも週末に働かされるんだから」

「警察官はみんなそうだよ。仕事があれば、ぼくたちは働く。殺人事件の捜査をしているときに、刑事が休みを取るとは思わないだろう？」

「古い飛行機の見張りと、殺人事件の容疑者を追いかけることとは全然違うわよ」ブロンウェンは言った。「まあいいわ。夜は空いている時間があるんでしょう？　習ってきたフランス料理の別のレシピを試してみようかしら」

「ぼくも教えてもらおうかな」エヴァンが言った。

ブロンウェンは驚いた顔をした。

「いつかひとりで住みたくなったときのために、料理を覚えておかないとね」

「なかなかいい兆候ね」

「なんの？」

「あなたもようやく大人になってきたっていうこと」ブロンウェンはそう言ってから、エヴァンの腕にそっと手を乗せた。「ロードリのコテージはまだあきらめていないの？」

エヴァンはうなずいた。「まだ時間がなくて、手に入れるにはどういう手順を踏まなきゃいけないのかを調べていないんだ。あのイングランド人夫婦は手放したがっていると思うんだが、あそこは国立公園の土地だろう？　また家を建てるとなれば、あそこを通さなきゃならない。国立公園局が相手だと、なんであれ簡単にはいかないからね。でも、あきらめてはいない」

「とても素敵な考えだと思うわ」ブロンウェンはエヴァンに微笑みかけた。「それに、あそこは充分な広さがあるでしょう？」

ふたりには充分な広さだと、エヴァンはひとりで家路につきながら考えた。ブロンウェンは同じことを考えていたんだろうか？　ブロンウェンもいい考えだと思ってくれた。それだけで驚くほど気持ちが浮き立った。もちろん、いつかは結婚するつもりだったし、これからの人生をブロンウェンと一緒に歩んでいきたいとも思っていた。それならさっさとやれと、エヴァンは自分に命じた。おじけづいていては、この世は渡っていけない。

4

その夜、〈レッド・ドラゴン〉のどっしりしたオーク材のドアを押し開けたエヴァンは、楽しげなざわめきに迎えられた。だが今夜ばかりは、ビールを飲みながら友人たちと語らう夜が憂鬱だった。新しいプロジェクトに対する地元住人たちの好奇心と、秘密にしておくようにという命令の折り合いをつけるのは簡単ではない。バーにいる男たちはみな、新たにやってきた撮影チームについて自分と同じくらい知っていて、さらにくわしいことを訊き出そうとして待ち構えているに違いないとエヴァンは考えていた。

「ほら、来たぞ！」チャーリー・ホプキンスが、中身がなみなみ入ったグラスを持ちあげながら言った。「なかなかあんたが来ないんで、ベッツィが心配していたぞ、エヴァン・バッハ。女優の卵たちと仲良くなっていたらどうしようってな！」

ウェイトレスのベッツィは大きな青い目をエヴァンに向けた。今週の髪の色は赤で、驚くほど『アニー』の主人公に似ていた。彼女を誘惑しようとした著名なオペラ歌手から髪の色を変えるようにそそのかされて以来、しょっちゅう違う色になっている。ここ最近は、様々な色合いの赤に落ち着いているようだった。

「女優の卵だろうと、あたしにないものがあるとは思わないけど」ベッツィはエヴァンを見つめたまま言った。「あたしはちゃんとあるべきところに、たっぷりついているわよ。そうじゃない、エヴァン・バッハ?」

ベッツィが着ているのは、おとなしいはずのデザインのセーターだ。白くてふわふわしたタートルネック。だがあいにく、彼女には三サイズばかり小さくて、体の曲線が一段と強調されている。のみならず、パッド入りのブラジャーをつけているのではないかとエヴァンはいぶかった。以前はあれほど胸が大きくなかったはずだ。視線を下へとずらしていくと、ふわふわのセーターは胸から八センチくらい下までしかなくて、男心をそそる滑らかな白い腹部が露(あら)わになっていたので、エヴァンは落ち着かない気持ちになった。

ごくりと唾を飲んで答えた。「きみはどんな映画女優にも負けないくらい素敵だよ、ベッツィ」

「ほらね」ベッツィはカウンターに集まっている男たちに向かって言った。「彼は本当はあたしを魅力的だって思っているのよ。あのブロンウェン・プライスは一緒に山を登るにはいいかもしれないけど、結局男の人を幸せにすることってひとつしかないんだから。違う？　それは山に登ることじゃないわ！」

そう話しているあいだも、ベッツィの視線がエヴァンから離れることはなかった。エヴァンは不意に店のなかがものすごく暑くなった気がした。

「ぼくがいま欲しいのはギネスだ。頼むよ、ベッツィ」エヴァンは言った。

「おれたちもお代わりを待っているんだぞ。もう喉がからからだ」おんぼろ車のバリーが文句を言った。「きみを楽しませてやれるハンサムでたくましい男がここには大勢いるのに、なんだってエヴァン・エヴァンズを待って時間を無駄にしているのか、おれにはさっぱりわからないね」

ベッツィは若いブルドーザーの運転手に向き直ると、甘い声で言った。「そんな人を紹介してくれるとうれしいわ、バリー」

まわりの男たちがどっと笑った。

「おまえはベッツィにはかなわないよ」チャーリー・ホプキンスがくすくす笑った。「頭が切れるんだから。なあ、ベッツィ？」

バリーの顔が真っ赤になった。「自分の身の程がわかっていれば、そこにあるもので満足するもんだ。こんなさびれたところで、いったいどんなチャンスがあるっていうんだ？」

ベッツィはカールした真っ赤な髪をかきあげた。「こんなさびれたところにあたしがいつまでもいるつもりだって、だれが言ったの？　いまは、運命が手を差し伸べてくれるのを待っているだけよ」無邪気そうな大きな目が再びエヴァンに向けられた。

「ひょっとしたら——運命がたったいまあたしのドアをノックしたのかもしれない」

「そいつはおれだ。お代わりがほしくて、カウンターを叩いたんだよ」肉屋のエヴァンズがうなるように言った。「夢みたいなことを言ってないで、さっさとやってくれ。みんな喉がからからなんだ」

ベッツィは穏やかな笑みを浮かべながらビールを注ぎ、肉屋のエヴァンズの前に泡立つグラスを置いた。「いまのうちにあたしによくしておいたほうがいいわよ、ミスター・エヴァンズ。もう長くはこの仕事をしないかもしれないんだから」

「どこに行くつもりだ？」牛乳屋のエヴァンズが訊いた。

ベッツィはエヴァンを見ながら、謎めいた笑みを浮かべた。「エヴァン・エヴァンズが映画監督にあたしを紹介してくれないかと思っているの。映画にはエキストラが必要でしょう？　あたしは見出されて、ハリウッドに行くかもしれない」

「ちょっと待ってくれ、ベッツィ」エヴァンはあわてて言った。「きみは誤解しているよ。彼らはハリウッドから来たわけじゃ……」

「かまわないわ。イングランドの映画だって同じくらいいいもの。ヒュー・グラントの相手役をしたっていいわ——彼ってなかなか素敵よね。ヨアン・グリフィズはどう？

彼とのラブシーンもいいわね――ウェールズ語でできるし」

「ベッツィ！」エヴァンの声は思った以上に大きくなった。店のなかが不意に静まり返った。「彼らは映画の撮影に来たんじゃない」

「それなら、あの道具はなんのためにあるんだ？」地元のガソリンスタンドのオーナーであるガソリン屋のロバーツが訊いた。「〈エヴェレスト・イン〉で働いているミセス・リーズの甥のジョニーが、彼らの荷物を運んだんだそうだ。フィルムがいっぱいに入った頑丈な箱や、でかくて重たいカメラがあったって言っていた。そのくせ、たったの一ポンドしかチップをくれなくて――」

「くそったれの外国人」肉屋のエヴァンズがつぶやいた。

「それに、ロケ地や撮影の話をしていたそうだ」ガソリン屋のロバーツはさらに言った。「なのに映画の撮影じゃないっていうのなら、なんなのかを教えてほしいね」彼はカウンター越しにベッツィに顔を寄せた。「大物スターを連れてくるから、秘密にしたがっているんだとおれは思う。人が集まりすぎると困るからな」

「わお。メル・ギブソンだといいのに」ベッツィが言った。「彼を見ると、背筋がぞくぞくするのよ。あなたにちょっと似てるわよね、エヴァン・バッハ」

「確かに。同じくらいいい体をしている」バリーがにやりとした。

エヴァンは気まずさをごまかそうとして笑った。「きみは時々、すごくばかなことを言うね、ベッツィ」

ほかの男たちも笑った。「彼の代役をやると申し出たらどうだ？　アル・ウィズバの頂上から転げ落ちる場面を、あんたが代わりにやってやればいい」

「ちょっと待ってくれ」エヴァンは片手をあげた。「きみたちは大きな誤解をしているよ。彼らが撮るのは映画じゃない。そもそもの目的は、スリン・スラダウ湖からドイツの飛行機を引き揚げることだ。あの男たちは博物館の資料にするか、なにかそんな目的のためにそれを撮影する。それだけだよ」

「それだけ？」ベッツィは見るからにがっかりした顔をした。「じゃあ、ハリウッドスターは来ないの？」

「スターは来ない。古い飛行機があるだけだ」

「スリン・スラダウ湖と言ったな？」突然興味を引かれたように、チャーリー・ホプキンスがグラスを置いた。

「そうだ。第二次世界大戦中のドイツの爆撃機」

チャーリーはうれしそうな声をあげた。「それじゃあ、おれたちはやっぱり正しかったんだ。あの飛行機は墜落していたんだな」

「知っているのか、チャーリー？」

「もちろんんだ。親父とふたりで見たんだ。当時おれは学校を出たばかりで、スレート鉱山で鉱夫の見習いをしていた。ある晩、居間でラジオを聴いていたら、飛行機の音がしたんだ。やつらの飛行機だってすぐにわかった――あの頃はだれだってわかったもんだ。急いで外に出てみたら、すごく低い高度で谷をのぼってくるのが見えた。なにかトラブルがあるみたいなエンジン音だった。

親父は腕まくりをして言ったもんだ。〝ここに着陸しようなんて思ったら、おれが待ち構えているぞ〟ってね。ドイツの軍人とおいぼれの親父が素手でやりあうところを想像して笑ったが、あとから考えてみたら、少しくらいは目にもの見せてやれたかもしれないな。とにかく元気だったからね。鉱山で働いていれば、たっぷり筋肉がつくもんだ。そうだろう?」

数人がうなずいた。

「わしもその場にいて、ドイツ人どもに目にもの見せてやりたかったよ」定位置の隅のテーブルで、ウィスキーのチェーサーを前にぐったりとうなだれていたベッツィの父親のサム・エドワーズが、ぼそりとつぶやいた。

「あんたはやつらを殴れるほど素面だったことなんてないじゃないか、サム」チャーリーが言った。

ベッツィの父親は反論しなかった。「くそったれのドイツ人め。あいつらと付き合い出してから、ろくなことがないんだ。違うか? いまいましい共同市場に加わって、そしてどうなった？　スレート鉱山が閉鎖されて、わしらは仕事を失った。ドイツ人どもは屋根にスレートを使いたくないんだ。そうだろう？」

「ばかなことを言わないでよ、父さん。ドイツ人のせいで父さんの仕事がなくなったわけじゃない」ベッツィは手を振って父親を黙らせた。「チャーリー、話を続けて。その飛行機はどうなったの？　墜落したの？」

「いや、なんとか飛び続けて、峠の上までたどり着いた。そこで右に進路を変えたんだ。ナント・グウィナントの谷をそのままおりていけば、大丈夫だと思ったんだろうな。海まで出れば、フランスの空港に戻れるだろうってな。だが飛行機は右へと曲がり続けて、山に向かった。雲がおりてきていたから、操縦士はその先にでかい山があることに気づかなかったんだろう。

〝あの調子じゃ、山は越えられまい〟って親父が言った。じきに飛行機は見えなくなって、エンジンが止まりかけているみたいな音が何度か聞こえたかと思ったら、静かになった。爆発音もなければ、炎もあがらない。なにも起きなかった。

もちろんおれたちは警察まで走っていって、地元のＲＡＦに電話をかけた。朝になって調べに来たが、なにも見つからなかった。おれたちがでまかせを言っているんだと思われたよ。だが、やっぱりおれたちは正しかったんだ。スリン・スラダウ湖の底に沈んでいたんだな。驚いたよ」

チャーリーの臨場感あふれる話を聞いているうちに、エヴァンの関心は高まっていった。「チャーリー、いまの話を撮影チームに聞かせてやったらどうだろう？　彼らは戦争の目撃談を欲しがっているんだ」

「目撃談？　いいね」チャーリーはうれしそうだ。「喜んで出演すると伝えてくれ」

これ以上、隠そうとしても無駄だとエヴァンは心を決めた。「ほかに戦争中にこの村にいた人間で、なにか話ができる人はいないかな？」

「女房のメアに訊いてみるよ」チャーリーが言った。「あいつもここにいたからな。あとは、ティ・グウィンにひつじのオーウェンズがいる。あの頃はまだ少年だったよ」

「それにもちろん、ミセス・パウエル＝ジョーンズがいる」肉屋のエヴァンズは声を潜め、牧師とその妻は絶対にパブに近づかないとわかっているにもかかわらず、彼女が聞き耳を立てているのではないかというように、あたりを見まわした。「あのでかい家に住んでいた。疎開してきた人たちに宿を提供していたはずだ」

話を聞いていたパブのオーナーのハリーは、頭をのけぞらせて笑った。「彼女は、自分がそんな年だとは認めたがらないぞ。四〇歳だって触れまわっているんだからな！」

「どう見ても六〇にはなっているさ」チャーリーが言った。「おれが子供だった頃から、お高くとまった娘っ子だった。礼拝堂の一番前に上品ぶって座っていたよ。トチの実を盗んだのを言いつけられて、大変な目に遭った」

「ほかにも疎開してきた人たちを泊まらせていた人はいないかな？」エヴァンは尋ねた。

「農家はみんな泊まらせていたと思うぞ」チャーリーが答えた。「コテージは狭かったんだ。おれの家では、ひとつのベッドにふたりで寝ていた。あの頃は大家族が好まれていたからな」

「ほかにすることがなかったんだろう」バリーが口をはさんだ。「暗くて長い冬の夜だし、テレビもなかったしな」

「黙ってなさいよ、バリー」ベッツィはぴしゃりと彼の手を叩いた。「おばあちゃんが去年亡くなったのが残念ね。いい話をいっぱい知っていたのに。ねえ、父さん？」

「まったくだ」ベッツィの父親はうなずいた。「素晴らしい女性だった。聖人のようだった。寂しいね」空になったグラスを見つめながら、深々とため息をついた。

「生きていたときには、くそばばあって呼んでたはずだがな」肉屋のエヴァンズはガソリン屋のロバーツの脇腹をつついた。

ベッツィは父親が椅子の上で身じろぎしたことに気づいた。

「それじゃあ、映画に出るのは年寄りばっかりなのね？」大きな声で尋ねた。「それって不公平だと思うわ」

「彼らは人情話を付け加えたいだけなんだよ、ベッツィ」エヴァンが説明した。

「若い人はどうなの？　若い人の話も聞きたいんじゃない？　それに若いほうが見た目だっていいし」

エヴァンはふと思いついて訊いた。「ミセス・ウィリアムスはどうなんだろう？　彼女なら面白い話を知っているかもしれない」エヴァンの下宿の女主人の名前はまだ出ていなかった。

「だが彼女はこのあたりの人間じゃないぞ」チャーリーが言った。

「そうなのか？」ミセス・ウィリアムスはスランフェアの風景の一部のようだったから、彼女のいないこの村などエヴァンは想像できなかった。

「そうだ。戦後、グウィラム・ウィリアムスと結婚してここに来たんだ。グウィラムは軍隊に入って村を離れたんだが、いずれは地元の娘と結婚するんだとばかり思っていた――メアの妹のシオネッドが彼にお熱だったんだ。だがグウィラムはある日、彼女を連れて戻ってきた。すぐになじんだよ。それほど、外国人っぽくはなかったからね」

「彼女が外国人だとは思ってもみなかった」エヴァンがつぶやいた。

チャーリー・ホプキンスがくすくす笑った。「訊いてみるといい」

「観客にお金を払わせたいなら、若くてセクシーな人間を出さなきゃいけないって映画監督に言っておいて」ベッツィが言った。

「ブルドーザーが必要かな？」おんぼろ車のバリーが訊いた。「でないと、山の上まで機材を運べないだろう？」

「全部手配済みみたいだ」エヴァンが答えた。「ヘリコプターで運ぶような話をしていた」

「ヘリコプター！　すごいね！　ぜひ見たいよ」

「ちょっと待ってくれないか」エヴァンは片手をあげた。「彼らから言われているんだが、撮影中はだれにも近くにいてほしくないんだそうだ。ぼくの仕事は野次馬を近づけないようにすることだ。だから、頼むから協力してほしい。いいかい？」

「心配いらないわよ、エヴァン・バッハ」ベッツィが可愛らしく応じた。「あたしたちがあなたに迷惑かけたことあった？」

エヴァンはちらりとベッツィを見たが、落ち着いた様子でお代わりのビールを注いでいるだけだった。

「あなたなの、ミスター・エヴァンズ？」その夜、家に戻ると、ミセス・ウィリアムスが呼びかけた。彼女はいつも同じことを訊いてきて、そのたびにエヴァンはふざけた返事がしたくなるのだ。

「ええ、ぼくです、ミセス・ウィリアムス」

「パブからにしては早かったのね。ココアをいかが？　いまいれているところなんですよ」

エヴァンは台所に向かった。「いいえ、ココアはけっこうです。今夜はもう充分飲んできましたから」

「〈レッド・ドラゴン〉はどうでしたか？　にぎわっていました？」

「ええ、とても。あなたの話を聞きましたよ」

「わたしの？　パブでわたしの噂なんてしたことなかったのに。なんてことかしら（エスコブ・アンウィル）！　いったいなにを言っていたんです？」

エヴァンはにっこり笑った。「悪口だと思いますよ。チャーリー・ホプキンスはあなたが外国人だと言っていました」

ミセス・ウィリアムスは豊かな胸に手を当てた。「外国人ですって？　わたしの体には、外国人の血なんて一滴も流れていないとその男に伝えてくださいな。骨の髄までウェールズ人だって。どうして彼はそんなことを言ったのかしら？」

「あなたがスランフェア出身じゃないからだと思いますね」

「ああ、そういうことね！」ミセス・ウィリアムスは笑い始めた。「ばかな人。戦争が終わって、わたしがここに来た頃のことですよ。グウィラムの友だちは、外国の娘と結婚したと言ってよく彼をからかっていたんです」

「あなたはどこの出身なんですか？」

「ブライナイ・フェスティニオグです。わたしはそこで生まれ育ったんです。グウィラムは軍隊でわたしの兄と一緒だったんですよ。復員したときに訪ねてきて……そして付き合うようになったんです」ミセス・ウィリアムスは恥ずかしそうに顔を伏せた。「わたしはスランフェアではうまくやっていけないだろうって、家族は思っていたんです。世界の果てに行くようなものだって。でもわたしはここでずっと幸せでしたよ。娘と孫娘さえ、残ってくれていればねえ。そうそう孫娘と言えば、リルのパビリオンでダンスがあるんですって。あの子も行きたがっているんですけれど、もちろんちゃんとした相手じゃないと困るでしょう？　なので、もしかしたらあなたが……」

「ああ、すみません、ミセス・ウィリアムス」エヴァンは遮って言った。「撮影チームの話は聞いていますよね？　撮影が終わるまで、ぼくは昼も夜も休みなしなんです。彼らの身になにも起きないようにすると警部に約束したので、しばらくはここを離れられないんです」

ミセス・ウィリアムスは舌を鳴らした。「あなたを働かせすぎですよ」そう言いながらも、目を輝かせている。「それじゃあ、ここで映画を撮影しているという話は本当なんですね？」

「ドキュメンタリーですよ、ミセス・ウィリアムス。湖から古いドイツの飛行機を引きあげて、それを撮影するんです」

「まあ、それだけ？　なのに、なんだってこんな大騒ぎをしているんだか」

「戦争のことを覚えている人間にインタビューをするみたいですよ。ですが、そんなに遠くから来ているんじゃ、あなたは対象にはならないでしょうね」

エヴァンはくすくす笑いながら階段をあがった。スランフェアとブライナイ・フェスティニオグは、ほんの二五キロほどしか離れていない。

5

翌朝エヴァンは、撮影チームを湖まで案内した。出発したときは山の頂が雲に隠れ、峠には霧のような雨が降っていた。ランドローバーで山道を登るのにうってつけのコンディションとは言えない。

「駐車場から歩いたほうがいいかもしれませんね」エヴァンが提案した。「一・五キロほどですし、それほどの傾斜でもないですから」

「歩く？　この天気のなかを？」グラントリーが非難がましい声をあげた。「とんでもない。ランドローバーはどこへでも行けるように作られているんだ。それに機材を運ぶルートを確かめなきゃいけないしな。さあ、乗って」

エドワードがハンドルを握り、その隣にハワードが座った。車は四人乗りだったから、サンディは残ることになった。宿の入口に立ち、仲間外れにされた子供のようにもの欲しそうな目つきで彼らを眺めている。

「きみが帰ってくるまでに、彼女は悲嘆のあまり死んでしまうぞ、グラントリー」エドワードが言った。

「かわいそうに。おれに夢中だからって、どうしようもないだろう？　みんなそうなんだから」

「気をもたせるようなことはするべきじゃないよ。卑怯だ」

グラントリーはにやりと笑った。「おれに首ったけじゃなかったら、紅茶をいれてくれたり、マッサージしてくれたり、夜遅くまで原稿をタイプしてくれたりすると思うか？　おれに魅力があるのはどうしようもないんだよ、エドワード。わかるだろう？」

彼は長い脚を畳んで、すでにエヴァンが乗っていた後部座席に体を押しこんだ。

「おいおい、これじゃあまるでイワシの缶詰だ。もう一台車を借りたほうがよさそうだぞ、エドワード」グラントリーが文句を言った。「別々に行動しなきゃいけないときがあるかもしれない」

「博物館がランドローバーを貸してくれたんだ」エドワードは振り返ろうともせずに言った。「いまは、あるものでなんとかするだけだ。予算内に収めなきゃならないし、引き揚げ用の機材は安くないんだ」彼は〈エヴェレスト・イン〉の駐車場から寒々しい道路へと車を出し、峠をのぼり始めた。「作業に一週間以上かかったら、どうすればいいだろうな。わかっているだろうが、ぼくは私費を投じているんだ」

「そうなったら、完成予定のドキュメンタリーを担保に銀行から借りればいいさ。監督はハワード・バウアーで、BBC2が買うことを約束したようなものだって言うんだ。こいつは間違いなく儲かるんだから」

「そうだといいけれどね、グラントリー」エドワードが冷ややかに言った。「数週間前きみは、BBC2からオファーがあったと言っていた。それがいまは〝約束した〟に変わっている。ぼくはこのプロジェクトに多くのものを賭けているんだからな」

「ここを右に曲がって」エヴァンはエドワード・フェラーズの背中を叩いた。

「ここ?」雲のなかへと消えていく山道を見つめながら、エドワードは驚いたように訊き返した。尾根へと続く道は、人間ふたりがようやく並んで歩ける程度の幅しかない。

「なんとまあ」ハワードがつぶやいた。「まさか、ここを車であがるつもりじゃないだろうな?」

「どうしたっていうんだ、ハワード?」グラントリーが訊いた。「あなたは恐れを知らないはずだろう?」

「うるさいぞ、グラントリー。わたしに自殺願望はないんだ」

「古い鉱山から銅を運び出すときに、ここを使っていたんですよ」エヴァンが説明した。

「ほらね。使い込まれた車道だよ」グラントリーが言った。

「実を言うと、ロバなんです」エヴァンが指摘した。「ロバで銅を運んでいたんですよ」

「なんとも心強い話だ」エドワードがぼそりと言った。「どこに向かっているのか見えないぞ。じきに雲のなかだ」

ランドローバーはがたがたと揺れながら山道をのぼっていく。左側にある断崖を霧が隠してくれていてよかったとエヴァンは思った。一行は無事に尾根をのぼりきり、そこから湖岸までの短い斜面をずるずるとおりていった。黒い水が静かに広がる湖の脇に車が止まるまで、だれもなにも言おうとはしなかった。

「あそこだ」エドワードは車を降り、こわばった手足を伸ばしながら言った。「あの大きな岩の下だ」

「機材はヘリコプターで運ばなきゃいけないんじゃないか、エドワード」グラントリーが言った。

「たいして大きいものじゃない。いまの道で運べると思うね」

「飛行機をどうやって引きあげるんです？　大きなクレーンがいるんじゃないですか？」エヴァンが尋ねた。

エドワードの顔が輝いた。「いいえ。そこが素晴らしいところなんですよ。深海からの引き揚げに使われている方法を試すつもりなんです。ダイバーに潜ってもらい、飛行機のまわりに浮き輪のようなものをつける。それに空気を入れて膨らませるんです。いっぱいに膨らんだら、水面まで浮きあがってくるという寸法です」

「そいつは素晴らしい」エヴァンは言った。

「そうでしょう？」エドワードは笑みを浮かべたまま、さらに言った。「現代の飛行機に比べれば、ドルニエ一七はあまり大きくない。なにもジャンボジェットを引きあげようというわけじゃないんだ。簡単に浮いてくるはずですよ」

「岩だか泥だかに引っかからなければね」グラントリーが愛想よく言った。

「うまくいくさ。信用してくれ」

「おれはいつだっておまえを信用しているよ、エドワード。問題はおまえがおれをあまり信用してないってことだ」

エヴァンはふたりを交互に眺めていた。どうにもよくわからない。ハワード・バウアーが監督だということだから、プロジェクトの責任者のはずだ。なのに、ほとんど言葉を発することもなく、ほかのふたりから距離を置いている。グラントリー・スミスはプロデューサーだが、プロジェクトの資金を出しているのはエドワードらしい。それなのにどうしてふたりは、グラントリー・スミスが神のように振る舞うのを許しているのだろう？

「こんな天気じゃ撮影は無理だ」ハワードが言った。「早いところ雲が消えるのを祈るほかはない」

「天気はよくなるさ」エドワードが言った。

「エドワードは根っからの楽天家だからな」グラントリーが湖の縁に立った。冷たい霧が膝のまわりで渦巻き、湖面へと流れていく。枯れたワラビの茂みを吹き抜ける風以外、なんの物音もしない。グラントリーがかがみこんで小石を拾い、湖に向かって投げた。水音がありえないくらい大きく響いた。黒い湖面にきれいな丸い波が広がった。

「ホラー映画に出てきそうだな」ハワードが言った。「湖に住む怪物を起こしたんでないといいんだがね、グラントリー」

「この湖には怪物が住んでいるのかい、巡査？」グラントリーがにやにやしながら尋ねた。

「ぼくは聞いたことがありませんね。ですが、ここに湖の乙女が住んでいて、まさにこの湖でアーサー王にエクスカリバーを渡したと言われていますよ」

「エクスカリバーを差し出されたら、グラントリーは喜んで受け取るだろうな。昔から王になりたがっていたからね」エドワードはくすくす笑った。

「湖の乙女がなんだってこんなところに住もうと思ったのか、おれには理解できないよ。こんな陰鬱なところは見たことがない」グラントリーはふたつめの石を投げた。「なんの生き物もいない。荒涼としたところだ」

「太陽が出ているときは、とてもきれいなんですよ」エヴァンが言った。「湖は真っ青で、そこに山が映るんです。山頂に雪が積もったときには、とりわけドラマチックですよ」

「雪？」グラントリーはぞっとしたような顔をした。「勘弁してほしいな。雪の吹きだまりに埋もれたグラントリー・スミス。犬を連れた救出チームがおれを捜しに来るんだ」

「芝居がかったことはもうやめてくれ、グラントリー。仕事にかかろう。念のためヘリコプターを着陸させる場所を見つけないと。それに発電機を設置する場所も」

グラントリーとエドワードは歩きだした。エヴァンはハワード・バウアーとふたりでその場に残った。ハワードは荒涼とした谷を眺めながら、物思いにふけっているようだ。ダウンパーカーのポケットに両手を入れ、ベレー帽を押しつぶすようにしてかぶっている。

「ひどく寒いな」彼がぼそりと言った。

「アフリカに長いあいだ滞在していたなら、寒さには慣れていないでしょうからね」エヴァンは同情をこめて言った。

「わたしは映画を一本撮るために、あそこに行っただけだ」ハワードが険しい口調で言った。「なのにだれもわたしにそのことを忘れさせてくれない」

エドワードとグラントリーが戻ってきた。

「彼女は間違いなくここにいるんだろう?」グラントリーの声が、そこからは見えない岩に反響している。「昔のよしみで捜すべきだ」

「それはどうだろう……」

「もちろん捜さないと。ひつじをペットにして自然と共に生きている彼女をぜひ見てみたいね」

「それはあんまりじゃないか、グラントリー。確かに彼女は少しばかり、自然にこだわる傾向はあったが」

「少しばかり? いまごろ彼女はパンを焼く小麦を育てて、下着を縫う糸を紡いでいると思うぞ」

「どっちにしろ、ぼくは彼女の住所を知らない。スノードニアの村だということしかわからないんだ」

「巡査に訊けばいい。このあたりの人間のことはみんな知っているはずだ。おれが訊くよ」グラントリーは背の高い草のあいだをエヴァンたちのほうへと戻ってきた。「最近ここに引っ越してきた若い女性を知らないだろうか? 名前はブロンウェン・フェラーズ――」

「旧姓を使っていると思う」エドワードが口をはさんだ。「プライスだ。ブロンウェン・プライス」

エヴァンは茫然として彼を見つめた。元夫は古い飛行機に夢中だったとブロンウェンが話していたことを思い出した。けれど彼女が、このぽっちゃりしてもったいぶったピンク色の男と結婚していたとは、とても信じられなかった。

聞いたことがないと答えろと、頭のなかで声がした。

エヴァンは懸命に冷静さを保とうとした。「彼女なら知っていますよ」ようやくそう言った。「ぼくたちの村で教師をしています」いまはぼくの恋人だと付け加えたかったが、やめておいた。

「村の学校の教師。また古くさいことを」グラントリーはエドワードに笑いかけた。「ほらな、あの子には絶対にどこかおかしなところがあるって、言ったじゃないか。なのにおまえは信じなかった。会いに行こうぜ、エドワード」

「それはあまりいい考えとは思えないな」

「いい考えに決まっているさ。自己啓発書によく書いてあるだろう？　幕を引くんだ。彼女がおまえを恋しがってはいないことを確かめる必要があるんだよ」

エヴァンは爪が手のひらに食いこむのを感じた。「ここでの用が終わったなら、霧がこれ以上濃くなる前に戻ったほうがいいと思います。道を外れて、三〇〇メートル下に落ちたくはないでしょう?」

「そうだな、いまここでできることはなにもない」グラントリー・スミスはランドローバーに向かって歩きだした。「まったく寒々しいところだよ。なにかを引き揚げる映画を撮るのなら、カリブ海の宝船にしておくんだった」

「だがだれも、それには資金援助をしてくれなかったんだろう、グラントリー?」エドワードが楽しそうに言った。「それに、今回の件に興味を持つ人間がいたのも、きみがハワードを引っ張りだしたからだ——どうやったのかは、ぼくには謎だけれどね」

「おまえにはなにもかもが謎なのさ、エドワード」グラントリーは猫のような優雅さで、ランドローバーの後部座席に滑りこんだ。


一行は無言のまま、なにごともなく村に戻ってきた。

「おまえは機材担当の人間に連絡してきたらどうだ、エドワード?」グラントリーが言った。「あの道の状態じゃ、ヘリコプターを使うしかないだろう。そのあいだ」彼はエヴァンに向き直った。「なにもせずにぶらぶらしているのも時間の無駄だ。地元色を探しにいこうじゃないか、巡査。話を聞ける人間を探してくれたんだろう?」

「あ、すみません。ぼくに言っていたんですか?」エヴァンはまだ、ブロンウェンがエドワード・フェラーズと結婚していたという事実を受け入れようとしていた。なかなか気持ちが整理できない。

「そうだよ。インタビューがしたいんだ。地元色ってやつさ。面白い話を知っている風変わりな田舎者」

エヴァンはグラントリーに対する反感を表情に出すまいとした。「チャーリー・ホプキンスを訪ねてみましょうか」しばし考えてから言った。「ここ最近は半ば隠居してますし、その爆撃機について面白い話があるようですから」

「いいね。ハワード、おれはカメラを取ってくる」〈エヴェレスト・イン〉の外に車が止まると、グラントリーはそう言って駆けだしていった。

ハワード・バウアーはエヴァンに言った。「今度はカメラマンの役までやるつもりらしい。彼は、自分ひとりでなにもかもできると思っているんだ。明日になれば、わたしのプロのカメラマンたちが来るのに、自分のほうがうまくやれると思っている」

「どうして彼に待つように言わないんですか？　あなたが監督でしょう？」エヴァンが訊いた。

ハワードはエヴァンには理解できない表情で彼を見た。「それほど単純なことじゃないんだ。グラントリーを監督することはできないよ」

グラントリーは勝ち誇ったようにビデオカメラを振りながら戻ってきた。「さあ、

来い、マクダフ！」（マクベス第五幕からの引用）

ハワードは顔をしかめた。「あの芝居の台詞を持ち出すのは、不吉なんじゃないか？」

「あなたが俳優ならね、ハワード。それにおれは役者時代よりもっと出世しているし」

村に向かって丘をくだっているあいだに、雲が取れ始めた。あたかも巨大なサーチライトのように、雲の切れ目から射す光の筋が斜面を移動している。

礼拝堂のあたりまでやってきたところで、甲高い声が耳に刺さった。「ちょっと！お待ちなさい！」

ミセス・パウエル＝ジョーンズが駆け寄ってくるのを見て、エヴァンは身構えた。彼女は薄緑色のツイードの服にウェリントン・ブーツ、庭仕事用のエプロンという格好で、手には大きな剪定ばさみを持っていた。

「あなた方は、話に聞いている撮影チームの人ですね？」いくらか慌てている様子だ。「わたしは牧師の妻です。ミセス・パウエル＝ジョーンズと言います。戦時中のこの村について知りたいのなら、わたしに訊けばいいですよ。なんでも必要なことはお話しできますから。当時、わたしの家族がスレート鉱山を所有していたんです。礼拝堂のうしろに見える、あの堂々とした立派な家がわたしたち一家の屋敷なんです……それに戦争中は母がすべてを管理していたんですよ」

ミセス・パウエル＝ジョーンズは言葉を切り、にっこりと笑った。「もちろん当時わたしはほんの子供でしたけれどね。でも母が村の女たち全員を集めて、兵士のためにスカーフを編んでいたのを覚えていますよ。地元の空軍基地の人たちのためにコンサート・パーティーを企画したり、疎開してきた人たちの宿を割り振ったり――素晴らしいまとめ役だったんです。もちろんわたしもそうですけれどね。わたしがいなければどうしていいかわからないと、夫はいつも言っているんですよ」

「楽しい時間が過ごせるだろうな」ハワードが小さな声でつぶやいた。

「カメラがあるんですね」ミセス・パウエル＝ジョーンズはさらに言った。「インタビューは、わたしの自家製のジャムでお茶を飲みながらにしましょう。そうすれば、戦争中のこの村についてなんでもお話しできますから」

ミセス・パウエル＝ジョーンズが剪定ばさみを振り回しながら身を乗り出してきたときのグラントリーとハワードの顔は見ものだった。さすがのグラントリーでさえ、言葉を失っている。「ご親切に。感謝します。行かないと。約束が」グラントリーはぼそぼそと応じると、通りを駆けだしていった。

「ずいぶんと失礼な若者だこと」ミセス・パウエル＝ジョーンズが言った。「芸術家気質というやつなんでしょうね。それじゃあ、あとでお待ちしていますよ」

「なんとまあ、恐ろしい女性じゃないか」グラントリーを追いかけながら、ハワードがつぶやいた。「前の妻を思い出すよ」

グラントリーは子供たちがにぎやかに遊んでいる運動場の外で足を止めていた。

「当ててみようか——これが、エドワードの昔の配偶者が教えている学校だ！　びっくりするほど古くさいな。さて、彼女を驚かせてやろう！」

「あなたも彼女を知っているんですか？」エヴァンが尋ねた。

「もちろんさ。おれたちはケンブリッジで一緒だったんだ。幸せな家族みたいだった。おや、あそこにいるぞ！　なんてこった、本当にすっかり自然派になっているじゃないか。おーい、ブロンウェン、ここだ。だれだと思う？」

エヴァンはブロンウェンがこちらに視線を向け、好奇心にかきたてられた子供たちを引きつれながら運動場を歩いてくるのを、胸をかきむしられるような思いで見つめていた。ロングスカートに長くて赤いケープをつけた彼女は、古いおとぎ話から抜け出してきたかのようだ。近づいてきた彼女はいぶかしげにエヴァンからほかのふたりに視線を移し、不意に表情を変えた。「グラントリー？　まあ、いったいここでなにをしているの？」

「古い飛行機の撮影さ。我らが相談役はだれだと思う？」

ブロンウェンの顔から血の気が引いた。「エドワードが来ているの？　第二次世界大戦中の飛行機マニアがプロジェクトを取り仕切っているってエヴァンから聞いて、まさかとは思ったのよ」

「きみにすごく会いたがっているよ。地獄のシャレーに泊まっているんだ。あとで一杯やりに来ないか――昔のよしみで?」

ブロンウェンはためらい、エヴァンをちらりと見てから答えた。「いいわ。行く」

「五時半くらいでどうだい? それまでに仕事は終わる?」

ブロンウェンはうなずいた。

ひとりの子供が彼女の腕を叩いた。「ミス・プライス、ぼくが鐘を鳴らしますか? 休み時間は終わりですけど」

ブロンウェンは催眠から覚めた人間のようだった。「え? ああ、そうね、アレド。鐘を鳴らしてちょうだい。ありがとう」

子供たちをつれて校舎へと戻っていく彼女を、エヴァンはその場に立ち尽くして眺めていた。

帰宅して制服を着替えていると、ミセス・ウィリアムスがエヴァンの部屋のドアをノックした。「ミス・プライスが来ていますよ、ミスター・エヴァンズ。フロント・パーラーにお通ししておきましたからね」

エヴァンはTシャツの上にセーターを着てコーデュロイのズボンをはき、急いで階下におりた。

「用意はできている？」ブロンウェンが訊いた。エヴァンはブロンウェンがまったく彼女らしくない装いをしていることに気づいた。黒っぽいスラックスに光沢のある青いブラウス、肩には灰色のストールを羽織っている。長い三つ編みをねじってアップにし、うっすらとお化粧までしていた。

「用意？」

「〈エヴェレスト・イン〉に飲みに行くって約束したでしょう？」

「ぼくに一緒に行ってほしいの？」エヴァンは湧き起こった満足感を見せまいとしながら訊いた。

「もちろん一緒に行ってほしいわ」ブロンウェンは急に弱々しく見えた。「あなたがよければだけれど……わたしひとりでライオンと対決させるつもりじゃないでしょう？」

「きみがそうしてほしいなら、一緒に行くよ。邪魔されずに話がしたいのかと思っていた」

「まさか」ブロンウェンは顔をしかめた。「本当は行きたくなんてないのよ。びっくりしすぎて、ノーって言えなかっただけ」

「長居する必要はないさ」

ブロンウェンは笑みを浮かべた。「そうね、わたしはものすごく幸せで、ここでうまくやっていて、人生を謳歌していることをあの人たちにわかってもらえば、もう二度と会う必要もないわ」

エヴァンが玄関のドアを開けた。「会うのが辛いの？　円満に別れたんだと思っていた――お互いが変わってしまったから」

外は暗くなりかかっていた。空は銀色で、紺色の筋状の雲がかかっている。濡れた歩道に街灯が光を浮かびあがらせていた。ショーウィンドウのブラインドをおろした肉屋のエヴァンズが、店の前を通りかかったふたりに声をかけた。「こんばんは（ノスワイス・ザー）」

ブロンウェンは精肉店から充分に遠ざかったところで口を開いた。「あなたにくわしい話はしてこなかった。自分でも事実に直面したくなかったからだと思う。ほかに好きな人ができたから出ていくとエドワードに言われて以来、彼とは一度も会っていないの」

「そうか」

「ショックだったわ。わかると思うけれど。だからわたしはここに来たのよ。だれもわたしを知る人のいない小さな村に」

「きみが来てくれてよかった」

ブロンウェンはエヴァンの手を取った。「来てよかったわ」

〈エヴェレスト・イン〉のロビーでは、川石の暖炉で赤々と火が燃えていた。片隅でハープ奏者が演奏していて、窓のそばではハイキングの格好をした年配の夫婦がお茶を飲んでいる。グラントリーたちは、また暖炉のそばに陣取っていた。

「やあ、彼女が来たぞ」グラントリーは立ちあがったが、エドワードは動こうとしなかった。「途中で強盗に襲われないように、誠実なおまわりさんの護衛つきだ。ここの警察は素晴らしいね。ロンドン警察よりはるかにいい！」

ふたりは広々としたロビーを腕を組んで歩いた。エドワードもようやく立ちあがった。「やあ、ブロンウェン。元気かい？」

「ええ、とても。ありがとう、エドワード。あなたは？」

「ああ、元気さ。相変わらず、きれいだね」

「ありがとう」

「椅子を取ってこよう」エドワードは一番手前のテーブルから椅子を引きずってきた。

「エヴァンの分も」ブロンウェンが言った。

「いいよ、自分でするから」エヴァンはだれかが行動を起こす前に自分で椅子を取ってくると、ブロンウェンの少しうしろに座った。

「待っていなくてもいいんだぞ、巡査」グラントリーが言った。「おれたちがちゃんと家まで送っていくし、彼女を食べるような狼もいないさ」

「エヴァンにはいてもらうわ」ブロンウェンが淡々とした口調で言った。「わたしたちは、どこに行くのも一緒なの」

「あ、そうなのか」エドワードのピンク色の顔がますますピンク色になった。「そうか、わかった」

「おれたちの監督ハワード・バウアーとは初対面だろう？」グラントリーが言った。

「もちろんお名前は存じています」ブロンウェンはハワードに微笑みかけた。「あなたの作品にはとても感銘を受けました」

「それから彼女がおれの秘書のサンディ。サンディ、ブロンウェンはケンブリッジ時代の古い友人なんだ」

「まあ、素敵ですね」サンディは恥ずかしそうに笑った。「ケンブリッジ時代の話は聞いています。とても楽しかったみたいですね」

「そうさ」グラントリーが言った。「本当に楽しかった。おれたちは急進的な劇団に所属していて……エジンバラ郊外でやった芝居を覚えているか？」

「ばかげたお芝居だったわ」ブロンウェンが笑った。「わたしは二幕のあいだじゅうずっと頭を鳥かごに入れたまま、毛沢東の言葉を言わされたんだわ」

「なのに観客は、それがなにを表わしているのかさっぱりわかっていなかった」エドワードも笑った。

「芝居がいつ終わったのかも、拍手していいのかどうかすらわかっていなかったわね」

「おれたちはイオネスコを脱したイオネスコ（不条理演劇の先駆けとなった劇作家）だってよく言ってたじゃないか」グラントリーが声を張りあげた。

話が盛りあがり、声高に会話が交わされる様子を、エヴァンはブロンウェンの背後から落ち着かない気持ちで眺めていた。これは彼が見たことのない、新しいブロンウェンだった――ウィットに富み、快活で、軽やかに笑いながらエヴァンの知らない世界の話をしている。エヴァンとエドワードを並べて見ることで、ブロンウェンが自分の選択は正しかったと気づいてくれればいいと思っていた。けれどいま、正反対のことが起きているとエヴァンは感じていた。ブロンウェンは昔の仲間と会って、本来の知的レベルに戻っている。静かな村の暮らしになにが欠けているのかを、ひしひしと感じているに違いなかった。

6

実を言えばわたしは、戦争を楽しみにしていた。一九三九年に一四歳になり、それはつまり学校を卒業して父やほかの大勢の男たちと同じように、スレート鉱山で働き始めるということだった。選択肢などない。ブライナイで暮らす男は、牧師でなければ、スレート鉱山の鉱夫だ。当時は充分すぎるほどの数の礼拝堂があった。どうしてそれほど必要だったのかはわからない。スレート鉱山で働く人間ならだれでも、地獄のことはいやというほど知っていたからだ。冬のあいだ中わたしたちは、日の光を見ることがなかった。朝は夜明け前に鉱山におりていき、夜は暗くなってから戻ってくる。そういう日々は堪えるものだ。とりわけ、わたしのように野外を好む人間にとっては。まだ学校に通っていた頃は、空いた時間には絵の具箱とスケッチブックを持って荒れ地に行き、目についたものを片っ端から描いた。教師のミスター・ヒューズに絵の才能があると言われた。どんどん描くように励まされ、一度などは絵の具を買ってくれたこともある。決して安い絵の具で満足してはいけないよ、トレフォーと彼は言った。ロンドンの芸術大学の知人に手紙を書いてやろうとも言ってくれた。奨学金がもらえるはずだと。けれど当然ながら、家に帰ってその話をしても笑われただけだった。鉱山で絵がなんの役に立つ？　あそこは暗くて絵なんて描けやしないだろうと父は言った。

わたしは最初から鉱山がいやでたまらなかった——一四歳の少年にはかなり恐ろしいところだ。ほぼ真っ暗ななかを、何百段もの階段をひたすらおりていく。やがて広々とした洞窟のようなところに出て、そこには鉱夫たちが吊るしたランプの明かりが点々と灯っている。ハンマーの音と薄気味悪い話し声が響く闇のなかで、一日を過ごすのだ。そう、あれはかなり地獄に近い。

一九三九年の夏に宣戦が布告された。その夏、わたしは一四歳になり、学校を卒業し、鉱山で働き始めた。村の年上の少年たちの何人かは、すぐに入隊した。制服姿の彼らは格好よく見えた。わたしはもちろん若すぎたから、一七歳になるまで戦争が続くことを祈った。ジョニー・モーガンはフランスに向かった。彼と入れ替われるならなんでもするのにと思ったものだ。フランス——画家の国。ミスター・ヒューズが貸してくれた本の絵を見たことがあった。

当然ながら電報が届いたときには、ジョニーをうらやましいとは思わなかった。彼はほとんどフランスを見ることがなかった。ダンケルクの海岸で命を落としていた。その後、それがわたしだったらよかったのにと思ったことは何度もあった。

翌朝、近づいてくるヘリコプターの音に、スランフェアの住人たちは戸外へと飛び出した。ヘリコプターは、正体を判別しがたい大きな荷物を吊りさげて、ゆっくりと峠をのぼっていく。

「また軍隊が演習をしているぞ」牛乳屋のエヴァンズが肉屋のエヴァンズに言った。

「違うな。あの外国人といまいましいドイツの飛行機のせいだ。あいつらがいなくなるまでは、平和な時間なんてまったくないぞ。見てろ、昼も夜もヘリコプターが峠を行ったり来たりするんだ……」最後の言葉はヘリコプターのモーター音にかき消された。肉屋のエヴァンズは山を見あげた。「あそこに行って、話をつけてくる。ここは静かなところなんだ。邪魔されるのはごめんだ」

「今度ばかりはおれも同じ意見だ、ガレス」牛乳屋のエヴァンズがうなずいた。「観光客ならかまわないが、一日中ヘリコプターが峠を行ったり来たりというのは――あんまりだ」

「農夫のミスター・オーウェンズも嫌がるだろうな。ひつじたちがびっくりする」

「ミスター・ハウエルのところの乳牛も、乳が出なくなるかもしれないぞ。そうしたらおれはどうすればいい？」

「正式に不服を申し立てて、村の人間みんなに署名してもらおうじゃないか」肉屋のエヴァンズが言った。「ここで撮影してもいいかどうかなんて、訊かれていない。違うか？」

「パリー・デイヴィス牧師のところに行こう。彼ならどうやって正式に不服を申し立てればいいのか知っているはずだ」

「知ってはいるだろうが、パウエル＝ジョーンズ牧師のほうがいい」

「そんなことはないね！」

「いいや、ある。年が上だし、説教も彼のほうがうまい。それにウェールズ語だ」

ふたりはこぶしを振りあげてしばしにらみあっていたが、やがて牛乳屋のエヴァンズが笑いだした。

「それとも牧師の女房はどうだ？　彼女たちのほうがもっといいぞ。ミセス・パウエル＝ジョーンズに立ち向かえるやつなんていないからな。そうだろう？」

肉屋のエヴァンズも笑いだした。「思い立ったが吉日だ。いますぐ行こうじゃないか――村の代表として」

「よし、行こう、ガレス・バッハ」

今回ばかりはふたりの意見は完全に一致し、ヘリコプターを急いで追ってきた好奇心旺盛な村人たち――若い者から老人まで様々だった――に合流した。

一行がまだ二軒の礼拝堂にたどり着いてもいないうちに、機材を積んだランドローバーが近づいてきた。

「ヘリコプターの到着を撮影するために、湖まで行かなきゃいけないんだ」赤いひげの男が窓から顔をのぞかせて、ふたりのエヴァンズに声をかけた。「スリン・スラダウ湖がどこにあるのか知らないか？」

「ヘリコプターはもう行っちまったぞ」牛乳屋のエヴァンズが応じた。「ひつじたちを怯えさせ、このあたりの平和を乱しながらな」

「くそっ。遅れているのはわかっていたんだ」男が言った。「いま、どこにいる？」

牛乳屋のエヴァンズは峠をのぼっている一団に目を向けた。「みんなについていけばいい。見逃しっこないよ」

若い男は再び「くそっ」とつぶやくと、勢いよく車を発進させた。

その頃、湖では、エヴァンがどんよりした湖面を眺めながら、ゆうべのことを何度も頭のなかで反芻していた。一緒に家へと帰っていくあいだ、ブロンウェンはエヴァンを安心させるような言葉を繰り返したけれど、彼の気持ちは少しも楽にならなかった。これまで知らなかった、機知に富んだブロンウェンを見たのはショックだった。どうしてケンブリッジを出ていることを話してくれなかったんだろう？　エヴァンが尋ねなかったからかもしれない。彼女が大学を出ていることは知っていたけれど、まさかケンブリッジとは——すごく頭のいい人間しか行けないところだろう？ 彼女が村の暮らしを物足りないと感じるようになるのは、時間の問題なんだろうか？

エヴァンの目の前にヘリコプターが現われ、湖岸に荷物をおろした。グラントリーがその様子を撮影している。カメラチームが間に合うように来なかったというので、ご機嫌斜めだ。ハワードが隣にいて、黙ってそれを眺めていた。

不意に峠の頂上からいくつかの顔が現われ、エヴァンの視線がそちらに流れた。まるでスランフェアの住人全員がヘリコプターを見にやってきたみたいだ。エヴァンは斜面をあがり、先頭にいる人間を遮った。

「悪いが、ここに来てもらっては困る」エヴァンが言った。

「どういう意味です？ ここはだれでも通れる山道ですよね？」若い男が言った。「立ち入り禁止にはできませんよ」

「彼らがなんの問題もなく撮影できるように、だれも近づけるなという指示——警部の指示だ——を受けている。だから行儀よく、家に帰ることだ」

若者ふたりは渋々引き返したが、エヴァンはさらに多くの人々が両側からこっそり近づいてきていることに気づいた。その後はシープドッグになったような気分で、あっちへ行ったり、こっちへ行ったりを繰り返した。

「だれも近づけないようにと頼んだはずだぞ」グラントリーが叫んだ。「岩陰からにやにやしている顔がのぞいて、シーケンスがまた台無しだ」

カメラチームががたがたと山道をのぼってきて、まもなく大型のカメラと照明が湖岸に設置された。

さらに文句を言われることを覚悟していたエヴァンだが、グラントリーがやってきて言った。「すべて順調に運んでいるよ、おまわりさん。あとはハワードとカメラチームに任せておけばいい。このあと、ちょっと一緒に来てほしいところがあるんだ。車に乗って」

エヴァンは言われたとおりランドローバーに乗りこみ、ふたりは出発した。「約一時間後に、マンチェスターからある女性が到着する」グラントリーが言った。「バンガー駅で彼女と落ち合い、〈フロン・ヘイログ〉に連れていくことになっているんだ。このあたりのはずなんだが——場所がわかるか？」

「〈フロン・ヘイログ〉？」エヴァンは、グラントリーのひどい発音からその名前をかろうじて推測し、どの農家がそう呼ばれていただろうと記憶を探った。「このあたりの農家ですね。持ち主の名前をご存じですか？」

「ジェームズだ」

「ああ、それならわかります。年配のご夫婦だ。そうでしょう？　もう農家はやっていないはずです。スランベリスに向かう谷の先にある小さな白い家ですよ」

「素晴らしい。感動の再会ってやつをお膳立てしたんだよ。昔、そこに疎開していた人間を連れてきたんだ。戦争が終わってから、一度も会っていないそうだ。いい映像になるぞ」

バンガー駅で会ったポーリーン・ハードキャッスルをエヴァンは好きになれなかった。やつれた表情をして、落ちくぼんだ小さな目で不安そうにあたりを見まわしている。

「こんなことをしていいものかどうかわからないんですよ――昔のことをほじくり返そうなんてね」彼女が言った。「でもわたしたち双方にとっていいことだとあなたが言うので、やってみることにします。ふたりとも生きているんですよね？　もうとっくに死んだんだと思っていましたよ。息子はまだ一緒に暮らしているんですか？　意地の悪いいやな子でしたよ」

エヴァンはちらりとグラントリーの顔を見たが、浮かべた笑みはそのままだった。近づいてくる車の音が聞こえたらしく、ジェームズ夫妻がコテージのドア口に姿を見せた。二匹の老いたボーダーコリーがふたりの足元でためらいがちに尻尾を振っている。

「まあまあ、彼女ですよ、お父さん」ミセス・ジェームズが両手を広げ、ポーリーンに歩み寄った。「戦争からこれだけの歳月がたったいま、小さなポーリーンがわたしたちに会いに来てくれるなんて」

「小さなポーリーン」老人がつぶやいた。

痩せこけた女性はその場に立ったまま、おとなしくハグされていた。

「さあ、なかに入って。紅茶をいれましょうね」ミセス・ジェームズはなまりのない英語で言った。「お湯をわかしてくださいな、お父さん」

ミセス・ジェームズは、よく磨かれた食器戸棚と高い背もたれのある長椅子が置かれた、染みひとつない台所に三人を案内した。隅には使われていない古くて黒いコンロがあったが、ミスター・ジェームズは近代的な電気ポットのスイッチを入れた。壁沿いにラジエーターが取りつけられていて、台所は気持ちよく暖められていた。

「あなたがいた頃とは、ちょっと変わったでしょう?」ミセス・ジェームズはためらいがちに切りだした。「あの日のことを昨日のように覚えているわ。そこに立ってぶるぶる震えていた、かわいそうな小さな子。骨と皮だった。肉のひとかけらもついていなかったわね。服はぼろぼろで汚れていて、もう何週間もお風呂に入っていないようだった。ノミが家のなかに入ってこないように、あなたを外に連れ出してポンプの下でごしごしこすらなくちゃならなかったんだわ」

エヴァンは、グラントリーがカメラを回していることに気づいた。

「わたしも覚えているわ」ポーリーンが言った。「あのポンプのところでこすられたときは、寒くて死にそうだった。皮膚があちこちむけて、わたしは悲鳴をあげたのに、あなたは気にしなかった」

「あら、でもああするしかなかったのよ」ミセス・ジェームズは優しそうな声で言葉を継いだ。

ポーリーンが遮るように言った。「ああするしかなかった？　わたしはひどい扱いをされたし、あなたはそれをわかっていてやったのよ。子供への虐待。いまなら、裁判にかけられていたでしょうね」

「ほら、落ち着いて」ミスター・ジェームズが割って入った。「わしの女房を怒鳴らんでくれ。おまえを引き取ったのは、親切心で……」

「親切心？」ポーリーンはふたりを怒鳴りつけていた。「あんたたちは奴隷が欲しかっただけでしょう。働かなければ食べ物もくれなかった。覚えている？　暖房もない部屋で、わたしはお腹を空かせて眠った。毎晩、泣きながら眠っていたのよ」

彼女はグラントリーに向き直った。「本当よ。家に帰してくれって頼んだのに、この人たちは農家を手伝う奴隷が欲しかったの。わたしは夜明けと共に起き出して、雌鶏たちに餌をやらなきゃいけなかった――わたしはあの雌鶏が死ぬほど怖かったのに。

それにジャガイモの皮をむかされたし、洗濯もさせられた。八歳だったのに、あんたたちは奴隷みたいにわたしをこき使ったの。口答えしたら鞭で打たれたし、毎週日曜日にはあのとんでもない礼拝堂に連れていかれた」

だれもが黙りこみ、暖炉の上の時計のカチカチというリズミカルな音だけが響いていた。

ポーリーンは夫妻の顔を見比べながら言った。「面と向かってこう言ってやれる日をずっと待っていたのよ。最高の気分だわ！」彼女は立ちあがった。「帰りましょう。これ以上、言うことはないもの」

ジェームズ夫妻は愕然としていた。「それは違うわよ、ポーリーン」ミセス・ジェームズが言った。「わたしたちはあなたを自分の子供と同じように扱った。農家ではみんなに仕事があるの。でないと終わらないのよ。あなたには一番楽な仕事をお願いしていたのに、あなたはいつだって文句ばかりだった。自分の家ではなにもしたことがなかったんでしょう？　お料理も裁縫もなにもできなかったわね……」

「わたしはたったの八歳だったのよ」ポーリーンは叫んだ。「ほんの子供だったのに！生まれて初めて母親から引き離されたうえに、彼がわたしを虐待するのを放っておいた」

「どういう意味だね？」ミスター・ジェームズが訊いた。

「わかっているでしょう、変態じじい」ポーリーンはミセス・ジェームズに向かって言った。「彼はわたしにいやらしいことをしたのに、あんたは見て見ぬふりをした」彼女はドアへと歩きだした。「言いたいことは言ったわ。思いだすだけで辛くなる。もう帰らせてちょうだい」

グラントリーは撮影を続けていた。カメラをまわしながら立ちあがり、ポーリーンを追うようにして家を出ていく。エヴァンは老夫婦になんて声をかけていいのかわからず、ぎこちなく立ちあがった。

「全然、そんなことじゃなかったんですよ、エヴァンズ巡査」ようやくミセス・ジェームズが釈明した。「彼女がどうしてあんなことを言いだしたのかは知りませんが、わたしたちは自分の子供と同じようにあの子を扱っていたんです。どうしていまさらここに来て、あんなことを言ったんでしょう？」

「悪意だよ」ミスター・ジェームズが言った。「だれかが彼女になにかを吹きこんだんだ。おまえも読んだことがあるセラピストかなにかだろう」お湯が沸いて、電気ポットのスイッチが切れた。「もう紅茶を飲むような気分じゃなさそうだな」

「すみません、ミスター・ジェームズ」エヴァンは言った。「こんなことになるとはミスター・スミスは考えていなかったはずです。そうでなければ、ポーリーンを連れてきたりはしなかったでしょうから」

グラントリーは言葉少なだったが、駅でポーリーンを降ろしたとたんにうれしそうな声をあげた。「どうだ？　素晴らしかったじゃないか。これで彼らも襟を正すだろう。違うか？」

エヴァンはまじまじと彼を見つめた。「彼女があんなことを言うつもりだと知っていたんですか？」

「もちろんだ、それが目的だったんだから。北ウェールズで辛い経験をした疎開者を探したんだ。おれの要求にぴったりだったのは彼女だけだった」

「でも彼女は老夫婦をひどく動揺させたんですよ」

「当然の報いだと思うね」グラントリーは笑いながら言った。「心配いらないよ、おまわりさん。ドキュメンタリーに協力してくれた分の小切手を送っておくから。金は、野蛮人をなだめすかす魅力があるんだ。そうだろう？」

「お座りなさいな、ミスター・エヴァンズ。疲れ果てているじゃありませんか」その夜、エヴァンを出迎えたミセス・ウィリアムスが言った。「撮影チームの面倒を見るのは大変そうですね」

「とても想像できないと思いますよ、ミセス・ウィリアムス」エヴァンはぐったりと自分の椅子に座りこんだ。「野次馬をセットに近づけないようにするために、どんなシープドッグよりも熱心に働いたうえ、〈フロン・ヘイログ〉でジェームズ夫妻と戦時中の疎開者の最悪の再会を目撃することになった。そのあとはあの不愉快なグラントリー・スミスが語る、自分がどれほど優秀で、この作品でどうやって賞を取るかという話を延々と聞かされていたんです」

「これを食べれば、きっと気分もよくなりますよ」ミセス・ウィリアムスはオーブンを開け、ラムのレバーが三切れと数枚のベーコンの薄切りにフライド・オニオンを載せ、濃厚な茶色いグレービーソースをかけたものを取り出した。そこにふわふわのマッシュポテトをたっぷり加え、さらにサヤマメとパセリソースであえたカリフラワーも添えた。これだからなかなかひとり暮らしをする気になれないんだと、エヴァンが思うのはこんなときだ。

ほんのひと口も食べないうちに電話が鳴った。

「あなたの夕食の邪魔をするなんて、いったいだれかしら」ミセス・ウィリアムスは怒ったようにつぶやいた。「まったく身勝手な人ばかり。あなただってたまにはゆっくりと夕食をとりたいだろうなんて考えてもくれない……」

ミセス・ウィリアムスはせわしない足取りで電話機に向かった。「いま食事中なんです」彼女の声が聞こえた。「わかりましたよ。呼んできます」すぐに台所に戻ってきた。「食事中にすみませんけれど、〈エヴェレスト・イン〉でなにか騒ぎが起きているみたいなんですよ。アンダーソン少佐がすぐに来てほしいって言っているんです」

エヴァンはジャケットをつかみ、玄関を走り出た。

エヴァンが着いたとき、〈エヴェレスト・イン〉は静かだったが、暖炉脇のテーブルのあたりだけ空気が張りつめているのがわかった。そのうしろでは、ホテルの支配人――アンダーソン少佐――と使用人のひとりが、暴れる男を押さえている。

「警察が来たぞ。こっちだ、巡査」少佐が手招きした。「ちょっとした騒ぎがあった。そのほとんどをわしはこの目で見ていたんだ。この男がやってきて、こちらの人たちに向かって怒鳴り始めた。それからミスター・スミスの喉をつかんだんだ。引き離すのにふたりがかりだったよ」

普段よりも青い顔のグラントリーは、力なく微笑んだ。「驚いたよ、実際。あいにく、ハンディカメラを持っていなかったし。すごい映像が撮れたはずなのに」

「すごい映像？」サンディが声をあげた。「グラントリー――あなた、殺されるところだったのよ！」

「わかりました。もう放していいですよ」エヴァンは両手を押さえられている男の顔を見た。日焼けした顔の中年男性で、着古したツイードのジャケットに農夫が履くロングブーツという格好だ。どこかで見たことがある気がした。自由の身になるやいなや、男は両手を振り回し、エヴァンは殴られることを半分覚悟した。

「落ち着いて」エヴァンは言った。「いったい、なにがあったんです?」

「恥を知るんだな」男は悪意たっぷりに言った。「とりわけ、あんただよ、エヴァンズ巡査。こんな……こんな最低の野郎をおれの親の家に連れてくるなんて。おかげでどうなったか知っているか? 親父の心臓がおかしくなって、医者を呼ばなきゃいけなかった。いまになってあの……ポーリーンとかいうやつを……連れてくるなんて、いったいなにを考えていたんだ? それでどうなると思っていたんだ?」

「それじゃああなたは、ジェームズ夫妻の息子さんですね?」エヴァンは確かめた。

「そうだ。おれの両親は、働き者のちゃんとした人たちだ。生まれてからずっと、身を粉にして働いてきたんだ。今朝のような不愉快な思いをさせられるいわれはない。こいつが仕組んだんだ、そうだろう?」彼は再びグラントリーに迫ろうとした。アンダーソン少佐がそれを押しとどめるように手を出した。「落ち着いて。そんなことをしてもなんにもならない」

「言動に気をつけないと、治安妨害の容疑で調書を取ることになりますよ、ミスター・ジェームズ」エヴァンが警告した。

「それならこいつはどうなんだ? 治安を妨害したんじゃないのか? おれたちの治安を。ポーリーンを連れてくるなんて。彼女のことはよく覚えているよ。あの頃おれはほんのガキだったが、はっきり覚えている。甘やかされた娘っ子だった。いつもめそめそ泣いて、なにひとつ手伝おうとせず、食べるものを盗んだ。それでも両親は、おれたちと同じように彼女を扱った。その見返りがこれか」彼はくるりと向きを変え、再びグラントリーをにらんだ。「おまえのような人間――タブロイド紙のクズと同じで、人の不幸に群がるんだ――は、生きている価値もない。今度おれの両親に近づいたら、殺してやるからな、わかったか?」

「それで、いったいなんだったんですか、ミスター・エヴァンズ?」かなりあとになってようやく帰宅したエヴァンをミセス・ウィリアムスが迎えた。「深刻な話じゃないといいんですけど」

エヴァンが話して聞かせると、ミセス・ウィリアムスは信じられないというように首を振った。「フロン・ヘイログのジェームズ夫妻? あの人たちならよく知っていますよ。信心深くて、礼拝にも通っているちゃんとした人たちです。過去をほじくり返しても、なにもいいことなんてないんですよ、ミスター・エヴァンズ」

彼女はオーブンから、時間がたっていくらか乾いたエヴァンの夕食を取り出した。「冷めないようにしておきましたよ」

エヴァンは腰をおろしたが、食欲はなくなっていた。本当なら遠慮したいところだったが、ミセス・ウィリアムスが彼の向かいの椅子に座ったので、ぱさぱさになっているレバーを無理やり口に押し込み、時々、おいしそうに声をあげた。

「過去っていうのは面白いもんですね」彼女が言った。「娘時代のこととか戦時中のこととか、もう何年も思い出しもしなかったのに、あなたに訊かれてからいろいろと蘇(よみがえ)ってきたんですよ。昨日のことみたいに思い出せます。ワクワクする時期でしたよ、ミスター・エヴァンズ。わたしはティーンエージャーになったばかりの若い娘でしたけれど、でも楽しかったですよ」

顔を輝かせたミセス・ウィリアムスは、まるでそれからの歳月がどこかへ消えたかのようだった。

夢見るような表情が彼女の顔に浮かんだ。「トレフォー・トーマスという若者がいたんですよ――本当に素敵だったんです。若い頃のクラーク・ゲーブルみたいにハンサムで、才能もあったんです。彼みたいに絵を描ける人を見たことはなかった。画家になりたがっていたんですけれど、もちろんスレート鉱山で働かなきゃなりませんでした。父親と同じように。だれもがそうだったんです。女の子たちはみんな彼に憧れていましたけれど、彼の目にはジンジャーしか見えていなかった」

「ジンジャー?」

「本名じゃありませんよ。本当はありきたりで古くさいマファンウィっていうんですけど、ジンジャー・ロジャーズの名前を取って、ジンジャーって名乗っていたんです。

映画スターとハリウッドに夢中だったんですよ。髪を脱色して、ジンジャー・ロジャーズみたいにアップにしていました。母親はカンカンでしたけれど、どうしようもありませんもんね？」

ミセス・ウィリアムスはくすくす笑った。「わたしはみんなよりも若くて、あとをついてまわっていただけでしたけれど、でも仲間に入れてもらえただけで楽しかったんです。その後、ミスター・ウィリアムスと出会って、そして……そういうことです。ここに越してきて、それ以来ずっとここで暮らしているっていうわけです」

「それで、トレフォーはジンジャーと結婚したんですか？」

「いいえ！　彼女はアメリカ人と駆け落ちしたんです――ここに静養しに来ていた米軍兵士と。ハリウッドに行くという手紙をトレフォーに残して、ある日突然いなくなったんです。かわいそうなトレフォー。悲嘆に暮れていましたよ。そのあとは、すっかり変わってしまったんです。冷淡になって、人と距離を置くようになって。結婚して息子が生まれたと聞きましたけれど、人生を楽しんでいた明るい彼に戻ることは二度となかったみたいです。それ以前は、たくさんの希望があったんですけれどね――ナショナル・ギャラリーがブライナイに来たときとか。絵を運ぶ手伝いをしたがってたんですよ」

エヴァンはそれまで食事をしながら礼儀正しく耳を傾けていたが、それほど熱心には聞いていなかった。不意に、レバーを口に運ぼうとしていた手が止まった。「ナショナル・ギャラリー？　ロンドンの美術館のことですか？」

「そうですよ。戦争中、絵を全部持ってきて、ブライナイのスレート鉱山に隠していたんです。知らなかったんですか？」

「ええ、初めて聞きました」

「まあ。本当なんですよ。すべての絵を大きなトラックでロンドンから運んできたんです。トレフォーが鉱山で働き始めたばかりの頃でしたね。絵を自分で運びたかったみたいですけれど、もちろん全部木箱に入ってきましたから。トレフォーにできたのは、絵を入れておく小屋を作ることだけだったんです」

「小屋？」

「ええ。マノッドの鉱山の七階分の地下にある大きな洞窟に、小屋をいくつか作ったんですよ——絵が傷まないように、集中暖房とかそういったものを備えた小屋を。もしドイツ軍が侵攻してきていたとしても、絵をどこに隠したのかは絶対にわからなかったでしょうね。いまもまだあそこにあるのかもしれない」

「興味深い話ですね」エヴァンは言った。「撮影チームは知っているのかな。トレフォー・トーマスはまだ生きていますか？」

「最後に聞いたところでは、生きているみたいですよ」

「その話は撮影チームに聞かせるべきだと思いますね。明日、伝えておきます」

「わたしが？　映画に？　なんてこと（エスコプ・アンウイル）！　まあまあ、どうしましょう」ミセス・ウィリアムスは豊かな胸を手で押さえたが、それでもうれしそうだった。

7

翌朝エヴァンが〈エヴェレスト・イン〉に行ってみると、エドワードがコーヒーのポットを前にひとりで座っていて、毛皮の襟がついた革のフライトジャケットを着たハワードはあたりをうろうろしていたが、グラントリーとサンディの姿は見当たらなかった。ふたりはどこかとエヴァンが尋ねようとしたまさにそのとき、サンディが階段を駆けおりてきた。グラントリーがすぐあとを追ってくる。

「サンディ、ダーリン、落ち着いてくれよ」グラントリーが呼びかけた。

「ダーリンなんて呼ばないで」サンディがぴしゃりと言い返した。「あんたなんて大嫌い。生きているかぎり、二度と会いたくない。あんたがしたことを許さないから。絶対に！」

「サンディ」彼女がフロントデスクまでやってきたところで、グラントリーが追いついた。

「タクシーを呼んでもらえるかしら」サンディの声は震えていた。「帰るから」

グラントリーはエドワードに近づき、彼の腕をつかんだ。「なにか言ってくれよ。彼女を帰らせないでくれ。ただの冗談だって言ってくれ。なんでもいいから、とにかく彼女を引き留めてくれ！」

「自分で言うんだな、グラントリー」エドワードは軽くあしらった。

けれどサンディは、考え直すつもりはないようだった。ベルボーイが荷物を運んできて、彼女はタクシーに乗りこんだ。

「そして三人が残った」エドワードが言った。「きみたちの騒ぎはどうでもいいが、引き揚げチームが待っているんだ。きみがこのオペレーションを撮影したいなら、ぼくと一緒に湖に来ることだ」

グラントリーは不機嫌そうな顔で車に乗った。ハワードは、いまの出来事で気分が上向いたかのようにハミングをしている。エヴァンは気まずさを感じながらグラントリーの隣に座った。

湖岸は活気がみなぎっていた。飛行機が沈んだ地点には浮桟橋が作られている。ふたりのダイバーが作業していて、別の男がロボットカメラを操作していた。大きな発電機が稼働していて、照明とカメラがそれぞれの位置に設置されていた。

「今日中に引き揚げる可能性はあるかね？」ハワードが尋ねた。

「それは少しばかり、楽天的すぎますね」エドワードが答えた。「あの深さと水温では、ダイバーは長時間の作業ができません。それに底のほうはひどく濁っていますし。それでも、二、三日中にはなんとかなると期待しているんですよ」

「その意気だ——それでこそ、楽観主義者だ」ハワードはエドワードの背中を叩いた。

カメラがまわり始めた。ダイバーたちが潜っていく。突然、グラントリーが叫んだ。

「カット！　あれはいったいなんだ？」

エヴァンは彼が指さしたほうに目を向けた。「嘘だろう」うめき声が漏れた。

大きな岩の陰から現われたのはベッツィだった。身に着けているのは、大切なところをかろうじて隠しているだけの紫と白の水玉模様のビキニだ。男たちがうっとりして見つめるなか、ベッツィは湖岸へとおりてくるとタオルを広げ、その上に寝そべった。

「彼女はここでなにをしているんだ？」グラントリーが叫んだ。「巡査、人を近づけるなって言っただろう！　ちゃんと仕事をしてくれ」

エヴァンはベッツィに近づいた。

「なにをしているんだ？」

ベッツィは笑顔で答えた。「日光浴よ。いつもここで日光浴をしているの。村を離れて、自然のなかで」

「ベッツィ、いまは一一月半ばだ。それにここには近づかないようにと言っただろう。

彼らは映画を撮影しているんだ」

ベッツィは立ちあがり、驚いたマリリン・モンローによく似た表情を作った。「まあ、映画の撮影をしているの？　気づかなかったわ。ごめんなさいね。邪魔をしなかったならいいんだけれど」

若い撮影スタッフはにやにやしている。ロボットカメラを操作している男の視線は画面に向けられてはいなかった。ベッツィはエヴァンの怒った顔を見て、言った。「悪かったわ。でもやってみる価値はあったでしょう？　ずいぶん真面目くさった人たちね。わかったわよ、もう帰るから。じゃあね」ベッツィはカメラに向かって投げキスをした。

「すみません」エヴァンは言った。「彼女は日光浴が好きなんです――冬でもしょっちゅうここに来ているんですよ。もう来させませんから」

撮影は続いた。遠隔操作の水中カメラが、沈泥に半分埋もれた飛行機のドラマチックな映像を送ってきた。グラントリーが再び体をこわばらせた。「嘘だろう、またか！」

エヴァンはてっきりベッツィが戻ってきたのかと思ったが、山道をあがってきたのは膝丈のズボンにハイキング・ブーツ、片側に羽根飾りのついた帽子をかぶり、杖を手にした男性だった。

「ハイカーですよ」エヴァンは言った。「この道は、スノードン山の頂上に向かう主要ルートのひとつなんです。通り過ぎるまで待つしかありませんね」

「そうらしいな」グラントリーが険しい声で言った。「みんな、休憩だ」

だがその男は山道をはずれ、こちらへとおりてきた。

「きみがミスター・グラントリー・スミスかね？」彼はなまりの強い英語で言った。

「わたしはゲルハルト・アイヒナーだ。わたしの兄の飛行機を見つけたって？」

グラントリーは手を差し出しながら、彼に駆け寄った。「ようこそ、ヘル・アイヒナー。よく来てくれました」グラントリーはほかのスタッフに向かって言った。「パイロットの弟だ。見つけたと言っただろう？　カメラをまわすんだ、ウィル。いい絵になるぞ——人情色。感情」彼はドイツ人をモニターのほうへと連れていった。「ええ、飛行機を見つけて、いまは遠隔操作カメラで映しているところです。見えますか？　左側に突き出ているのが、片方の翼です。引き揚げるまで、それほど時間はかかりませんよ」

「兄の遺体は——まだ飛行機のなかに？」

「それはまだわかりません。確認するのは引き揚げてからになります」

「引き揚げた飛行機はどうするんだ？」

ドイツ人の口調には険があった。

「新しい博物館に展示されることになっているんですよ」エドワードは待ちきれない

子犬のように、はずんだ口調で言った。「〝空での戦い〟。使われなくなったRAFの基地の格納庫を使うんです。この飛行機はそこの最大の呼び物になりますよ」

「だめだ！」ドイツ人が大声をあげた。「それはだめだ。あの飛行機は兄の棺だ。見世物にはしない」

「いや、心配はいりませんって――それがお望みなら、遺体を連れて帰って埋葬することもできますから。身元が判明すればですが」

「兄には、いまいるところで静かに眠っていてほしいんだ。兄は内気な男だった。こんな騒ぎに巻きこまれたくないはずだ」

「すみませんね、おじいさん」グラントリーが言った。「飛行機を引き揚げる許可は取っているし、引き揚げるつもりですよ」

「わたしは弟なんだ。許さないぞ！」ヘル・アイヒナーが叫んだ。

「悪いが、おれたちを止めることはできませんよ。あれは、国防省の所有物なんだから」グラントリーはアイヒナーの肩を叩いて言った。「さあ、帰ってくれませんか。おれたちは忙しいんだ」

アイヒナーの顔が暗赤色に変わり、グラントリーに向かって杖を振り回した。「やめさせる！　どんな手段を取ってでもやめさせるぞ。おまえにそんな権利はない！」

「充分な権利がありますよ。あんたたちは負けたんだ。忘れたんですか？　戦利品ってことですよ！」グラントリーは人を小ばかにしたような笑みを浮かべた。「ほら、エヴァンズ巡査に追い出される前にさっさと帰ってください」

「戻ってくるからな！」アイヒナーはまた杖を振り回した。「やめさせる方法を見つける。絶対だ！」

彼は荒々しい足取りで山道を戻っていった。

「我らがグラントリーは人の扱いかたを心得ているだろう？」ハワードがエヴァンに言った。「まったくたいした外交家だ。彼が国連の事務総長になろうなんて思わなくてよかったよ。第三次世界大戦が始まっていたところだ」

「聞こえたぞ」グラントリーは面白そうな顔になった。「おれは絶対に国連の事務総長にはなれなかったさ。名前が平凡すぎるからな。ブトロス・ブトロス＝ガーリとかペレス・デクエヤルみたいな名前じゃないと、候補にもしてもらえないのさ」

彼が楽しんでいることにエヴァンは気づいた。グラントリーは人と衝突することを糧にするタイプだ。

「そうだな」ハワードがうなずいた。「きみの名前は平凡すぎる」

グラントリーはなぜか、悪意に満ちた目つきでハワードをにらんだ。「おしゃべりはこれくらいにして、仕事に戻ろうじゃないか」

ちょうどそのとき、雨が降りだした――しとしとではなく、土砂降りだ。

「今日はここまで散々だったな」車に乗りこみ、ホテルに向けて山道を走り始めたところでグラントリーが言った。「だれか、気分があがるようなことを言ってくれないか。このままじゃ、落ちこみそうだ」

「自業自得だ、グラントリー」エドワードが言った。「きみの振る舞いは底抜けの愚か者みたいだった」

「おれが？　おれはフン族の侵略から身を守っていただけさ」グラントリーはエヴァンに向き直った。「誠実な村のおまわりさん、なにか元気が出るような話はないかな？　おれたちのわびしい人生を面白くさせてくれるような、とっておきの戦争中の話を掘り起こしてきたと言ってくれないか」

いかにも上から目線の皮肉っぽい口調だったので、エヴァンは思わず黙っていようかと思ったが、ミセス・ウィリアムスはこれ以上ないほどの情報源だと考え直した。

「会ってもらいたい女性がいるんですよ」エヴァンは言った。

「待ってくれ、まさかあのとんでもない牧師の女房じゃないだろうな！」グラントリーがうめくような声をあげた。

「違います。二五キロほど離れた村の出身の女性なんですが、戦争中にナショナル・ギャラリーの絵をスレート鉱山に隠すのを手伝った人間を知っているんですよ」

「ナショナル・ギャラリーの絵？　本当の話なのか？」

「おや」今度はエヴァンが笑う番だった。「知らなかったんですか？　七階分地下にある洞窟に全部保管されていたんですよ」

グラントリーは座席の上で、体をエヴァンのほうに向けた。「素晴らしい話じゃないか。すぐに彼女のところに連れていってくれ！」

一時間後、エヴァンはグラントリー・スミスを乗せたランドローバーのハンドルを握り、曲がりくねった道をスレート鉱山の町であるブライナイ・フェスティニオグに向かっていた。

「なんて陰気なところなんだ」前方に集落が見えてくると、グラントリーが言った。灰色のスレート採石場に抱かれるようにして立ち並ぶ、スレートの鉱滓の山に囲まれた二列の灰色のコテージ。「こんなところに住まなきゃならなくなったら、おれは気が狂うね」グラントリーが芝居がかった仕草で煙草を振り回したので、エヴァンの顔ににおいの強い煙が流れてきた。

「住人にはそんなことを言っちゃだめですよ。彼らはここが地球で一番いい場所だと思っていますからね」エヴァンはにやりと笑った。「自分たちの聖歌隊と礼拝堂をそれはそれは誇りにしていますから」村の大通りに入ったところで、エヴァンは車の速度を落とした。「パブで訊いてみましょう。トレフォー・トーマスの家を知っているはずです」

そのコテージは、村から少し離れた殺風景な荒れ野のはずれにあった。現われたのは、四〇歳か五〇歳くらいの顔立ちの整ったすらりとした男性だった。「なにかご用ですか?」男はウェールズ語で用心深く尋ねた。

「ええ、トレフォー・トーマスを探しているんです。ここにお住まいだと聞いたんですが、間違いありませんか?」

男はエヴァンの制服を気にしていた。「ええ、そうです。わたしは息子のテューダー・トーマスです。なにかあったんですか?」

「いえ、なにもないですよ。こちらはイングランドから来た方で、戦争中のウェールズについての映画を作っているんです。当時、絵画を鉱山に隠したとき、あなたのお父さんがそこで働いていたと聞いています。ミスター・スミスはお父さんにインタビューがしたいそうなんです」

エヴァンたちがウェールズ語で会話を交わしているあいだ、グラントリーはその顔を交互に見比べていたが、やがて手を差し出しながらふたりに割って入った。「グラントリー・スミスです。わたしたちが映画を作っていることは、いま彼がお話ししたんですよね? あなたのお父さんに出演していただきたいんですよ」

「そうなんですか」テューダー・トーマスは家のなかを振り返った。「どうぞお入りください。父からどれくらいのことを訊き出せるかは、なんとも言えませんが」彼はふたりに顔を寄せ、声を潜めた。「少し耄碌しているんですよ。すごく頭がはっきりしている日があるかと思えば、わたしのことすらわからない日もある。去年の夏、発作を起こしたんで、世話をするためにわたしが戻ってきたんです。体のほうはかなりよくなりました――昔から雄牛みたいに頑健でしたからね。昔の鉱夫はみんなそうでしたよね。ですが、頭はぼんやりしているみたいで。なので、わたしは帰らずに残っているんです。家に火でもつけたりしたら困りますからね」

「身内はあなただけですか？」エヴァンが尋ねた。

テューダーはうなずいた。「母はわたしが幼い頃に亡くなりました。父がほぼひとりでわたしを育ててくれたんです。とっつきやすい人ではありません――世捨て人みたいなところがありますからね。でもわたしにはよくしてくれたから、わたしも父のために正しいことがしたいんです。学校は休職しました――レクサムの中等学校で美術を教えているんですよ」

「お父さんの才能を受け継いでいるんですね」エヴァンは笑顔で言った。「お父さんはちょっとした芸術家だったと聞いています」

「とても才能のある芸術家ですよ。わたしとは違う。美術学校に行かせてくれたんですが、わたしはあいにくものにはなりませんでした。教えることができる程度ですよ。とにかく入ってください。父が起きているかどうか見てきます」

テューダー・トーマスが先に立ち、エヴァンとグラントリーはそのあとについて頭をかがめて低いドア口をくぐり、暗い玄関ホールへと入った。

「父さん(タッド)？　どこにいる？(ブレイ・ルート・ティイ)」テューダーが呼びかけた。「お客さんだよ。父さんに会いに来た人がいる」早口のウェールズ語で言葉が交わされたが、声が小さすぎてエヴァンには聞こえなかった。

「どうぞ。父が会うそうです」テューダーはふたりを薄暗く、寒い居間に案内した。暖炉で火が燃えていたが、部屋はたいして暖まっておらず、冷たくじっとりとしていた。

かつてのトレフォー・トーマスが、ミセス・ウィリアムスがため息を漏らしたくらいハンサムだったことはすぐにわかった。七〇歳になるいまも、癖のある髪には白いものがところどころ混じるだけで、顔は彫りが深くしっかりしている。息子をいくらか大柄にして、活気を加えたような雰囲気があった。彼は不安そうにエヴァンたちを見つめた。

「わたしを逮捕しに来たのか？」ジャケットからのぞくエヴァンの制服の襟を見ながら、トレフォーが尋ねた。

「逮捕されるようなことをしたんですか？」エヴァンは優しく訊いた。

老人はちらりと息子を見た。「彼は知っているんだろう？」

テューダーは笑って答えた。「ああ、テスコでキャドバリーのフルーツ・アンド・ナッツ・バーを手に取ったときのことを言っているんですよ。わたしが戻させましたけれどね」

彼はソファを示して、座るように促した。

「紅茶をいれてくるよ、いいね、父さん？」テューダーは英語で言うと、台所へと姿を消した。エヴァンは部屋を見まわした。家具は色褪せてすり切れているが、壁には何枚も絵が飾られている。名作の安っぽい複製画に加え、地元の景色を描いた風景画も数枚あった。父親のほうのミスター・トーマスが描いたのだろうとエヴァンは思った。とてもいい絵だ。

グラントリーは座ったまま、身を乗り出した。「ミスター・トーマス、わたしたちはついいましがた、スランフェアのミセス・ウィリアムスと話をしてきたんです。彼女を覚えていますか？」

トレフォー・トーマスは首を振った。

「当時はウィリアムスじゃありませんでした。グウィネス・モーガンという名前だったんです。彼女のお兄さんたちとあなたが親しかったと聞いています」

トレフォーの顔に笑みが広がった。「グウィネス・モーガン？　痩せっぽちの小さな娘の？　どうしているんだろう？」

トレフォーはもう長いあいだ、ミセス・ウィリアムスを見ていないに違いないとエヴァンは思った。

「スランフェアで暮らしています」エヴァンが答えた。「グウィラム・ウィリアムスと結婚して娘と孫娘がひとりずついるんですよ」

「孫娘？　小さなグウィネス・モーガンに？　まさか！」トレフォーは信じられないというように首を振った。

グラントリーは立ちあがり、カメラのスイッチを入れた。「ミスター・トーマス、戦争中あなたは、絵を隠しておくための小屋の建設を手伝ったとミセス・ウィリアムスから聞きました。そのことを聞かせてもらえますか？」

「絵？」ミスター・トーマスは部屋を見まわした。「いい絵が好きだ。昔から好きだった。いつだってまわりにはいい絵を飾っているんだ。ここにはすごくいいのがあるだろう？　『笑う騎士』——わたしのお気に入りのひとつだ。それにコンスタブルやレンブラント。昔から絵の趣味はよかったんだ。学校でミスター・ヒューズから教わったんだよ」彼は暖炉の上の絵を指さした。「昔の画家は絵の描き方を知っていた。絵の具を塗りたくっただけのいまの絵とは違う」

「その絵のことじゃないんです、ミスター・トーマス」グラントリーは辛抱強く言った。「戦争中、スレート鉱山に隠した絵の話です」

トレフォーの顔に困惑したような表情が広がった。「あれはみんな梱包されていたんだ。わたしが絵を描いていることを知って、管理を任せてくれればいいと思っていた。だがわたしたちには、見せてもくれなかった」遠くを見るような目になった。

「それじゃあ、当時について覚えていることを話してくれませんか？　鉱山の地下に作った小屋とか……？」

「いまの絵の具では、あんな肌の色は出ない」トレフォーはレンブラントの複製画を示した。「彼がなにを使っていたのかは知らないが、あの頃は違う絵の具があった。わたしも試してみたんだが……」

「この人たちは父さんの絵の話が聞きたいんじゃないんだよ」テューダーが、マグカップを四つとキャドバリーのチョコレート・フィンガー・ビスケットを載せたトレイを持って戻ってきた。

「若い頃はわたしもたいしたもんだったんだ、そうだろう？」トレフォーは節くれだった手を差し出して言った。「だが、もう何年も描いていない。興味をなくしてしまった。毎日毎日スレート鉱山に通っていれば、描きたいものだってなくなる」彼は壁を指さした。「あれはわたしの絵だ。素人にしては悪くないだろう？　あの大きな能なしよりはましだ」息子にちらりと目を向ける。「美術学校に通わせてやったが、あいつには才能がなかった」

テューダーは低いテーブルにトレイを置くと、父親にマグカップを手渡した。「この人たちは、戦争の話が聞きたいみたいだよ」

「遠い昔だ。わたしも若かった。いまとは違う。たくましくて、ハンサムだった。娘たちはみんなわたしに夢中だった。だれでも好きな子をものにできたもんだ」トレフォーはくすくす笑ったが、やがて顔から笑みが消えた。「遠い昔の話だ」音を立てて紅茶をすすり、ビスケットを手に取った。エヴァンたちは辛抱強く待ったが、トレフォーの頭は次第に垂れていった。

「簡単じゃないんですよ」テューダーが釈明した。「行ったり来たりという感じで。頭がはっきりしていろいろしゃべる日があるかと思えば、いまみたいな日もあって」

「こうしましょう」グラントリーが言った。「携帯式のレコーダーがあるんです。これを置いていきますから、お父さんがその気になったときに、これに向かって話してくれればいい」彼はバッグから小さなテープレコーダーを取り出した。「どうです、ミスター・トーマス？」

「これはなんだね？」トレフォー・トーマスはいぶかしげに小さな機械を眺めた。

「テープレコーダーですよ」グラントリーはその機械をトレフォーに差し出した。「いま話してくれなくてもいいんです。ゆっくり時間をかけて、思い出してみてくれませんか？　そして準備ができたら、この赤いボタンを押して、機械に向かって話すんです。覚えていることならなんでもかまいません。戦争のこと、スレート鉱山のこと、絵が運ばれてきたときのこと……面白そうなことならなんでも」

「どうだい、父さん？」テューダーがテープレコーダーを受け取った。「赤いボタンを押して、話をするだけだ。自分の部屋に持っていけばいい。面白いと思うよ。若い頃のことを思い出すのは」

老人はテープレコーダーに手を伸ばし、しげしげと眺めていたが、やがてそれを置くとまた音を立てて紅茶を飲んだ。

8

大通りを車で戻っているあいだ、グラントリー・スミスは興奮のあまりぺらぺらとしゃべり続けていた。

「彼からなにが聞けると思う？　わけのわからないことかもしれないな。だがかまわない。古い鉱山はこのあたりのどこかにあるはずだ。訊いてみないと。鉱山の管理者だった人間に会いたい。そこで働いていたほかの男たちにも……ナショナル・ギャラリーにも連絡を取ってみよう。きっと記録があるはずだ」うれしそうな顔をエヴァンに向けた。「こいつはすごいものになるぞ、おまわりさん。見つけてきてくれて、本当によかった！」彼がジタンの箱を取り出して新しい煙草に火をつけると、エヴァンはため息をついた。

ブライナイ・フェスティニオグの村のはずれまで来たところで、けたたましい警笛が聞こえ、小型の列車が前方の道路を横切るのが見えた。昔ながらの小さな蒸気エンジンが、小型の車両を引いている。グラントリーはうれしそうな声をあげた。「小型列車！　見てくれ、おまわりさん――本物の小型列車だ」

「そうですね。昔は、鉱山からポルスマドグの港までスレートを運ぶのに使われていたんですよ。観光客を乗せるために、復活させたんです」

「いいね。あの小型列車も映画に登場させないと。エドワードとハワードに早く見せたくてたまらないよ」

エヴァンはどこか優しい気持ちで彼を見つめた。グラントリーの問題点は、大人になりきれていないというだけのことだ。彼は満足そうな笑みを浮かべて座っていたが、なんの前置きもなく突然切りだした。「教えてくれないか、おまわりさん――ブロンウェンとやっているって本当かい？」

「あなたには関係のないことだと思います」エヴァンは前方を見つめたまま答えた。

「そんなに身構えることはないさ。彼女はきっと満足していると思うね。エドワードはそっちのほうはまったくだめみたいだから。彼女にはきっと、大柄でがっしりした警察官が必要だったんだよ」

エヴァンは、グラントリーを子供っぽいと思った自分が信じられなかった。最初の評価のほうがずっと正確だ。グラントリーは人を怒らせることに喜びを感じる男だ。

「今夜〈エヴェレスト・イン〉で、彼女と一緒に食事をするんだ」グラントリーがさらに言った。「きみも一緒にどうだい」

エヴァンは、ブロンウェンからなにも聞かされていないことを認めたくなかった。「いえ、遠慮しておきます」さらりと答えた。「いろいろと積もる話もあるでしょうから。ぼくは邪魔なだけですよ」

「お好きなように」

エヴァンが餌に食いつかなかったことにいらだっているのがわかった。

スランフェアに戻ってくると、グラントリーはまっすぐ湖岸に行ってほしいと言った。「おれがなかなか戻ってこないんで、エドワードはきっとおろおろしているぞ」意地悪そうににやりと笑った。

その言葉どおり、エドワードは足早にふたりに近づいてきた。「いったいどこに行っていたんだ？　大騒ぎだったんだぞ。酔っ払いを大勢乗せたブルドーザーがやってくるし、あの赤毛の娘が戻ってきてみんなにスナックを配ったかと思ったら、そのまま帰りやしない。そういうことに対処するために警察官に来てもらったんじゃなかったのか。きみの気まぐれに付き合わせて、田舎を車で走りまわるためじゃないんだぞ！」

「落ち着けよ」グラントリーが言った。「まあ、聞いてくれ。スレート鉱山の素晴らしい話を手に入れただけじゃなくて、素敵な小型列車まで見つけたんだ。明日、あれに乗って海岸からスレートの村まで行ってみよう」

「どれほどかわいくて魅力があるのか知らないが、飛行機を引き揚げる映画にいったいどうやって小型列車を登場させるつもりだ？」エドワードの口調は素っ気なかった。

「わたしも同じ意見だよ、グラントリー」ハワードが言った。「予算が決まっているし、ほんの六〇分の作品なんだ。北ウェールズの魅力を伝える紀行映画じゃないんだぞ」

「なにか方法を考えるさ」グラントリーはいらだたしげに応じた。「導入部のシーケンスで使ってもいい。とにかく、明日乗ってみてくれよ。そのあとスレート鉱山を見にいこう。そうすればこれが、戦時中の芸術にまつわる大スクープだってことがわかるさ」

エドワードはため息をついた。「きみのことはよく知っている。ぼくたちがそのいまいましい列車に乗るまで、しゃべり続けるに決まっているんだ。わかったよ、明日、その列車に乗ろう。満足か？」

「ありがとう、エドワード。さてと、撮影のほうはどうなっている？」

グラントリーは唐突に仕事モードに戻って、尋ねた。

年上の若者たち全員が招集されていなくなると、わたしにチャンスが巡ってきた。残った若い者のなかで選ばれたのはわたしだった――当時からほかの一五歳の少年たちより頭ひとつ分背が高かったし、体格もよかった。ジンジャーはがっしりした男が好きだった。

一緒に荒れ地を歩いた夏の日のことを覚えている。天気のいい暑い日で、彼女はわたしのシャツを脱がせた。「素敵な筋肉じゃないの」岩に並んで腰かけると、彼女はわたしの背中を両手で撫でた。その手の感触にわたしは全身から力が抜けるのを感じた。体じゅうに火がついたようだったし、頭のなかはひどく混乱していた。わたしをそそのかしているんだろうか？　最後までやらせたがっているんだろうか？　もちろん彼女の噂は知っていた。村の何人かの若者とやっていることは。わたしはまだ経験がなかったが、いい頃合いだった。彼女に向き直って手を伸ばしたが、彼女は平たい岩に飛び乗って、スカートをぐいっと引っ張りあげた。「こういうのはどう、トレフ？」彼女は歌い始めた。〝天国……天国にいるみたい〟そして映画で見るように平たい岩の上で滑らかに踊っていたかと思うと、わたしの手をつかんで岩の上に引っ張りあげた。「あたしの腰に手を当てるのよ、トレフ。そうそう。ほら、行くわよ……」〝頬と頬を寄せ合って踊るの〟わたしは自分の足が地面についているのかどうかすらわからなかった。彼女にぐるぐるとまわされて、そのたびに空や荒れ地が目の前を通りすぎていった。わたしはなんとか彼女のとんでもないダンスについていき、やがてわたしたちは息を切らし、あえぎながら倒れこんだ。

「あのね、トレフォー――その体があれば、あなたもハリウッドで仕事ができると思うわ」彼女はわたしの肩をつかんで言った。「あたしたちは、こんなしけた場所にいるような人間じゃないの。あなたもあたしも。一緒に逃げましょうよ」

「ばかなこと言うんじゃないよ」わたしは言った。「戦争が始まっているんだ。そんななか、どうやってハリウッドに行くっていうんだ？」

「戦争は永遠には続かない」

「それはそうだけれど、ぼくは戦争が終わる前に招集される。それに、ヘル・ヒトラーがここまで来たらどうする？　そうなったら、どうやってハリウッドに行くんだ？」

彼女はウェーブのついた金髪をかきあげた。「あたしみたいなタイプはドイツ人将校の好みだと思うの」

「だめだよ、そんなこと！」

「あたしは必要なことをするのよ、ダーリン。あそこに行くのに必要なことならなんだって」彼女はわたしの肩をつかんだ手に力をこめた。「あなたも、いいことが起きるって信じなきゃだめよ、トレフ。いいことは自分で起こすの」

「どうやって？」わたしは暗い気持ちで尋ねた。「招集されるまで二年しかないんだ。戻ってこられるかどうかもわからないんだよ」

「ばかなことを言わないの」彼女はわたしの肩から手を離し、自分の体を抱きしめた。

「ばかなことじゃないよ。ジョニー・モーガンがダンケルクでどうなったか知っているじゃないか。ウィル・ジョーンズの船だって魚雷にやられた。戦争では長くは生きられないんだ」

「それなら、無事に帰ってくる方法を考えればいい。招集されたら、あなたの絵を見せるのよ。画家として軍に入れるかもしれない」

「きみはまたばかなことを言っている」

「そんなことない。軍の雑誌とかポスターとかあるじゃない。だれかがあれを描かなきゃいけないんだから。それがあなたでもいいはずでしょう?」

彼女がわたしに体を寄せてきて、甘いにおいのする金色の髪が頬をくすぐった。「チャンスはつかまなくちゃいけないのよ、トレフォー。ただじっと座って、自分の身になにかが起きるのを待っているだけの人がいれば、手を伸ばしてほしいものをつかむ人がいる。あたしたちはここを出ていくの、トレフ。あなたとあたしは。ハリウッドに行って、スターになるのよ」

わたしはおそるおそる彼女に腕をまわした。「全部夢だよ、ジンジャー。そんなことは起こりっこない」

彼女はわたしの手を振り払うと、勢いよく立ちあがった。「あたしは実現させてみせる。どうやってかはまだわからない。戦争中だっていうことはわかっているけれど、でも信じることはやめない。いつかきっとチャンスがくる。そのときが来たら、迷わず手を伸ばすわ!」

エヴァンはその夜、あまり眠れなかった。かつての夫や友人たちと夜を過ごしたブロンウェンのことを考えずにはいられなかった。心配することはなにもないと自分に言い聞かせた。ブロンウェンは元夫のことはなんとも思っていないと言った。けれどそれなら、どうして今夜のディナーのことを黙っていたんだ？　ぼくに知られたくなかったからだろう？　いまもまだエドワード・フェラーズに特別な感情が残っているということはあり得るだろうか？　かつての暮らしのような知的刺激が恋しいとか？

いまいましい撮影チーム。彼らが来てからというもの、厄介なことばかりだ。

だがエヴァンはあることを思い出し、とたんに気分が上向いた。撮影チームは朝のうち、小型列車に乗りに行くことになっている。エヴァンが行く必要はない。午前中は静かな警察署でたまった書類仕事にいそしむことができる!

エヴァンは昼まで仕事をし、家に戻ってシェファーズ・パイとキャベツのおいしいランチをとってから、〈エヴェレスト・イン〉でランドローバーの帰りを待った。だが二時半になっても帰ってこなかったので、湖が見えるあたりまで山道をのぼってみた。ダイビングチームは作業しているが、撮影はしていないようだ。再び宿まで戻った。グラントリーはまた、自分の思いどおりにことを進めているらしい。ふたりをスレート鉱山の奥まで連れていき、ほかの鉱夫にインタビューをしているのかもしれない。彼は必ず携帯用のビデオカメラを持参しているはずだ。

エヴァンは彼らが帰ってきたら連絡してほしいとフロント係に頼み、署に戻った。授業がちょうど終わったところで、子供たちがにぎやかな笑い声をあげながら運動場に一番乗りしようとしていた。

「こんにちは、エヴァン」子供たちのうしろからブロンウェンが現われた。「わたしのお気に入りのシープドッグは元気なの？　あなたのことをモットかジェルって呼んだほうがいいかしら？」このあたりの農夫のほとんどは、モットかジェルという名のボーダーコリーを飼っている。

エヴァンは笑わなかった。「ゆうべはどうだった？」

「ゆうべ？　普通よ」

「楽しかったかい？」

「二五人分の歴史のテストの採点が楽しいと言えるのならね。あの子たちに英語の綴りも歴史も教えていないんだって、あなたに思われそうよ。トミー・ハウエルときたら、マグナカルタはレーシングカーの一種だと思っていたんだから」

「それじゃあ、どこにも出かけなかったの？」

「エヴァン」ブロンウェンは三つ編みにした髪を肩のうしろにはらった。「授業のあった日の夜に、わたしが出かけたことがある？　やることが山ほどあるのよ」

「もちろんそうだ。さてと、ぼくは署に戻らないと。撮影チームのメッセージを待っているところなんだ。今日は一日、姿を見かけていないんだよ」

エヴァンは学校の門でブロンウェンと別れ、署へ戻った。彼女は嘘をついたんだろうか？　動揺しているようには見えなかったが、世のなかには人の目をまっすぐに見ながらさらりと嘘をつける女性がいる。そんな女性をひとり知っていた。ブロンウェンは違うとエヴァンは自分に言い聞かせた。ブロンウェンのことは信用していい。彼女がもしゆうべエドワードと食事をしたのなら、そう言っていたはずだ。


五時をまわり、署の戸締まりをして帰ろうとしたとき、電話が鳴った。

「エヴァンズ巡査——撮影チームが帰ってきたら連絡してくれとおっしゃっていたので。たったいま、玄関前に車が止まったところです」

エヴァンは急いでジャケットを着ると、通りをのぼった。なにがあったにせよエヴァンには関係のないことで、気にかける必要はないのだろうが、湖岸でひたすら待機させられたのだ。説明くらいしてもらってもいいだろう。

エヴァンが〈エヴェレスト・イン〉に着いたとき、彼らはフロントでキーを受け取っているところだった。

「そうなんだ、恐ろしい事故だった」ハワード・バウアーが言っているのが聞こえた。

「どうかしたんですか？」エヴァンは足早に彼らに近づいた。「なにがあったんです？」

「グラントリーが列車から落ちたんですよ」エドワードが満面に笑みを浮かべながら答えた。

9

エヴァンはまじまじとエドワード・フェラーズを見つめた。「列車から落ちた？　彼は——大丈夫なんですか？」

「グラントリーのことは知っているでしょう？」エドワードが言った。「不死身なんですよ。落ちたところは濃いワラビの茂みで、そのまま転がって、オークの木に引っかかって止まったんです。あと五センチ右にずれていたら、三〇〇メートルの崖の下まで落ちていたでしょうね。経過観察のためにドルゲラウの病院にひと晩入院することになりましたが、ひっかき傷と痣（あざ）がいくつかできただけみたいですよ。カメラはどこかへ行ってしまいましたけれどね」

エドワードはまったくショックを受けていないように見えた。青い顔をしているハワードとは対照的だ。

「わたしたちはみんな一杯やる必要があると思うね」ハワードが言った。「きみもだ、巡査。わたしがおごる」彼は先頭に立ってバーへと向かった。

「ああ、いくらか落ち着いた」ハワードはスコッチを一気にあおったあとでつぶやいた。「これが必要だったんだ。見てくれ、まだ手が震えている」

「いったいなにがあったんです?」エヴァンが訊いた。「どうして列車から人が落ちたりするんですか?」

「グラントリーのことは知っているでしょう?」エドワードはやはり生き生きとしていて、どこか面白がっているようでもあった。「全景を撮るんだと言い張って、車両から身を乗り出していたんですよ。あれは古い車両でしたからね、ドアの取っ手がちゃんと閉まらなかった。いきなり開いて、グラントリーは見事に転がり落ちたというわけです」

「宙を飛んでいたよ」ハワードが言った。「わたしは隣の車両にいたから、全部見ていたんだ」

「実に運がよかった」エヴァンが言った。「あのルートには、落ちたら間違いなく命を落とす箇所がいくつもあるんですよ」

「まったくですよ」エドワードが応じた。「でもグラントリーは悪魔に魂を売ったから、永遠に生きることになっているんです」

「そういう冗談はやめたまえ、エドワード」ハワードがたしなめた。「趣味が悪い」

「いいじゃないですか、ハワード。気持ちを落ち着けているだけですよ。ショックを受けたときのぼくのやり方なんです。冗談にしてしまうのが一番だ。すみませんね」

エドワードはグラスを手に取り、中身を飲み干した。

「撮影は中断ですか？」エヴァンが尋ねた。

「いや、明日も続けますよ」エドワードが答えた。「退院の許可が出たら、タクシーで戻ってくるとグラントリーは言っていました。ダイビングチームをあまり長くは使っていられませんからね——ものすごくお金がかかるんですよ。あの飛行機はあと一日か二日のうちに引き揚げないと困る」

「どうしてこんなに長くかかっているんですか？」

「いまいましい浮き輪を取りつけるのにてこずっているんです。飛行機は、簡単に取りつけられる形状じゃないんですよ。鉤（かぎ）でひっかけてウィンチで巻きあげなくてはいけないかもしれない——そうなるとクレーン船が必要だし、飛行機がばらばらになる危険も大きくなる」

「落ち着きたまえ、エドワード。大丈夫だ。なるようになるものだよ」

「ありがとう、ハワード。あなたはぼくらの支えですよ」

「いいや、わたしは運命論者なんだ」ハワードはグラスを差し出してお代わりを要求した。

グラントリーが〈エヴェレスト・イン〉の前でタクシーを降りたのは、翌朝一〇時頃のことだった。こめかみに大きな絆創膏を貼り、いくらかぎこちない足取りだが、それ以外はぴんぴんしてエネルギーに満ちあふれていた。「陰気な病院の硬くて不愉快なベッドの上で、ひと晩中おれがなにを考えていたと思う?」

彼はそこにいる人々の顔をぐるりと見た。「ずっと考えていたんだ——なんだっておれたちはもう一台カメラを持ってこなかったんだ? ハワードがおれを映していたら、どんな映像が撮れていたことか!」彼は笑い始めた。「さてと、仕事に戻ろう。エドワード、おまえとハワードは飛行機のところに行ってくれ。おれは電話をかけなきゃいけないし、スレート鉱山を見に行かなきゃいけないし——ああ、忙しい、忙しい」

「言ったでしょう?」エドワードがエヴァンに向かって言った。「止められないんですよ。彼はなにがあってもひるまない。その点は尊敬に値しますね」

グラントリーはまたどこかへと出かけていった。現場での作業は問題なく続けられ、ようやく終わりに近づいているようだった。浮き輪の取りつけはほぼ完了したらしい。なにも問題がなければ、飛行機はまもなく水面に姿を現わし、撮影は終わり、エヴァンにも普段の暮らしが戻ってくるだろう。エドワードがブロンウェンの人生からいなくなるのは、早ければ早いほどいい。

彼らがこの週末を休みにしてくれればいいと思っていた。そうすれば、ブロンウェンとふたりでどこかに出かけられる。けれど天気予報によれば、土曜日は晴天だということだったから、エドワードは作業を続けるらしかった。

「土曜日の朝まであなたを働かせるなんてひどいですよね、ミスター・エヴァンズ」ミセス・ウィリアムスが言った。「とにかく、週末用の朝食を作りましたよ。しっかり食べて行けば、まずいことにはなりませんよ」

ミセス・ウィリアムスは、卵、ベーコンがふた切れ、ソーセージ、マッシュルーム、トマト、ベークドビーンズ、揚げパンが載った皿をエヴァンの前に置いた。エヴァンはそれを見ただけでベルトがきつくなったような気がしたが、断りはしなかった。毎日、湖までの山道を行ったり来たりしているんだからと、心のなかで言い訳をした。だがこれだけのカロリーを消費するには、スノードン山を何度か駆け足でのぼりおりしなくてはいけないかもしれない。

お腹がいっぱいになって、エネルギーも満タンで、グラントリー・スミスと顔を合わせる準備もできたと思えた頃、電話が鳴った。エヴァンはありえない望みだと知りながら、今日の作業が中止になったことを告げる電話であることを願いつつ、受話器を取った。だがその電話をかけてきたのは撮影チームのメンバーではなかった。

「エヴァンズ巡査ですか？　ロバート・ジェームズです——フロン・ヘイログのジェ

ームズ夫妻の息子ですよ。ポーリーンを連れてきておれの親に会わせたミスター・スミスはどこにいますかね？」

「〈エヴェレスト・イン〉にいるはずですよ。ですが……」エヴァンは言いかけたが、遮られた。「いや、いないんです。もうあそこには電話しました。今朝早く出かけたと言われたんです」

「それなら、撮影している湖に行ったんでしょう」エヴァンはジャケットに手を伸ばした。「ですが、あなたにはあそこに行っていただきたくないですね。なにか伝言があるのなら、ぼくが伝えますよ。これ以上、トラブルを起こしたくありませんからね」

「それなら、伝えてください、ミスター・エヴァンズ」ロバート・ジェームズは吐き捨てるように言った。「やつらのせいでゆうべ父が心臓発作を起こして病院に運びこまれたと、あのひとりよがりの馬鹿者に伝えてください。助かるかどうかはわからない――なにもかもあのミスター・スミスとやつのゲームのせいだ」

「それはお気の毒に。早くよくなることを願っていますよ」

「助かるかどうかはわからない」ロバート・ジェームズはかすれた声で言った。「去年も心臓がおかしくなったんだが、問題なく暮らしていたんだ。あのスミスという男がやってきて、あんなふうに親父をひどく動揺させるまでは。あのくそ野郎には、人の命をめちゃめちゃにする権利なんてない。当然の報いを受けることになるぞと、あいつに伝えてくれ、ミスター・エヴァンズ。そのばかげた映画が完成できないようにしてやる」

電話が切れた。エヴァンは首を振りながらジャケットを着ると、急いで玄関を出た。〈エヴェレスト・イン〉の駐車場にランドローバーは止まっていなかったから、まっすぐ湖に向かった。前方に人影が見える。それが、足首まである黒いワンピースに黒いショール、頭に黒いスカーフをかぶった老女であることに気づいてぎょっとした。のみならず、編み物をしながら、足を引きずるようにして山道をのぼっている。いったい何者なのか、どこに行くつもりなのか、エヴァンはさっぱりわからなかったが、とりあえず追いつこうとして足を速めた。

「お手伝いしましょうか?」エヴァンは声をかけたが、驚きのあまりあんぐりと口が開いた。化粧で作った顔のしわも白髪のかつらも、その正体を隠してくれてはいない。

「ベッツィ、いったいなにをしているんだ?」

ベッツィはふてくされたようにエヴァンをにらんだ。「あの映画の人たちは年寄りにしかインタビューしないって、あなたが言ったのよ。だからあたしは年寄りになったの——戦争中、兵士のためにスカーフを編んでいたジョーンズおばあちゃんよ」

エヴァンは声をあげて笑った。「ベッツィ・キャリアド、それじゃあ、だれのこともだませないよ」

「だませるかもしれないじゃないの。あたしは演技が上手なんだから。それに、あたしの邪魔はできないわよ。ここは山に行く公道なんだから」

「現場に人を近づけないようにと警部から言われている。だから、治安を乱した容疑できみを逮捕することもできるんだよ」

「そんなこと、しないわよね？」ベッツィは彼をにらみつけた。にせもののしわを描いたその顔があまりにおかしかったので、エヴァンはまた笑った。彼女の腕をつかんで、強引に向きを変えさせた。「さあ、ベッツィ・キャリアド、家に帰って、だれかに見られる前に顔を洗うんだ」

ベッツィはエヴァンの手を振りほどいた。「キャリアドなんて呼ばないでよ、エヴァン・エヴァンズ。あたしはあなたの大事な人じゃないんだから。本当にあたしのことを大切に思っているのなら、あたしを有名なスターにしたいはずよ。あなたは、あたしがハリウッドに行く邪魔をしているのよ、エヴァン・エヴァンズ。わかっているんでしょうね」

ベッツィは荒々しい足取りで山道をくだっていった。エヴァンは笑いながら、それを見送った。

湖に着いてみると、数人の男性が岩に腰かけて煙草を吸っていたが、エドワードとグラントリーとハワードの姿はなかった。

「どうしたんです？　彼らはどこですか？」エヴァンはカメラマンに訊いた。

「こっちが訊きたいよ」カメラマンはいらだたしげに煙草をふかした。「朝九時きっかりにここに来るように、昨日帰り際に言われたんだ。おれたちはそのとおりにしたのに、彼らはいない。まあ、彼らの金だからな……」

エヴァンは村へと戻る道を眺めた。村に戻って、彼らがなにをしているのかを確かめるべきだろうか。けれどたっぷりした朝食がまだお腹にたまっていたし、また急いであの道を戻るのは気が進まない。やがて彼は、それは自分のすべきことではないと考え直した。彼の仕事は現場を保護することだ。いま彼はここにいて、現場を守っている。どこかほかの場所に来てほしいのなら、連絡をくれればよかったのだ。エヴァンはカメラマンと並んで腰をおろした。

「彼らが来るまで、待つほかはありませんね」

「煙草はどうだい？」カメラマンは煙草を勧めた。

「いや、ぼくは吸いませんので」

「賢明だよ。おれもやめたいんだが、こういう芸術家肌の人間と仕事をするのは、本当にストレスがたまるんだ」彼はエヴァンに笑いかけた。「あんたはいい仕事をしているな。こんなところじゃ、たいしてなにも起きないだろう？」

「そうですね」エヴァンはうなずいた。「ここでも、それなりにわくわくするようなことがあるんですよ」

「今回みたいなわくわくはなくてもいいんじゃないか」

エヴァンは、否応なく目撃することになったいくつもの不快な場面を思い出した。

「確かにそのとおりですね」

顔を紅潮させたエドワードが汗まみれになって足早に山道をあがってきたのは、昼も近い時間だった。

「グラントリーはまだ戻っていませんか？」彼が訊いた。

「午前中はだれも来ませんでしたよ」エヴァンは答えた。「みなさん、どこに行ったんだろうと考えていたところです」

「ハワードは具合が悪いので、自分の部屋にいます。グラントリーは、朝一番にあのブライなんとかというところにもう一度ぼくを連れていくと言ってきかなくて」

「ブライナイ・フェスティニオグ？」

「それです。またなにか妙な考えに取りつかれているんですよ」

「今度はなんです？」

エドワードは大きなハンカチを取り出して額を拭いた。「よくわかりません。ここのところ、彼は興奮気味ですからね。あんな感じになっているときは、放っておくのが一番なんですよ。それにぼくは、スレート鉱山をうろうろして一日を無駄にしたくはありませんでしたから。彼の好きなようにやらせておいたら、この映画はメロドラマじみた茶番劇になってしまう」

エドワードの汗はまだ止まらない。

「それでおれたちは、ミスター・スミスが来るまで待つんですか?」カメラマンが尋ねた。「することもなくてただ待っているのは、うんざりですよ。ここはひどく寒いし」

「いや、いますぐ始めよう」エドワードが言った。「天気のいい日は最大限に活用しないとだめだ。明日になったらまた雲が広がって、何週間もそのままかもしれない」カメラマンに命じた。「どれくらいフィルムを使うかはきみに任せる。監督とプロデューサーに来る気がないんだから、ぼくたちが用意したもので満足してもらうしかないさ。ぼくは、なにがなんでもあの飛行機を引き揚げる」

彼は足音も荒くダイバーたちに近づいていき、発電機とウィンチがいきなり作動を始めた。エドワードはなにかに取りつかれたみたいに、ひとつの作業から次の作業へと動きまわっている。時間がたつにつれ、彼の怒りは募っていった。

「グラントリーはなにをやっているんだ。あいつはいるべきところにいたためしがない——いつだって横道に逸れてばかりだ。だれも思いつきもしなかったようなことをしようとして、本当にすべきことをしないんだ。いいさ。彼がいないからどうだというんだ?」

空に雲が広がり始め、夕方になる頃には作業が続けられないくらい暗くなっていた。「あいつがランドローバーを使っているから、ぼくたちは歩いておりなきゃならない」エドワードはうなるように言った。「ぼくのランドローバーだぞ。博物館はぼくに貸してくれたんだ。なのにあいつときたら、あれが自分のものでぼくはただの運転手みたいに思っている」

山道をおりるあいだ、エヴァンは無言だった。なにも話すべきことはない。ベッツィがまた変装して現われなくてよかったと思っただけだった。

〈エヴェレスト・イン〉が見えてくると、エドワードは足を止めて駐車場を眺めた。「見てくださいよ、グラントリーはまだ戻っていない。ランドローバーがありませんね。まさかロンドンに行ったなんてことは……」

「ロンドン——どうして行く必要があるんです?」

「また彼の思いつきですよ。あの絵の件でナショナル・ギャラリーに電話をかけたんです。どうも面白い話になると思ったらしくて……」エドワードはすたすたと歩きだし、その場にエヴァンを置き去りにした。

10

エヴァンが夜のニュースを見終えてテレビを消し、寝室に引き取ろうとしたとき、電話が鳴った。一〇時前にはベッドに入るミセス・ウィリアムスを起こさないように、急いで受話器を取った。

エドワード・フェラーズだった。「エヴァンズ巡査、こんな時間にすみません。でも心配でたまらなくて。グラントリーから連絡がないんですよ」

「ロンドンに行ったのかもしれないと言っていましたよね？」

「ええ。ですが、だとしても伝言をよこすはずです。それにいくら彼でも、ぼくたちの唯一の交通手段でどこかに行ってしまうほど、無神経だとは思えない」

「本部に電話して、気をつけてもらうように伝えておきますよ。ブライナイの警察にも連絡しておきます――まだ向こうにいるかもしれませんから」

「ロンドンに行く途中で事故に遭っていたらどうなります？」

「とにかく、できることをしておきます」エヴァンは言った。

「失踪届を出したほうがいいでしょうか?」

「それには少し早いと思います。きっと朝までに連絡がありますよ」

「そうだといいんですが」エドワードが言った。「本当に、そうだといいんですが」

エヴァンは本部に電話をかけ、ランドローバーのナンバーを伝えてから自分の部屋に向かった。グラントリー・スミスは今度はなにをもくろんでいるのだろう? ベッドに潜りこみ、ウールを詰めたウェールズ・キルトを引っ張りあげた。グラントリーの人生はまるでドラマのようだ。今回の失踪劇は、その一幕なんだろうか? 本当にロンドンに行ったのなら、ずっと行ったままだといいとエヴァンは思わずにはいられなかった。

日曜日の朝七時に再び電話が鳴った。エヴァンはガウンを手探りしながら、時計を見た。七時。くそっ。なんだって緊急事態はいつもいつも週末に起きるんだ? よろめきながら階段をおりていくと、シェニール織の古いガウンとスリッパ姿のミセス・ウィリアムスが自分の部屋から出てきたところだった。

「大丈夫ですよ、ミセス・ウィリアムス。ぼくが出ますから」

「いったいだれなのかしら、日曜日の朝早くにあなたを起こすなんて。許されませんよ、こんなこと」階段の上からミセス・ウィリアムスが言った。

今度もまたエドワード・フェラーズだった。「まだ連絡はありませんか? ぼくは一睡もできませんでしたよ。彼はいったいどこにいるんでしょう？　消えるなんてこと、あるはずがないのに」エドワードはパニックを起こす寸前のようだった。

「落ち着いてください」エヴァンはできるかぎり警察官らしい態度で応じた。「もし事故に遭っていたなら、連絡があるはずです。そうでしょう？　本部に電話して、最後のパトロールでなにか見つかっていないかどうか確かめてみますよ」

「そのあとで、失踪届を出します。そろそろ二四時間になるんですよ」

「着替えたら、すぐに〈エヴェレスト・イン〉に行きます。でもあまり心配しないことですよ。彼は芝居がかったことが好きなタイプに見えました――違いますか？」

「それはそうですが……」

「何事もなかったみたいに戻ってきて、あなたたちがそんなに心配していたことを知って驚いて見せるかもしれませんよ」

「確かに彼がやりそうなことですが。あなたの言うとおりであることを祈りますよ」

エドワードが言った。

エヴァンは受話器を置いた。教会の鐘の音が風に乗って遠くから聞こえてきた。日曜日の朝。ストレスの日ではなくて、休息の日のはずなのに。それどころか今日は、休むこともできないようだ。いまいましいグラントリー・スミス。エヴァンは急いで着替えると、本部に電話をかけた。

女性巡査のジョーンズが電話番だった。「ああ、エヴァンズ巡査、ちょうど電話をかけようとしていたところでした。要請のあったランドローバーが見つかりました」

「見つかった――どこで？」

「ポルスマドグです。波止場の近く」

「ポルスマドグ。いったいあんなところでなにをしていたんだろう。だれも乗っていないんですよね？」

「わたしは聞いていません。ポルスマドグのロバーツ巡査から、ついいましがた連絡があったんです」

「今朝の私服警官の当番はだれですか？」

「今日はワトキンス巡査部長が当番のはずなんですが、彼はまだ――あ、ちょっと待ってください、たったいま来られました。スランフェアのエヴァンズ巡査からお電話です、サー」

「それじゃあ、きみも週末に働かされているんだな？」日曜日の早朝にもかかわらず、ワトキンスの口調は明るかった。「わたしは今朝のＤＩＹ番組を見逃したよ。今日は棚をやることになっていたのに――もう何か月も、妻から作ってくれと言われているんだ。それで、なにがあった？」

「なんでもないかもしれませんが、報告しておいたほうがいいと思ったんです。撮影チームのひとりが行方不明なんですよ」

ワトキンスはくすくす笑った。「おやおや。困ったもんだね。きみは彼らの面倒を見るように命じられ、その任務につき、まんまとひとり失ってしまったわけか。警部に言い訳するのがわたしでなくてよかったよ」

「笑いごとじゃないんですよ、巡査部長。ばかな男の行方がわからなくなって、彼の仲間が死ぬほど心配しているんです」

「山で行方不明になったのか？　だとしたら、わたしにできることはないぞ。山での救出が得意なのはきみだろう？」

「山じゃないんです」エヴァンは素っ気なく言った。日曜日の朝に電話で起こされて、機嫌がいいはずがない。「昨日の朝早く、ブライナイ・フェスティニオグに行ったらしいのが最後です。昨日はそれっきりなんの音沙汰もなく、ゆうべも連絡がなくて、今朝になってポルスマドグの波止場近くに彼のランドローバーが止まっているのが見つかったんです」

「土曜の夜だ。パブで飲みすぎて、どこかでぐっすり眠りこんでいるんじゃないのか？」

「彼はそういうタイプには見えませんし、チームのリーダーがひどく心配しているんですよ」

「つまりきみは、なんで彼がポルスマドグに行ったのか、わからないというんだね？」

「見当もつきません。彼があそこの狭軌鉄道とその駅に興味を持っていたのはわかっていますが。それに、あそこには通常の鉄道の駅もあります」

「彼が列車でどこかに行った可能性があると？」

「ロンドンに行ったのかもしれないと、仲間は考えています」

「ふむ、そういうことだよ。その男だっていい大人なんだから、ロンドンに行きたければ行くさ。そうだろう？」

「ですが、それならどうして連絡してこないのかがわからないんですよ。彼らはいま撮影の真っ最中です——スタッフがすることもなく待機しているんです。失踪届を出してほしいと言われています」

「どこかの男がぶらぶらさまようことにしたからといって、失踪届を出すわけにはいかないぞ。心神喪失状態とか逃亡者というわけじゃないんだろう？」

「それはそうですが……」

「彼は大人なんだ、エヴァン。どこかで知りあった女性と夜を過ごしているのかもしれない。仲間に連絡することなど、すっかり忘れているのかもしれない」ワトキンスは咳払いをして言葉を切った。エヴァンがなにも言わずにいると、ワトキンスは言葉を継いだ。「いいだろう。表立ってはわたしにはまだなにもできない。彼らは身内ですらないんだ。だがもし明日になっても帰ってこなかったら……」そのあとの言葉は濁した。「もしわたしだったら、わたしがこの仕事を任されていたなら、いまから彼を捜し始めて、やる気があるところを見せておくだろうな。車が見つかったあたりや彼が最後に目撃されたところを調べる。彼に切符を売った人間がいないかどうか、駅で尋ねる――まあ、どうすればいいかをきみに教える必要はないだろうが。捜査方法なら、きみはわたしと同じくらいわかっているからな。いや、わたしよりよくわかっている」

「はい」エヴァンは度量の大きいところを見せるような気分ではなかった。「捜索を始めます。ポルスマドグのロバーツに、縄張りを荒らしていると思われないといいんですが。彼はぼくがあまり好きじゃないんですよ」

「わたしの許可を得ていると言えばいい。文句を言われたら、電話をくれればいいから。それから、その男が見つかったら連絡がほしい」

「わかりました、そうします」

エヴァンは受話器を置き、眉間にしわを寄せて電話を見つめた。「まったくいまいましいグラントリー・スミスめ」そうつぶやき、ポルスマドグに電話をかけた。

「今度はどんな大きな事件を解決しているんだい、エヴァンズ？」ロバーツ巡査が尋ねた。野心的な若い男で、以前、つかの間ではあったがエヴァンに注目が集まったことが面白くないようだった。「あのランドローバーは盗まれたものなのか？」

「そうじゃない。あれは行方がわからなくなっている男性が乗っていた車なんだ――ぼくに任された映画チームのひとりだ。昨日の朝早くブライナイ・フェスティニオグに行ったのを最後に、仲間にも連絡を取っていない。ランドローバーは空だったんだろう？」

「そうだ。道路沿いの二時間までの駐車ゾーンに止められていた。切符を切られなくて運がよかったよ。こっちはいま、手が足りなくてね」

「それじゃあ、車はまだそこに？」

「そういうことだ。今日中に移動させないと、切符を切られるぞ」

「ぼくがそっちに行って、自分で確かめてもいいだろうか？」エヴァンが尋ねた。「念のため、駐車場にレッカー移動したほうがいいかもしれない」

「なにか妙なことが起きていると考えているのか？　その男がただどこかをふらついているというだけじゃなくて？」ロバーツは興味を持ったようだ。

「まだわからないんだ」

「まあそうだな。用心するに越したことはないというわけか。おれもこっちで情報を集めておくよ。その男の外見は？」

「若い芸術家タイプ、癖のある黒髪、上流階級のアクセントのある英語を話す。一度会えば、忘れないと思う」

「わかった。できるだけのことはするよ」

「ありがとう（ディーオルフ・アン・ヴァウル）」エヴァンは電話を切った。ロバーツはそれほど悪いやつじゃないかもしれない。

エヴァンは急いで着替えると、〈エヴェレスト・イン〉に向かった。

ハワードとエドワードは、コーヒーポットと手つかずのコーヒーカップが載った窓際のテーブルに向かいあって座っていた。サンディもそこにいるのを見て、エヴァンは驚いた。ひと晩中起きていたみたいに、服はよれよれだし、顔色も悪い。エヴァンの姿を見ると、勢いよく立ちあがった。「なにか知らせは？」

「車が見つかりました」エヴァンは答えた。「ポルスマドグの波止場です」

「そんなところでいったいなにをしていたんだろう？」エドワードがつぶやいた。

「あなたにもわかりませんか？　グラントリーは、ポルスマドグで調べたいことがあるとは言っていませんでしたか？」

「なにも」

「今度は窓から落ちることなく、またあの列車に乗りたかったとか？」うっかりそう言ってしまってから、エヴァンは後悔した。

「なんてこと」サンディが泣きそうになった。「まさか彼がまた列車から落ちたなんて考えているんじゃないでしょうね？」

「彼にそんな習慣はないと思うよ、サンディ」エドワードが言った。「列車のことはなにも言っていなかったし」

ハワードは青い顔をしていて、具合が悪そうだった。「わたしたちはどうすればいいんだろうね、巡査？ ここに閉じこめられたも同然だ――移動手段がなにもない」

「とりあえずランドローバーは見つかったんだ」エドワードが言った。「こちらの親切な巡査にポルスマドグまで連れていってもらって、乗って帰ってくればいい」

「いまはやめておいたほうがいいと思います」エヴァンは言葉を選びながら言った。「鑑識の人間が調べる必要があるかもしれませんから……」

「なんてこと、彼の身になにかあったんだわ、そうでしょう？ わたしのせいよ」サンディが言った。

「どういう意味ですか？」エヴァンが尋ねた。

「わたしが――」サンディは一度口をつぐみ、気持ちを落ち着けてから言葉を継いだ。「もしわたしがここにいれば、こんなことにはならなかった。グラントリーはよくばかなことをするんです。だれかが彼の面倒を見なくてはいけないの」エヴァンがもの問いたげな顔で自分を見ていることに気づいて、サンディは顔を赤らめた。「個人的な感情に左右されたりしちゃいけなかったんです。わたしは制作助手として雇われたんだから。いくら彼がいけ好かないことをしたからといって、出ていくべきじゃなかった」

「いつ戻ってきたんですか？」エヴァンが尋ねた。

サンディは唇を噛んだ。「本当は帰らなかったんです。バンガーの駅まで行きましたけれど、どうしても列車には乗れなかった。わたしの誤解かもしれないってずっと考えていました。なにかの間違いだったのかもしれない……」

「間違いとは？」

サンディは首を振った。「個人的なことです。それでわたしはホテルにチェックインして、彼に手紙を送ったんです。彼は電話をかけてきました。謝っていたし、わたしを必要としているんだって言われたから、昨日戻ってきたんです。でも……でも彼は帰ってこなかった」サンディは泣き崩れ、ジーンズのポケットを探ってティッシュペーパーを取り出したかと思うと、エヴァンの上着の袖をつかんだ。「彼を見つけてください。彼の身になにかあったら、わたしは自分を許せないわ！」

「ヒステリーを起こさなくてもいいよ、サンディ」ハワードが穏やかな口調で言った。「彼ならきっと見つかるさ。ポルスマドグには列車の駅があるんですよね」

エヴァンはうなずいた。

「そういうことですよ。エドワード、きみが考えていたみたいに、彼は突然思い立ってロンドンに行くことにしたんだ。おいしい朝食を平らげたところだという電話がドーチェスターからいまにもかかってくるよ。ゆうべは電話をするのを忘れて悪かったが、とても重要な人物から夕食に誘われたんだってね」

そうであることを信じたいと言わんばかりに全員がうなずいたが、だれも信じていないことは明らかだった。

「彼はロンドンに行ったとか、じきに電話がかかってくるとか、決めてかかるわけにはいきません」エヴァンが言った。「ぼくは彼が最後に目撃された地域を調べてきます」彼らは再びうなずいた。「一緒に行きたい人はいますか？」

「今日の作業は中止にすると、すでにスタッフには伝えました」エドワードが言った。「早くグラントリーを見つけないと——彼らをただぶらぶらと遊ばせておくわけにはいかないんですよ。もしグラントリーが本当にぼくたちに黙ってどこかへ行ったのなら、首をへし折ってやる」

エヴァンはメモ帳を取り出した。「彼と最後に会ったときのことをくわしく話してもらえませんか？　昨日の夜明けにブライナイ・フェスティニオグに連れていかれたと言っていましたね？」

「そうです。ぼくが朝食をとっていたら、彼が食堂に駆けこんできたんです。〝素晴らしい考えが浮かんだんだ〟と言っていました。〝夜中に思いついたんだよ。これで、この映画に欠けていたドラマが補える〟彼はぼくの腕をつかんで、文字通りテーブルから引きはがしたんですよ。

ぼくにはもっと大事な作業があると言ったんです。湖に行って、飛行機を引き揚げるのを見守っていなきゃいけないって。そもそもそれがこの映画の目的なんですから。だからこそ、資金を集めることができたんだ」

エドワードは長々とため息をついた。「ですが、グラントリーがどんなふうだか、わかりますよね？　自分の思いどおりにならないと、まるで小さな子供みたいに振舞うんですよ。懇願したり、泣き落としたり。長くはかからないし、おれひとりじゃ行けない、おれの考えが正しかったら、きっときみもわくわくすると言っていました」

「どんな考えだったんです？」

「話してくれませんでした。まずは確認してからだと言って」

「それで、あなたたちはブライナイまで行ったんですね？　何時でしたか？」

「ここを出たのは八時前でした。着いたのは八時半頃だったと思います」

「着いたあとは？」

「グラントリーがなにをするつもりなのか、ぼくは知りませんでした。スレート鉱山を見たがったことだけはわかっていますが。管理人と会うつもりだったようです」

「でもあなたは一緒に行かなかった」

エドワードの顔が赤らんだ。「ぼくですか？　行きませんでした。ぼくにはもっと大事な仕事がありましたから。ここですることがあったんです。なので彼を残して、タクシーで帰ってきました」

「ということは、あなたが最後に彼を見たのはブライナイで、九時頃ということですね？」

「そうです」

「彼がすぐに戻ってくると思っていたんですね？」

「ええ、そう思っていました。撮影スタッフが作業を開始するのを待っていることを知っていましたし、ハワードもあまり体調がよくない。用事が終わったら、すぐに戻ってくるものだとばかり考えていました」

「グラントリーは携帯電話を持っていましたか？」

「もちろんです。どこへ行くにも手放しませんでしたよ」

「つまり、遅くなるのならあなたに電話ができたわけだ。妙ですね。もちろん、あなたからもかけてみたんですよね？」

「もちろんです。何度かかけましたが、電源を切っているようで、つながりませんでした」

エヴァンはメモ帳をポケットにしまった。「彼の写真が部屋にあったりしませんかね？　写真を見せることができれば、捜索に役立つんですが」

「山ほどあるはずですよ」エドワードが言った。「グラントリーは自分が大好きですから。よかったら、一緒に彼の部屋に行きましょうか。なにか手がかりになるようなメモ帳か予定表が残っているかもしれない」

「そうしましょう」エヴァンはホテルの支配人であるアンダーソン少佐のところに向かった。

「行方がわからない？」少佐は顔をしかめた。「まさかひとりで山にのぼろうとしたんじゃあるまいな」

「違います。ポルスマドグの波止場に車が残っていたんです。どこに行ったのか、さっぱりわからないんですよ」

「気になるな」少佐は考えこみながら口ひげを撫でた。「あの登山者が殺されたときのように、悪い評判が立たないといいんだが。あのときは、予約のキャンセルがたくさん出たんだ」

三人はゆったりした中央階段をあがり、アンダーソン少佐がひとつめの廊下の突き当たりにあるドアの鍵を開けた。グラントリーの部屋はとんでもなく散らかっていた。服や本や書類がいたるところに散乱している。少佐は、落ちていた下着をさも嫌そうにまたいだ。エドワードもエヴァンについて部屋に入った。

「ブリーフケースがあるはずです。ランドローバーには持っていかなかったと思うので。ああ、あった」

エドワードは、セーターとソックスの下からブタ革製のブリーフケースを発掘した。エヴァンがそれを開いた。なかには、ブリーフケースに入っているべきものが入っていた。予定表、話を聞けそうな戦争経験のある人たちのリスト、そして蓋のあるポケットのなかには山ほどの写真が入った大きな封筒があった。

「ほら――言ったでしょう?」エドワードは二〇センチ×二五センチの光沢仕上げの写真を取り出した。これ以上ないほどバイロン卿っぽいグラントリーの写真だ。

「俳優気取りだった頃の顔写真ですよ。いまでも持ち歩いているんですからね。彼の虚栄心には際限がないらしい」

「ああ、それにハワードが偉大な白人ハンターだったときのものもある」エドワードはもう一枚の同じサイズの写真をエヴァンの手に載せた。重武装をしたアフリカの部族民に囲まれたハワード・バウアーだった。

「素晴らしいですね」エヴァンは笑顔で言った。

「グラントリーの行き先を示すようなものはなにもなさそうですね」エドワードはブリーフケースに入っていたほかのファイルを調べている。「ほかの場所を調べたほうがよさそうだ。なにも見つからないとは思いますが。グラントリーのアイディアのほとんどは彼の頭のなかにありましたから」エドワードはブリーフケースを閉じると、衣装ダンスのなかの服をベッドに山積みにし始めた。エヴァンはその様子を眺めながら考えていた。彼がハワードの写真を見ているあいだに、エドワードが小さなスナップショットをポケットに入れたことはまず間違いなかった。

11

エヴァンがポルスマドグに着いたのは、風の強い日曜日の朝九時だった。一緒に来るかと撮影チームの面々に尋ねたが、三人とも断ってきた。ハワードはまだ気分がすぐれないと言い、エドワードは万一グラントリーが戻ってきたり電話をかけてきたりしたときのために〈エヴェレスト・イン〉に残りたがった。サンディは動揺が大きすぎて、なにもする気になれないということだった。

ベズゲレルトを通りすぎたときに、教会の鐘が鳴った。ポルスマドグに着いたのは、帽子をかぶった老婦人たちが腕を組んで礼拝堂だか英国国教会に向かっているときだった。波止場を見渡せる通りに止まっているランドローバーは、簡単に見つかった。ロックされている。キーは見当たらない。昨日は人通りが多かったのだろうが、あいにく今日はがらんとしている。エヴァンは近くの家を順番に訪れたが、写真の男性を見かけた人間も、いつランドローバーがあそこに止められたのかを覚えている人間もいなかった。波止場に目を向けた。ヨットで作業している男が数人いたが、波止場の壁に遮られて道路は見えないし、写真の男性も見かけていないということだった。

エヴァンは駅に向かい、再び写真を見せた。切符売り場の女性は、昨日グラントリーに切符を売っていないことは間違いないと断言した。「とてもハンサムな人ね」エヴァンも見た目は悪くないと考えたのか、恥ずかしそうな笑みを浮かべて言った。「見ていたら忘れないわ」

改札係も彼を見ていなかった。週末にここから出る列車は多くないので、外国人がいれば気づかないはずがないと彼は言った。

エヴァンはあまり期待を抱くことなく、狭軌鉄道の発着所に向かった。人気がなかった本線の駅とは対照的に、こちらはにぎわっている。日曜日にはボランティアが集まって古い車両の整備をし、運がよければ小さな蒸気エンジンを運転して山をのぼることができるらしい。今回は、写真を見せるとすぐに反応があった。

「もちろん見たことがあるさ」〝リンダ〟と側面に記された古い蒸気エンジンを磨いていた男が言った。「おれの列車から落ちたばかな男だろう？」

「昨日はどうですか？　昨日、彼をまた山まで乗せませんでしたか？」

運転手は首を振った。「いいや。もし見かけていたら、とっとと帰れと言っていたよ。悲鳴が聞こえて、やつが転がり落ちるのを見たときは心臓が止まりそうになったもんだ。すぐに列車を止めることができて、運がよかったんだ」

「それじゃあ、昨日彼はこのへんにはいなかったということですね?」

男は入り江の向こうを見やった。「おれが運転していた列車にはいなかった。だがおれがおりてくるときに、もう一台の列車でのぼったのかもしれない。ビリー・ジョーンズがあそこにいるから訊いてみるよ。昨日は彼がもう一台の列車を運転していたんだ」

だがグラントリーを見た記憶はないというのが、ビリー・ジョーンズの返事だった。グラントリーが昨日ポルスマドグでなにをしていたにせよ、目立たないようにしていたようだ。

エヴァンは警察署に挨拶に立ち寄り、写真のコピーを取った。

「妙だな?」コピー機を操作しているエヴァンの手元を肩越しにのぞきこみながら、ロバーツ巡査が言った。「かなり個性的な顔立ちだ。だれかが見かけているはずだがな。地元のB&Bに訊いてみよう。バスも調べたほうがいいかもしれない。彼はまだここにいるのか、もしくはなんらかの交通手段を使って町を出たかのどちらかだな」

「だれかが彼の車を盗んだという可能性もある」エヴァンは言った。「そしてここに乗り捨てた」

「どうして置いていくんだ? ランドローバーはかなり高価だろう? それにもし車が盗まれたのだとしたら、彼はどこにいるんだ?」

「いい質問だ。ぼくは彼が最後に目撃されているブライナイ・フェスティニオグに行ってみる。向こうでなにか役に立つ話が聞けるといいんだが」

ロバーツ巡査は薄ら笑いを浮かべた。「あんたが任されたと言ったな。彼の保護をか？　心配するのも無理はないな。彼が見つからなかったら、あんたが責任を取らされるんだろう？」ロバーツは明らかにエヴァンの窮地を楽しんでいた。

「安心させてくれてありがとう」エヴァンは半笑いで応じ、署をあとにしようとした。

「心配いらないよ」ロバーツが彼の背中に向かって言った。「そのうち、〝いや、悪かったな。おれを捜していたのかい？〟って言いながら、のんびりと現われるさ。いまいましいイングランド人。面倒しか起こさないんだ」

いまいましいイングランド人というくだりに関しては、エヴァンもまったく同意見だった。エヴァンは年代物の車のアクセルを目いっぱい踏みこんでカーブの続く道を走り続け、やがてブライナイ・フェスティニオグのスレート鉱山が見えてきた――村のまわりの山腹に、深い灰色の溝がいくつもできている。ちょうど、大通りの礼拝堂から人々が出てくるところだった。ほとんどが老婦人で、数人の老人と子供たちが交じっている。エヴァンは車を止め、急いで彼らに歩み寄った。

「見ましたよ」ひとりの老婦人がほかの人たちをかき分けるようにして前に出てきた。がりがりに痩せた鉤鼻の女性で、真っ白な髪に黒いフラワーポット・ハットを乗せている。「あなたも見たでしょう、グラディス?」べつの老婦人がうなずいた。「その人だったわ」

「いつでしたか? 彼はなにをしていたんですか?」

最初の女性が顔をしかめて、記憶をたどった。「ええと、昨日、買い物に行くのにバスに乗ろうとしていたんですよ。バスは九時一五分に来るから、その前っていうことだわね。そうじゃない、グラディス?」

彼女の友人はまたうなずいた。

「彼がなにをしていたのか、教えてもらえますか?」

「怒鳴っていたんですよ。そうよね、グラディス?」

「驚くようなことを怒鳴っていましたよ」グラディスがようやく口を開いた。「ふたりが怒鳴り合っていたんですよ。通りの真ん中で」

「外国人だって、わたしはグラディスに言ったんですよ。驚きはしませんよね」

「だれに怒鳴っていたのか、覚えていますか?」

「そっちも外国人でしたよ。英語でしたから」

「大きな人でしたね」グラディスが口をはさんだ。「若くて、金髪だったと思います」

「それからどうなったんです?」

「わかりません。バスが来たときも、まだ怒鳴り合いは続いていましたから」

「いったいなにごとです?」男の声がして、制服警官が人々のあいだから現われた。いぶかしげにエヴァンを眺める。「なんのご用でしょう?」

エヴァンは手を差し出した。「スランフェアのエヴァンズ巡査です。ここで目撃されたのを最後に行方がわからなくなっている男性を捜しているんです」

巡査がぱっと顔を輝かせた。「スランフェアのエヴァンズ。あなたを知っていますよ」

エヴァンの顔が赤く染まった。警察内で彼の名が名探偵として広まっているのがいやでたまらない。たいていが、いらだちやからかいがついてまわったからだ。「ええ、あなたのことはなんでも知っています。どんな食べ物が好きなのか、どんな女性がタイプなのか……」巡査は言葉を切って、困惑しているエヴァンを眺めている。「ぼくはマイリオン・モーガンといいます。あなたが下宿しているのは、ぼくのおばのグウイネスの家なんですよ」

エヴァンは笑って応じた。「そうか、モーガン。ミセス・ウィリアムスの旧姓ですね。よろしく、マイリオン」

「それで、いったいどうしたんですか?」

「このイングランド人男性なんです。スランフェア近くで映画を撮影しているチームのひとりなんですが、昨日の朝ここに来て、スレート鉱山を訪ねたはずなんですが、それっきり行方がわからないんですよ。彼のランドローバーがポルスマドグに止まっているのが見つかったんですが」

「それは妙ですね」マイリオンが言った。

「わたしたちが彼を見かけたのよ」最初の老婦人がマイリオンの腕を引っ張りながら言った。「そうよね、グラディス?」

「こちらのご婦人たちが、昨日の朝、大通りでだれかと怒鳴り合っている彼を見たそうなんです」

「そこでしたよ、フィッシュ・アンド・チップスの店の外」通りの先を指さしながら彼女が言った。「ひどいことを怒鳴り合っていました」

「外国人」グラディスがいわくありげにつぶやいた。

「ほかに見ていた人はいませんか?」モーガン巡査は集まっている人々に訊いた。

数人の女性が英語の怒鳴り声を聞いたと答えた。新聞の売店の店主は怒鳴り声が聞こえたあと、男が店の前を駆けていくのを見たと言った。

エヴァンはランドローバーのことを尋ねた。数人が見かけたと答えたが、ひとりの女性ははっきりと覚えていた。息子を昼食に連れて帰るため、一二時に学校に向かったときに止まっているのを見かけたが、四時に息子を迎えに行ったときにはもうなかったのだという。よく覚えているのは、息子がその車のことを話題にしたからだ。ランドローバーを格好いいと思ったようで、自分たちにも買えるかどうか尋ねたらしい。母親は高すぎると答えたということだった。

「午後になるまで、彼はいったいなにをしていたんだと思います？」人々が散っていったあと、エヴァンと並んで歩きながらマイリオン・モーガンが訊いた。「どこかの店に入って、お茶を飲んだはずですよね？」

エヴァンはうなずいた。「いまわかっているのは、彼はスレート鉱山を訪ねるためにここにきて、管理人と約束があったということだけなんです」

「どの鉱山でしょう？　セッフウェズ、グロッヴァ、それともガノール？」

「マノッドです」

「そこはもう閉鎖されていますよ。閉鎖されてから、かなりになります」

「ええ。ですが、戦争中、絵が保管されていたのがそこなんです」

「ああ、聞いたことがある」マイリオンがうなずいた。「当時、祖父があの鉱山で働いていたんですよ」

「ミスター・スミスは、いま撮影している戦争中のウェールズを題材にした映画に、その話を入れたがっているんですよ。だから鉱山を見たがったんです」

「そうですか。そういうことなら、エルリ・プリスに会うといいですよ。昔、あそこで働いていて、鍵を持っているんです。よかったら一緒に行きましょうか」

「ありがとう」エヴァンはお礼を言った。「忙しかったんじゃないんですか？」

マイリオンはにやりと笑った。「いいえ、日曜日のランチの前にざっと町をパトロールしていただけなんです。一時にならないと、妻のメガンの料理は出来上がらないんですよ。よかったら、一緒にどうですか？　メガンのローストラムは付け合わせも含めて最高ですよ」

「そそられますね」エヴァンは応じた。「このあとどうすればいいか、考えてみますよ。彼がどこに行ったのか、なにか手がかりをつかまなくてはいけない。ここには本線の駅がありますよね？　列車でロンドンに行った可能性がある」

「だとしたら、だれが車をポルスマドグまで運転していったんです？」

エヴァンは肩をすくめた。「そうですよね。なにひとつ筋が通らない」彼はマイリオンの肩を叩いた。「そのミスター・プリスに会いに行きましょう。なにかヒントをもらえるかもしれない」

ふたりは店の並ぶ通りを進み、細い脇道をくだり、やがて町のはずれに建つ住み心地のよさそうなバンガローにたどり着いた。エルリ・プリスはえらの張ったたくましい体つきの男で、若々しい顔つきだったが、髪には白いものが混じっていた。

「ええ、そうですよ」彼は言った。「閉鎖されるまで、わたしはあの鉱山の管理人でした。もちろん、戦争中は違いましたけれどね。幸いなことに、それほどの歳ではないですから。ですが、鉱山の洞窟のなかにあんな小屋が建っていたのは、壮観な眺めだったと思いますよ」

エヴァンは写真を取り出した。「昨日、ミスター・グラントリー・スミスと約束があったと思います。彼に鉱山を見せましたか?」

「結局、来なかったんですよ」エルリ・プリスの口調には不快感が混じっていた。「一〇時に鉱山の外で待っていると言ったのに、彼は来なかった。三〇分待ちましたが、〝くそったれ〟と言って帰ってきましたよ。昨日はひどく寒かったんでね」

「そのあとも連絡はなかったんですか? 来なかった理由を釈明したりは?」

「それっきりなにも言ってきていませんよ」ミスター・プリスは見くだすように言った。

「ミスター・プリス、彼がひとりで鉱山にはいる方法はありますか?」

エルリ・プリスは首を振った。「わたしが鍵を持っていますからね。入口には南京錠がかかっているんです」

「昨日、鉱山の入口を確かめましたか?」エヴァンは尋ねた。

エルリ・プリスの顔を警戒の表情がよぎった。「いや、確かめていません。彼に伝えたとおり、鉱山の外で待っていたんですよ。それから、ひょっとしたらひとりで先に行ったのかもしれないと思って、通路を歩いてみましたがだれもいなかった。それは確かです」

「一緒に行って、確認してもらえますか？」エヴァンが頼んだ。「念のために」

「朝の軽食をとろうと思っていたんですよ」ミスター・プリスが言った。「ケトルのスイッチを入れたところだ」

「あなたが会うことになっていた男が行方不明なんです、ミスター・プリス」マイリオンが言った。「こちらの巡査が彼を捜していて、いまあらゆる手がかりを追っているんです」

エルリ・プリスはうなずいた。「わかりました。ケトルを切って、コートを取ってきます。まったくばかげている。そもそも、彼に鉱山を見せるのは気が進まなかったんだ。危険な場所が多すぎるし、非常用の照明もあまり状態がよくないんでね。でも彼はコネの使い方を知っている男でしたよ。鉱山のオーナーから、手を貸してやれと電話があったんです」

一行は傾斜の急な路地をのぼり、町のはずれを歩き続けた。高層湿原から吹いてくる風があまりに強くて、体を斜めにしなくてはならないほどだった。

「生身にこたえる天気じゃないですか」ミスター・プリスが言った。

エヴァンはうなずいた。「グラントリー・スミスをトレフォー・トーマスに会わせるために、数日前にもここに来たんですよ。彼のことはご存じですよね？」

「トレフのことはみんな知っていますよ。気の毒な老人だ。彼からはたいした話は聞けないと思いますがね。耄碌していますから。息子が赤ん坊のように父親の面倒を見ていますよ。できた息子ですよね」

「なんで彼に会いに行ったんです？」マイリオンが尋ねた。

「彼は昔、この鉱山で働いていたんです」エヴァンが答えた。「絵を保管するための小屋が建てられたとき、そこにいたんですよ。彼に話を聞くのがいいだろうとグラントリーは考えたんです。彼自身が腕のいい画家でしたから」

「トレフじいさんが？」エルリが訊き返した。

「ああ、ぼくも聞いたことがあります」マイリオンがうなずいた。「若かった頃の話みたいですが。彼がなにか描いているのは、見たことがありません」

一行は鉱山の入口までやってきた。エルリ・プリスはゲートの鍵を開け、スレートの屑の山のあいだに作られた砕いたスレートの道を、山腹にぽっかりと開いた穴に向かってふたりを連れて進んでいく。鉄製の格子が入口をふさいでいた。錆びついた大きな南京錠がついていて、その上に錆びた標識がかかっている。〝危険。私有地。破壊行為や侵入者は、法律の及ぶ最大限の範囲まで告訴されます〟もしここに〝帰れ。警告したぞ〟と書かれていたとしても、これ以上の脅しはないだろう。

「ほら、このとおり。元のままだ」エルリ・プリスが言った。

南京錠が最近開けられた痕跡はないかと、エヴァンは地面を調べた。錆の破片はまったく落ちていなかった。

「そうですね。だれもここには来ていないようです。お手数をかけてすみませんでした」

「いいんですよ」エルリ・プリスはかろうじて笑みを作った。「ドアにちゃんと鍵がかかっているのがわかって、安心しましたよ。だれかが入ったりしたら、わたしの責任ですからね」

「それじゃあ、ここからしか入れないんですね？　彼が別の入口を見つけたということはないですね？」

「ありません」エルリ・プリスはそう答えたあとで、ためらいながら付け加えた。「実は古い非常口がありました。崩落や入口で火事があったときのために。ですが山の向こう側なんですよ。彼に見つけられるはずがない。わたしですら見つけられるかどうか怪しいもんだ」彼は傷だらけの崖を指さした。右側は急な曲線を描いていて、鉱滓の山と積み重なった岩の向こうに続いている。「あの岩の裏側のどこかです。まあ、まだあるとしても、そこも鍵がかかっていますからね」

「彼が偶然見つけたなんてことは、あり得ませんね」エヴァンは言った。

エルリはうなずいた。「絶対に無理ですよ。ブラッドハウンドじゃないと見つけられないでしょうね」

「つまり、彼はここには来ていないってことですね」マイリオンが言った。「あの崖をよじのぼろうとするほどの愚か者で、その挙句、滑落したというのなら話は別ですが」

エヴァンは崖を見あげた。スレートの岩棚が最近の雨でいかにも滑りやすそうになっている。エヴァンはそれなりに熟練したクライマーだが、この崖をのぼりたいとは思わない。「なんとなくだが、彼はアウトドアを好むタイプには思えなかった。それにそんなことをする理由は……」

「そうですよね」マイリオンが言った。「そういうことですね。彼はここには来たものの、気が変わって、帰ったんでしょう」ふたりはミスター・プリスと共に通路を戻り、大通りに出たところで彼と別れた。

マイリオンがエヴァンに訊いた。「このあとはどこに？」

「わかりません」エヴァンは寒々とした景色を見やった。「ホテルに電話をして、ぼくが留守のあいだに彼が戻ってきていないか、だれかからぼくに連絡がなかったかを確かめます。そのあと、なにかわかったことはないかどうかをポルスマドグのロバーツ巡査に電話で訊いたら、いまのところはそれ以上できることはなさそうです。明日までに彼が見つからなかったら、私服警官に引き継ぎますよ。今頃はどこにいてもおかしくないですからね」

「警察署から電話をかければいい。そのあとうちで一緒にランチをしましょう」マイリオン・モーガンは親しげにエヴァンの肩に手を乗せた。「ぼくはいつも言っているんですが、おいしい食事ほどすべてを丸く収めてくれるものはありませんよ」

エヴァンはかろうじて笑顔を作った。「駅でもう一度確かめてみます。それからガソリンスタンドと、今日開いているカフェでも。彼の車が昼過ぎまでここに止められていたのなら、九時よりあとで彼を見ている人間がいるはずですから」

「そうですね。警察署はこの坂をおりたところです。鍵を渡しておきますから、電話を終えたら鍵をかけてぼくの家に来てください。ぼくの家はここをあがったところに並んでいるコテージの一軒です。赤いドアの二一番地」

「ありがとう」エヴァンはお礼を言った。「それじゃあ、あとで」

「いい知らせがあるといいですね。いまいましいイングランド人——いつだってここにやってきてはいなくなるんだ。違いますか?」

エヴァンは声をあげて笑った。ふたりは別れ、エヴァンは警察署に行って電話をかけた。ロバーツ巡査は地元のB&Bを調べ、近くの礼拝堂から出てきた人たちに話を訊いてくれていた。グラントリー・スミスに見覚えのある人間はいなかったらしい。

エヴァンは次に〈エヴェレスト・イン〉に電話をかけた。エドワード・フェラーズはひどく動揺しているようだ。「いいえ、なにも連絡はありません」彼は険しい声で言った。「グラントリーが車を止めるところを見た人間はいないんですか？　きっと列車でどこかに行ったんですよ。イングランドの警察に連絡してくれたんですか？　なにかの事故に巻きこまれたに違いないいんだ」

受話器を置いたエヴァンは、どうしようもないほどの無力さを感じていた。だれよりも、ブロンウェンの元夫に評価されたかったのに。それほど苦労もせずにミスター・スミスを見つけましたよと、さらりと言うことができていたらどんなによかっただろう。ミスター・スミスは、連絡しなくてすまないと言っていました。いえ、なんでもありませんよ、サー。仕事の一部ですから。けれどいまエヴァンは、なにひとつつかめていないことを認めざるを得なかった。

警察署を出て、人気のない大通りを眺めた。グラントリー・スミスは昨日のお昼までここにいたのだ。だれかが彼を見ているはずだ。彼はにぎやかだし、攻撃的だし、特徴のある顔立ちだから、気づかれないはずがない。エヴァンは道路の片側を歩きながら、行きかう人すべてに写真を見せた。駅の改札係、ガソリンを入れている男性、自転車に乗っている少年、〈グロッハ・ラス・カフェ〉にいた女性。結果は同じだった——だれかと怒鳴り合っていたのを最後に、グラントリー・スミスを見た者はいない。

エヴァンは足を止め、海岸の向こうでむくむくと大きくなっていく雲を見つめた。じきに雨になるだろう。両手をポケットに突っこみ、再び歩きだした。これまでにつかんだことからすると、グラントリーは最後に目撃されたとき、ある男と口論していた。そして目撃者が描写したその男は、エドワード・フェラーズにそっくりだった。

12

グラントリーと最後に会ったのは、ひどく困惑して取り乱しているように見えたエドワード・フェラーズだ。人前でグラントリーと激しく言い争いをしていた人物も、どうも彼らしい。

エヴァンは大通りを歩き続けた。これはいったいどういうことだろう？　エドワードは心底心配しているように見えたけれど、彼はかつて俳優だったんじゃなかったか？　ケンブリッジ時代、彼らはエジンバラ・フェスティバル・フリンジ（エジンバラで毎年夏に開催される世界最大の芸術祭）で芝居をやったと言っていた。ハワードは怯えていて、具合も悪そうだ。サンディはヒステリーを起こしている。全員がなにか知っていて、それを隠しているんだろうか？

エヴァンはさらに踏みこんで考えてみた。だれかがグラントリー・スミスを排除しようとしている？　数日前彼は、列車から落ちている。人はそうそう列車から落ちたりしないものだ。あの列車があれほどゆっくり進んでいなければ、うまい具合にオークの木に引っかかっていなければ、グラントリーは急斜面を三〇〇メートル下の谷底まで転がり落ちていただろう。だれかがまた同じことを試みたんだろうか？　そして今度は成功した？

エヴァンは腕時計を見た。昼食までまだ時間がある。列車のルートを山の麓までたどってみるべきだろう。エヴァンは車に戻り、狭軌鉄道が道路や川を横切っている箇所や、崖に沿って進んでいるところでは速度を落としながら山をくだり始めた。だが、もどかしいばかりであることにすぐに気づいた。線路は、ポルスマドグまでほぼずっと急斜面の脇を走っている。ほとんどどこからでも、だれかを突き落として殺すことは可能だ。峡谷を捜索するには署を総動員する必要があるだろう。

エヴァンはにぎやかに流れる渓流沿いの道路に車を止め、もう一度考えてみた。突き落とされたのかもしれないとグラントリーが疑念を抱いていたとしたら、その相手は友人のひとりに違いない。また窓から身を乗り出して、二度めのチャンスを与えるようなことはしないだろう。だがそれなら、どうして彼は姿を消したんだ？　そう考えれば筋が通る。彼が知っている何者か――エドワードだろうか？――が、彼を脅したか殺そうとしたのだ。だからグラントリーは自分の身を守るために姿を隠した。そうだとしたら、彼はすぐには見つからないだろう。

大げさに考えすぎだと、エヴァンは自分を叱りつけた。よく見てみろ――ずんぐりしたピンク色のエドワード、体調を崩している、害のなさそうなハワード、がりがりに痩せているサンディ。彼らのうちのだれかが殺人犯？　考えるだけでもばかばかしいと思えた。エヴァンは車の向きを変え、ブライナイ・フェスティニオグに戻り始めた。おいしいランチを食べれば、もう少し広い視野で見ることができるかもしれない。

荒れ地を見あげたところで、ふと思いついたことがあった。テープに録音してくれたかどうかを確かめるため、グラントリーは再びトレフォー・トーマスを訪ねたのかもしれない。鉱山の管理人との約束の前、つまりエドワードと別れたあとに、彼の家に寄ることにしたのかもしれない。

エヴァンは、クラシック音楽が大音量で流れているコテージのドアをノックした。ドアを開けたテューダー・トーマスは、エヴァンを見ると顔をしかめた。「あんたか。もう父には会ってもらいたくないんですよ。あんたたちが来てからというもの、ひどく動揺しているんです。父は病気だし、年よりなんだ。あの男がテープレコーダーを取りに戻ってきたら、困ったことになるんじゃないかって心配していますよ。もう記憶があやふやなんです」

「すみません、ミスター・トーマス」エヴァンは言った。「実はミスター・スミスの行方がわからなくなっているんです。あなたのお父さんに会うためにぼくが連れてきた男は、昨日また来ませんでしたか？　それだけ確かめたくて」

「もし来ていたとしたら、あいにくでしたね」テューダーは答えた。「わたしたちは留守でしたから。土曜日の朝はいつも父を連れて年金をもらいに行き、そのあとテスコで買い物をするんですよ」

「そうですか。ありがとうございます」

「行方がわからないと言いましたね」テューダー・トーマスは興味を引かれたらしい。

「逃げたんですか？　とんずらした？」

「よくわからないんです」エヴァンは答えた。「もし彼がまた訪ねてきたら、すぐに電話をもらえますか？　お父さんによろしくお伝えください」

「伝えますが、今日はまたわたしがだれかもわからないんですよ。よくなったり悪くなったりですが、だんだん悪化しているのは間違いないですね。来週、社会福祉課の人と会うことになっているんです——ホームに入れようと思っているんですよ。わたしの手には負えなくなってきているので」

エヴァンはうなずいた。「大変だと思いますよ。あなたにはあなたの人生がありますし」

テューダー・トーマスは殺風景な荒れ地を見やった。「そうですね。わたしにもそれなりの人生がある」エヴァンに視線を向けて言った。「そのミスター・スミスが戻ってきたら、テープレコーダーを取りに来るように伝えてください。父はまったく興味を示していませんから」

　マイリオン・モーガンのコテージを訪れ、白いクロスをかけたテーブルについたエヴァンを、ローストラムのおいしそうなにおいが出迎えた。

「赤ワインをどうですか？」メガンからグレービーボートを受け取りながら、マイリオンが尋ねた。「このあいだの休暇でフランスに行ったとき、一ケース持って帰ってきたんですよ。安物ですが悪くない。付き合ってください」マイリオンは、ポンという小気味いい音と共にコルクを抜いた。「メガンは飲まないんです。クリスチャンとして育てられましたから」

「あなたもでしょう？」メガンは笑みで応じた。「教会に通わなくなっただけで」

「ありがたいですが、やめておきます。勤務中なので」エヴァンは言った。

「いいじゃないですか。一杯くらい、大丈夫ですよ。それに、今日は本当なら休日だ」

エヴァンは笑顔になった。「そうですね。それに、いまできることはすべてやったと思いますし。ミスター・スミスがなにか理由があって姿を隠しているなら、ぼくには見つけられない。犯罪捜査部(CID)に引き継いで、あとは彼らに考えてもらいますよ」

「そのとおり。彼らは頭を痛めるために給料をもらっているんですから」マイリオンはにやりとして、ふたつのグラスにワインを注いだ。「さあ、どうぞ。動脈にいいんですよ」

お代わりしたラムを食べ終え、メガンがジャムの渦巻きプディングにカスタードを添えたものを運んできたとき、玄関のドアをノックする音がした。マイリオンが立ちあがった。「あなたもこんな感じですか？　食事をしているときに限って、だれかが探しにくるんだ」

「いつもそうなんですよ」夫が玄関に向かうと、メガンがこぼした。「主人にも自由な時間があるべきだって考える人は、だれもいないんです。まるで村の持ち物みたいに思われているんだわ」

マイリオンがもうひとりの男性と一緒に戻ってきたので、ふたりは話をやめて顔をあげた。「ミスター・プリスでした。話があるそうです、エヴァンズ巡査」

「すぐに伝えたほうがいいだろうと思ったんですよ」エルリ・プリスが言った。かぶっていたツイードの帽子を脱いで、不安そうに両手で揉みしだいている。「なんでもないかもしれませんが、でも……」彼は言葉を切り、マイリオンの顔からエヴァンの顔へと視線を移した。「あなたと別れてから、鉱山のもうひとつの入口のことを考えてみたんです。だれかがなにかの拍子で偶然見つけたかもしれないって。なんで、確かめるために行ってみました。なんなく見つかりましたよ。っていうか、そこへの通路が最近使われていたんです。イバラの茂みを歩いた跡がありました。大きな木のドアがあるんですが、しっかり閉まっていました。ですが木がかなり腐っていて、試してみたところ――力を加えれば強引に開けられそうでした。なんで、あなたが自分で確かめたいんじゃないかと思ったんです。あなたが捜している人が入った可能性がありますから」

エヴァンはため息をつきながらマイリオンを眺め、立ちあがった。メガンはなにも言わずにふたりの皿をオーブンに入れた。ふたりは黙ったまま鉱山へと向かい、エルリ・プリスのあとについて岩と鉱屑の山のあいだを進んだ。そこはかつては通路だったのかもしれないが、エヴァンには見分けがつかなかった。枯れたイバラやトゲのあるイラクサにすっかり覆われてしまっている。

「ここです」エルリ・プリスが地面を指さした。大きな足でイラクサを踏みしだいた跡がある。

前方に岩壁が立ちはだかっていた――灰色のスレートの壁がそそり立っている。「こっちです」エルリ・プリスが言った。「頭に気をつけてください」

張り出した岩の下を進むと、そこは山腹を切りこむように作られた通路だった。一メートルほど先をどっしりした木のドアがふさいでいる。「ほら、こういうことなんです」エルリ・プリスはドア枠に近づき、揺すってみせた。ぐらついている。「強く押せば、細い男なら通れますよ」ラグビー選手のようなエヴァンの体つきを眺めながら言い添えた。「押すのはたくましい男でないと無理ですがね。でも大丈夫ですよ、鍵を持っていますから。錆びていないといいんだが」

エルリは錆びた南京錠に鍵を挿しこんだ。きしみながら鍵は開き、彼が押すと、重たいドアは向こう側に開いた。男ひとりがようやく入れるくらいの幅と、頭上に少しだけ余裕がありそうな高さのトンネルが現われた。一メートルほど先からくだっている暗いトンネルだ。エルリ・プリスが持っていた大きな懐中電灯のスイッチを入れて、暗闇を照らした。「だれかがここに入ったとしても、懐中電灯がなければ数メートルしか進めません。あなたの探している人は懐中電灯を持っていましたか？」

「そうは思えませんね」エヴァンは答えた。

「だとしたら、それほど奥までは行けなかったはずだ。数メートルも行けば真っ暗だし、あの古い階段は不安定ですしね。明かりもなしに進めば、首の骨を折るかもしれない——」自分がなにを言ったのかに気づいて、彼はぞっとしたような顔でふたりを見た。「まさかそんなことを考えているわけじゃないですよね？　彼はそこまでばかじゃないでしょう？」

エヴァンは肩をすくめた。「ぼくには理解できません。あなたに鉱山を案内してもらうことになっていたのなら、どうして自分ひとりで先に来たりするんです？　いったいなんのために？」

「それに、メインの入口にはまだ電気が来ているのに、こんな危険な裏口を使う理由がありますか？」エルリ・プリスは暗闇を見つめた。「なかに入って、確かめるべきですかね？」

エヴァンは湧きあがってくる不安を抑えつけながら、暗いトンネルを見つめていた。自分を叱りつけるように、ごくりと唾を飲んだ。「ええ、そうするべきだと思います」気がつけば、そう答えていた。

「わかりました。ちょっとここで待っていてください。わたしは表の入口まで行って、電気のスイッチを入れてきます。非常用システムがあって、いくつか照明がつくようになっているんです――万一に備えて。暗いなかで首の骨を折るような危険を冒す必要はありませんからね」

エルリ・プリスはエヴァンとマイリオンをその場に残し、通路を戻っていった。エヴァンはどうにかして雑談をかわそうとしたけれど、言葉が出てこなかった。

「楽しみだとは言えませんよ」マイリオンが正直に打ち明けた。「鉱山が好きだったことはないんです。父の時代に生まれなくてよかったと思っていますよ。ほかの人たちと同じように、このなかで働かなくてはならないところだった」

「ぼくも好きじゃありません」エヴァンも白状した。「学校の課外学習で炭鉱を訪れたことがあるんです。ぼくはパニックを起こしてしまい、地上に連れ戻してもらわなきゃなりませんでした」

「本当は、彼がこのなかに入ったとは考えていないんでしょう？」マイリオンは暗闇をのぞきこんだ。「まったく、彼は一度頭を調べてもらったほうがいい」

「どこかにいるはずなんですよ。ここは彼が最後に目撃された場所ですから」

「だとしたら、彼の車はどうやってポルスマドグまで行ったんです？」

「いい質問ですね」エヴァンはうなずいた。「この件はなにひとつ筋が通らない」

乾いた下生えを踏みしめる重たそうな足音が聞こえて、ふたりは振り返った。「運がよかった。まだ動いていました」エルリ・プリスがそう言いながら近づいてきた。

「さあ、それじゃあ行きましょう。あいにく、この階段を下のほうまでおりないと明かりがないんです。なんで、足元に気をつけてください」

彼は数段下の段を懐中電灯で照らしながらおり始めた。エヴァンは片手を壁に当てて体を支えながら進んだ。岩は冷たくてじっとりしている。前に出せと足に命じた。

階段はどこまでも続いていた。一〇〇段。二〇〇段。一面の闇。闇があまりに濃くて、押しつぶされそうな気がした。狭いトンネルに足音が反響し、エルリ・プリスが自信に満ちた足取りでどんどんおりていくので、揺れる明かりは遠ざかっていく一方だ。一番うしろを歩かなければよかったとエヴァンは後悔した。階段が壊れていたり、でこぼこしていたりするので、足元に神経を集中しなければならないのが幸いだった。

そしてようやく、最後の段を弱々しい電球が照らすかすかな明かりが見えてきて、一行は真っ暗な洞窟におり立った。

「ふむ、階段から落ちたわけではなかったようだ」エルリ・プリスが懐中電灯であたりの岩の床を照らした。「つまりここには来なかったか、もしくはもっと先に進んだかのどちらかということですね」その声が目に見えない高い天井に反響した。「こっちがメインの洞窟です。明かりはあるはずですが、頭をぶつけないようにしてくださいね。ところどころ、低くなっていますから」

一行は音が反響する洞窟から、別の四角い通路へと進んだ。高さが一・五メートルに満たないところが何か所かあったので、エヴァンは身をかがめなくてはならなかった。

「当時の人は小柄だったんですね」頭をぶつけたあとで、マイリオンが言った。

「人間のことなんて考えていなかったんですよ」エルリが答えた。「スレートが通るだけの大きさがあればそれでよかったんです。大事なのはそれだけだったんですよ。ここを小さなトロッコが走っていたんです。さあ、着きましたよ」

たどり着いたのは、明らかに広いことがわかる場所だった。ひとつだけの明かりが照らしているのはわずかな空間に過ぎないが、広さが感じられる。エルリが懐中電灯を上に向けると、明かりは天井に届く前に闇に吸いこまれて消えた。

「絵はここに保管されていたんです」彼が言った。「当時は小屋がたくさん建っていました。もちろんいまはなにも残っていませんが」

「どうやってここまで運んできたんでしょう?」エヴァンは大きな木箱を担いで、あの階段をよろめきながらおりるところを想像した。

「あの頃はエレベーターが動いていたんです。スレートをどうやって地上まで運んでいたと思っているんですか?」

会話が途切れると、息遣いさえもが反響した。エヴァンの心臓は、ほかのふたりにもその鼓動が聞こえるに違いないと思うほど激しく打っていた。無理やり足を動かして、あたりを調べてみた。スレートの山や、ぎざぎざした岩盤や、小さな黒っぽい水たまりがあるばかりで、だれかが最近ここに来た形跡はない。

「無駄足を踏ませてしまったようですね」エルリ・プリスが言った。「彼が見たがったのがここです。いまではなにも見るものはありませんがね。そう説明したんですが、彼はどうしてもと譲らなかった。すでに鉱山の所有者にも連絡を取って騒ぎ立てていましたからね、わたしはうなずくしかなかった。違いますか?」

エヴァンは壁に暗い入口がいくつもあることに気づいた。「もし彼が間違って、このトンネルのどれかに入ってしまったらどうなります?」

「それは、困ったことになるでしょうね」エルリ・プリスは歯のあいだから息を吸いこんだ。「あのトンネルはメインの出口につながっているんですが、ふさがっているので、戻ってくることになります。でもあっちのトンネルの先は、もう一〇〇年も使われていない古い洞窟なんです。通路が複雑につながっているので、どう行けばいいのかわからなくなることはあると思います」

「それじゃあ、彼はいまもまだここにいて、迷っているのかもしれない」マイリオンが言った。「呼んでみてください」

「グラントリー？　ミスター・スミス？　エヴァンズ巡査です。ここにいるんですか？」エヴァンの声は洞窟内に轟き、高い岩壁に跳ね返って戻ってきたので、まるで一〇人で叫んでいるかのようだった。やがて残響が消え、三人は期待をこめて耳を澄ました。滴る水音が遠くから聞こえるだけだ。

エヴァンはトンネルの入口に立ち、耳に全神経を集中させた。懐中電灯を持ったエルリが近づいてくると、その明かりが湿って軟らかくなったスレートの上のなにかをとらえた。「ちょっと待ってください」エヴァンはかがみこんで、それを拾いあげた。慎重に、懐中電灯へと近づけていく。煙草の吸殻だ。明かりに照らされたものに目を凝らすと、フィルターの上部に紺色の文字でGitanes Internationalesと書かれているのが見えた。「グラントリー・スミスはこれを吸っていた」

「なんてこった」エルリ・プリスがぼそりと言った。「進んだほうがいいってことですね。だが、あまり奥までは行きませんよ。この先に明かりはないし、古い通路は何キロも続いているんです。わたしたちまで迷ったりしたら、シャレにならない」

一行は再び進み始めた。濡れたスレートが足の下で音を立てる。エルリはエヴァンの手に懐中電灯を押しつけた。「あなたが持っていてください、エヴァンズ巡査。あなたは目がいい。なにか手がかりになるものを見つけられるかもしれない」

うしろをついていくほうがいいとはとても言えなかった。地上で待っているほうがもっといいなどと、言えるはずもない。受け取った懐中電灯で前方を照らした。この通路は狭くて、濡れている。まっすぐで平らだったこれまでの通路とは違い、洞窟から曲がりくねって延びていた。スレートの破片が山積みになっているものや、黒い水をたたえているものなど、両側に小さな空間がいくつも口を開けていた。天井はどんどん低くなって、エヴァンは体をかがめなくてはならなくなった。ひんやりと濡れた岩が髪をこすり、冷たい水が首を伝った。

通路がいきなり鋭角に曲がった。エヴァンは頭をぶつけないようにすることだけを考えていたので、通路が曲がっていることに気づくのが遅れた。目の前は黒っぽい水だ。あわてたあまり体を起こしてしまい、岩に頭をぶつけた。目の前に火花が散り、懐中電灯が宙を飛んだ。つかもうとして手を伸ばしたが間に合わず、岩に当たって水のなかに転がり落ちた。

暗闇に包まれることを覚悟したエヴァンの心臓の鼓動が速まった。けれど奇跡的に懐中電灯は消えることなく、水を黒から美しい金色に変え、その深さを際立たせた。そして照らし出されたのは、水底に横たわる男の姿だった。

13

ジンジャー。これほどの時間がたったいま、その名前を口にするのは妙な感じがする。彼女の写真が一枚もないのは妙だ。まあ、当時、カメラは貴重品だった。結婚式や葬式で写真を撮るために、借りるのが普通だった。だが問題はない。目の前に彼女が立っているように、いまでもその姿を見ることができるのだから。美しい。本当に美しい。ジンジャー・ロジャーズのように結いあげたプラチナブロンドの髪。ベティ・グレイブルのような長い脚。彼女はどんな映画女優にも負けないくらい美しかった。どうにかしてハリウッドに行くことさえできれば、映画界で成功するだろうとわたしは確信していた。そして彼女はわたしを一緒に連れていくと約束していた。

わたしは鉱山のなかで、一日中そのことを夢想していた。自分をターザンに、ジンジャーをジェーンになぞらえ、ヤシの木が揺れるハリウッドの青いプールで泳いでいるところを想像した。彼女と一緒にいるときは、それが夢ではないように思えた。いまいましい戦争を生き延びることさえできれば。

正直に言うと、戦争が始まった最初の年は、なにかわくわくするようなことがあるのではないかと期待していた。ウェールズではなにひとつ起きなかった――若者たちが軍服を着て出征していき、すべてが配給になったことを除けば、戦争中であることすらわからないくらいだった。けれどわたしはすでに、鉱山で働くことに飽きていた。年上の少年たちはすでに全員が招集されていなくなっていた。わたしは一七歳になるのが待ちきれなかった。死にたかったわけではないが、刺激が欲しかった。鉱山を出ていきたかったし、軍服が着たかった。つまり、あの頃のわたしは若くて愚かだったということだ。

やってきた軍人たちにからかわれるのにも、わたしはいい加減うんざりしていた。車両部隊が通り過ぎるたびに、「なにやってんだ？　兵役拒否か？　さっさと軍に入って、務めを果たせよ」と声をかけられるのだ。

わたしはまだ一五歳で、あと二年たたないと兵役につけないと言い返そうとしても、そのときにはすでに彼らはいなくなっていた。わたしが一人前の男のように見えたのは、わたしのせいではない。

その頃には、あまりジンジャーにも会えなくなっていた。彼女は、負傷した軍人のための病後療養所として使われている、スランディドノーにある大きなホテルのひとつで働き始めていた。彼女が一日中ほかの男たちに囲まれていると思うと、わたしは嫉妬で頭がおかしくなりそうだった。

「あなたはなんでもないことに腹を立てているだけよ、トレフ」ジンジャーはそう言って、いつものようにわたしの髪をくしゃくしゃにした。「言ったでしょう？　あの人たちは手足を半分吹き飛ばされた、体の不自由な人たちの集団なの。そんな人たちになんの用があると思うの？　あたしには大きくてたくましい人がいるんだし、その人は体じゅうどこもかしこも立派なのよ」彼女は手を伸ばし、その言葉を立証した。わたしが興奮するまで、その手を離そうとしなかった。

彼女はようやく最後までやらせてくれた。わたしは無我夢中だったし、まったく経験がなかったけれど、彼女はそれなりに満足してくれたようだ――次にふたりきりになるチャンスがあったときも、その次のときももう一度しようと思うくらいには。けれどその後の彼女は二週間に一度しか休みが取れなかったし、わたしは毎日闇のなかで働きながら気が狂いそうになっていた。彼女にまつわるあらゆる不安で頭はいっぱいだった。

そんなある日のことだった。いとこのモスティンがわたしを呼びに来た。「管理人がおまえを呼んでいるぞ、トレフォー・バッハ。いったいなにをやらかしたんだ？　家の名に泥を塗るようなことじゃないだろうな」

管理人のところに走っていくわたしの頬は燃えるように熱かった。いや、ここ最近はなにも失敗はしていない――見習いの頃に大きなスレートの板を落として真っ二つに割ってしまったときとは違う。あれで一日分の給料が飛んだ。爆破のときは、ちゃんと安全手順に従った。作業場に金づちを置きっぱなしにしたダイ・エヴァンズとは違う。頭を割られなかった彼は運がよかった。

「やあ、来たか」管理人は機嫌がよさそうだった。「おまえに仕事があるんだ。おまえは絵が好きなんだろう？　暇な時間にはいつも絵を描いているそうじゃないか。ちょっとしたプロジェクトがあるんで、おまえに手伝ってもらいたいんだ」

ナショナル・ギャラリーから絵が運ばれてくると聞いたときには、自分の幸運が信じられなかった。これだ、運が向いてきたんだ、夢に見ていたチャンスが巡ってきた。絵の管理を手伝わせてくれるのだろうと想像した。彼らと一緒に絵を展示し、毎日、ほこりをはらう。近くでじっくり眺めるチャンスができる。それに、ひょっとしたらナショナル・ギャラリーの人間がわたしの絵に興味を持って、戦争が終わったあとで仕事をくれるかもしれない――もちろん、戦後がわたしにあればの話だが。

若いときはどれほどばかな夢を見るかといういい例だろう？

スレートの洞窟の壁に絵を飾るのだと思っていたのだから、わたしがどれほど世間知らずだったかがわかるというものだ。真っ暗闇のなかの巨大な美術館。けれどわたしが手伝わされたのは、小屋を建てることだった。絵は小屋のなかに保管するようだ

――軍の兵舎のような小屋で、適切な温度に保つためにセントラルヒーティングが備えられ、警報装置も設置されていた。出口がひとつしかない山の奥深くであっても、危険を冒すことはしないらしい。

絵が届くと、わたしは再び失望を味わった。どれも木箱に梱包されていた。わたしはナショナル・ギャラリーの人間が見張るなか、それを小屋に運び、積みあげるのを手伝った。レンブラントやダ・ヴィンチの絵を運んでいるのかもしれないとわかっていながら、ほんのひと目すら見ることができないのは、拷問に等しかった。

それがわたしの人生だった――本当に欲しいものに手が届きそうなところまで近づきながら、決して自分のものにはできないのだ。

「彼なのか？」ワトキンス巡査部長が死体を眺めながら尋ねた。正面入口にある鉱山の事務所からエヴァンがかけた緊急通報に応じて、救急隊員と一緒にやってきたのだ。エヴァンは気が進まなかったが仕方なく死体のあるところまで彼らを案内し、またもや鉱山に押しつぶされそうな恐怖を味わいながら、いまこうして巡査部長と並んで立っていた。

顔は見えなかったが、癖のある黒髪、黒い革のジャケット、長い脚を包むぴっちりした黒のジーンズは間違いようもない。あんなふうに手足を広げて横たわっていると、まるで巨大な蜘蛛のようだった。エヴァンは身震いした。「はい、確かに彼です」

「ばかな男だ」ワトキンスはまだ魅入られたように彼を見つめている。「うっかりここに迷いこんで、通路が左に折れていることに気づかずにまっすぐ進んで、水のなかに落ちたんだろう」

「どうして這いあがらなかったんでしょう？　それほど難しくないと思いますが」

「足を滑らせて頭を打ち、意識を失って水に落ちたのかもしれない。それとも、泳げなかったか。どちらにしろ、解剖すればわかることだ。頭を打っていれば、肺に水は入っていないだろうからな」

「傷もあるでしょうし」エヴァンが言い添えた。

ワトキンスは暗がりに不安そうな面持ちで立っている救急隊員に向き直った。「よし、いいぞ。彼を引き揚げてくれ」

一番若いメンバーが身を乗り出して、死体をつかもうとした。

「気をつけろ」年上の男が警告した。「でないと、おまえまで引き揚げなきゃならなくなる。ここらの水たまりは見た目より深いんだ」

彼は棒を取り出し、水のなかに差し入れた。まったく底には届かない。「少なくとも三・五メートルはありそうだ。ウェットスーツを着たほうがいい」

若い男はウェットスーツを着始めた。ワトキンスがエヴァンに近づいて尋ねた。「どうやって彼を見つけたんだ？」

「消去法と運です。妙なのは、彼はあの朝、ミスター・プリスと会う約束をしていたんですよ。どうしてそれを待って、ちゃんと案内してもらわなかったんでしょう？」

「ばかだったからだろう」ワトキンスが言った。「彼は、いったいどうやってこんなところまで来たんだ？　わたしはそれが不思議だ。きみが言うように裏口から入ったとしたら、明かりがまったくなかったはずだ。そうだろう？　どこにも懐中電灯が見当たらない」

「このあたりを徹底的に探しましたが、なにも見つかりませんでした」

「彼の下敷きになっているのかもしれません」年上の救急隊員が口をはさんだ。「ロブの用意ができたら、じきにわかりますよ」

「あなたに手伝ってもらう必要があるかもしれません、ミスター・ハウエルズ」ロブは水に潜る準備をしながら言った。「ひとりで引き揚げられるかどうか」

「とにかく動かすんだ。手の届くところまできたら、おれがフックで引っかけるから」ミスター・ハウエルズはジャケットを脱ぎ、袖をまくり始めた。「どうしても必要になるまでは、あの冷たい水に入る気はないからな。それに、しばらく前から沈んでいたのなら、簡単に浮かんでくるはずだ。まだ浮いてきていないほうが驚きだよ」

ロブはゴーグルをつけ、水のなかに入った。そして大きく息を吸って、水中に潜った。懐中電灯の不気味な光が、洞窟の天井に彼の歪んだ影を映し出した。ロブは底まで潜ると、死体を引っ張っていたが、やがてあえぎながら水面に顔を出した。「ミスター・ハウエルズ、彼はとんでもなく重いんです。ぼくには動かせません」

「もう一度やってみろ。ちゃんとしたウェットスーツはそれ一着しかないんだ。腕をつかんで、引っ張りあげるんだ」

ロブはもう一度潜った。死体の腕をつかみ、ありったけの力で水を蹴って浮上しようとした。死体は彼の下にぬいぐるみのようにぶらさがっている。ミスター・ハウエルズがフックを伸ばし、ジャケットに引っかけた。

「くそ。重いぞ」

エヴァンも上着を脱ぎ、水面に近づいてきた死体に手を伸ばした。濡れた髪が手にまとわりついたのでぎくりとした。三人は息を荒らげながら、ようやくのことで死体を地面近くまで引き寄せ、なんとか引っ張りあげた。死体を動かした拍子に、ジャケットからなにかがこぼれ、水の底へと転がり落ちていった。

「あれほど重たかったのも無理はないですね」ロブが言った。「あれはスレートのかけらでした。見てください、ジャケットの内側にもうひとつ大きなかけらが入っている。ポケットにも」

ワトキンスはエヴァンを見た。「彼を沈めたままにしておきたかった人間がいるらしい」

エヴァンは、驚いたように目を見開いたままのグラントリーの命を失った顔を見つめた。「その場合、彼の死は事故ではないことになりますね。何者かが彼のあとをつけてここまで来て、そして殺した」

ワトキンスはうなずいた。「死体を隠すにはいい場所だ。あの懐中電灯が防水でなかったら、きみが彼を見つけることはなかった。死体はずっとあそこに沈んだままだっただろう」彼は、ロブのウェットスーツを脱がせている救急隊員たちに向き直った。「よくやってくれた。彼を遺体安置所に運んで、解剖の結果を待とう」

ストレッチャーに乗せられたグラントリーの頭ががくんとうしろにのけぞった。エヴァンはワトキンスをつついた。「喉を見てください、巡査部長」

ワトキンスはエヴァンが示しているあたりに目を向けた。色が変わっている。「ひどい痣がある。首を絞められたのかもしれない。警部補に連絡しないと」そう言って携帯電話を取り出したところで、笑いだした。「当然だ、こんな地下でつながるはずがない」

重苦しい雰囲気のなか、一行は地上へと戻った。外はまだ明るかったのでエヴァンは驚いた。たそがれのくすんだピンク色の空に、煙突からの煙がたなびいている。まるで何日も何週間も何年も地下にいたみたいな気がした。エヴァンはきんと冷えた冬の空気を吸いこんだ。

ワトキンスが彼の腕を叩いた。「大丈夫か？　一杯やりたそうな顔だな」

「大丈夫です」エヴァンは答えた。

「あそこはきみにはきつかっただろう。以前、海峡トンネルでフランスに渡ったとき、狭い場所が苦手なきみが青い顔をしていたのを覚えているよ。普段ならわたしは平気なんだが、今回はさすがに不安になったね。何百万トンという岩が頭の上にあると思うからだろうな」

エヴァンはかろうじて笑みを作った。

ワトキンスは携帯電話を開いた。「さてと、警部補に電話をして、指示を仰がないと。それからきみと一緒に行って、彼の仲間たちに話をするよ。彼らにとってはかなりのショックだろうね？」

スランフェアまで二五キロほど車で走るあいだ、ふたりはほとんど口をきかなかった。動揺がまだ収まりきっていないエヴァンは、曲がりくねった道を運転することに集中できるのがありがたかった。

「それで、きみはどう思うんだ？」〈エヴェレスト・イン〉の駐車場を並んで歩きながら、ワトキンスが尋ねた。「きみは殺人事件を解決するのが得意だ。グラントリー・スミスというのはどんな男なんだ？　彼のことがわかるくらいには、一緒にいたんだろう？」

エヴァンはうなずいた。「グラントリーは、人を怒らせるのが好きな男でした。だれかと敵対することに快感を覚えていたんだと思います。ぼくは彼のことをろくに知らないのに、それでもいらつきましたからね」

「ほお、それじゃあきみの名前が容疑者リストに載っているかもしれないんだな？どこを捜せばいいのかも知っていたわけだし、確かに疑わしい」

エヴァンはくすくす笑った。「あいにくですが、ぼくには完璧なアリバイがありますよ。彼が殺されたとおぼしき時刻、撮影のスタッフと一緒に湖にいて、だれかが来るのを待っていたんです。そうすれば仕事が始められますから」

「だれかが来るのを待っていたとは、どういう意味だ？」

「あの朝、〈エヴェレスト・イン〉に泊まっている連中はだれも姿を見せなかったんですよ。ハワード・バウアーは具合が悪かったので、部屋に残っていたんです。エドワード・フェラーズは、ブライナイでグラントリー・スミスと別れたあと昼頃に現われたし、助手のサンディは数日前に怒って出ていった。その後また不意に姿を見せましたけれどね」

ワトキンスの目がきらりと光った。「つまり彼ら全員に、鉱山まで行ってグラントリー・スミスを殺し、水中に沈める時間はあったというわけだ。問題は——そうしたいと思う人間はいたんだろうか?」

「全員かもしれません」エヴァンが言った。「グラントリーとハワードも、グラントリーとエドワードも仲がよかったとは言えませんから。それにサンディは、大嫌いだとグラントリーを怒鳴りつけながら出ていったんです」

「興味深いね」ワトキンスはうなずいた。「彼らにお悔やみを言うだけではすまないようだね。油断しているあいだに、いくつか微妙な質問をしてみよう。アリバイを考えつく前に」

エヴァンは建物に入ろうとするワトキンスの腕をつかんで、引き留めた。「彼らに会う前に、いくつかお話ししておかなければならないことがあります。グラントリー・スミスは数日前、危うく事故で死ぬところだったんです。列車から落ちたんですよ」

「なんだって?」ワトキンスはぎょっとしたようにエヴァンを見つめた。

「ブライナイ・フェスティニオグ線です。撮影のために身を乗り出していたら、突然ドアが開いたそうです」

「なんてこった。それで、無事だったのか?」

「いくつか痣と切り傷ができただけですみました。運がよかったんです。ワラビの茂みの上に落ちて、転がった先にオークの木があったので。どちらかに数センチでもずれていたら、峡谷の底まで落ちていたでしょうね」

「それは事故ではなかったかもしれないと考えているのか？」

「確かに脳裏をよぎりました」エヴァンは認めた。「もうひとつあります。ブライナイでグラントリーを捜していたとき、朝の九時頃に彼がだれかと言い争いをしていたのを見たと証言する人間が数人いたんです。その言い争いの相手というのが、話を聞くかぎりエドワード・フェラーズによく似ているんですよ」

ワトキンスはうなずいた。「わかった。グラントリーの死を聞いたときの彼らの反応を見ようじゃないか」

ワトキンスはガラスの回転ドアを押して、ホテルのロビーに入った。エヴァンはそのあとを追った。エドワードたちは今日もまた、バーの暖炉のそばに座っていた。まるであそこから動いていないみたいだ。ハワードはウィスキーのソーダ割りを飲んでいたし、エドワードの前にはほとんど減っていないビールのグラスが置かれ、サンディは白ワインを口に運んでいた。言葉を交わすこともなく、それぞれが物思いにふけりながら彫像のように座っている。エヴァンが声をかけるまで、ふたりが近づいてきたことにも気づかなかった。

「ミスター・フェラーズ？　残念なお知らせがあります」

エドワードは勢いよく立ちあがった。「彼を見つけたんですか？　彼の身になにかあったんですか？　怪我でも？」

サンディはうめくような声をあげた。「ああ、神さま。彼は死んだんだわ、そうでしょう？」

「死んだ？」エドワードは戸惑っているように見えた。「グラントリーが死んだ？」

エヴァンはうなずいた。「残念ですが」

エドワードはがっくりと椅子に座りこんだ。「わかっていた。わかっていたんだ」

ワトキンスがエドワードの隣に椅子を運んできた。「よろしいでしょうか。ワトキンス巡査部長といいます。いくつかお尋ねしたいことがあるんですが」

エドワードは初めてその存在に気づいたかのように、ワトキンスを見つめた。「え？ああ、もちろんかまいません」

「どうしてわかっていたんですか？」

「え？」エドワードは眉間にしわを寄せた。「なにをわかっていたって？」

「彼が死んだことです。たったいまあなたは、わかっていたと言いましたよね」

「連絡してきたはずだからという意味です。なにも連絡せず、ぼくたちをこんなに心配させるようなことはしませんよ。いくらグラントリーでもそんなことはしない。だからきっとなにか恐ろしいことが彼の身に起きたに違いないとわかっていたんです」

ハワード・バウアーが咳払いをした。「どうして死んだんですか？　薬物の過剰摂取とかそんなことじゃないでしょうね？」

ワトキンスが答えた。「スレート鉱山の水たまりのなかで発見されたんです」

サンディがすすり泣いた。「なんてひどい。かわいそうなグラントリー。冷たい水が大嫌いだったのに。あんまりだわ。わたしがどれほど後悔しているか、彼に伝えたかったのに……それももうかなわない」エドワードが彼女の肩にぎこちなく腕をまわし、彼女は声をあげて泣き続けた。

ワトキンスはメモ帳を取り出した。「おひとりずつ、くわしい話を聞かせてもらえますか。動揺されているのはわかっていますが――」

「もちろんです」エドワードが言った。

「まずお名前をお願いします」

「わたしはエドワード・フェラーズ。こちらはハワード・バウアー。彼女がサンディ・ジョンソンです」

「ありがとうございます。みなさんは同じ撮影チームのメンバーということですね？湖に沈んでいる第二次世界大戦の飛行機についての映画を撮影していると、エヴァンズ巡査から聞いています」

「そのとおりです」エドワードが答えた。「ぼくは正確には撮影チームのメンバーではありません。言ってみれば、調査隊のリーダーですね。ぼくは第二次世界大戦当時の飛行機の専門家で、この飛行機を引き揚げて、新しい航空博物館に展示する許可と補助金を国防省からもらったんです。それで、これはいいドキュメンタリー映画になるかもしれないと、友人のグラントリー・スミスに声をかけたんですよ。彼は映画界に参入する機会を探していたので。運よく、オスカーを受賞している監督のハワードに協力してもらえることになりました」

「なるほど」ワトキンスはサンディに向き直った。「あなたは?」

「わたしはただの制作助手です」サンディは顔を赤らめた。

「彼の親戚の名前をご存じですか? 連絡しなくてはいけないので」

エドワードはビールグラスに視線を落とした。「両親がロンドンに住んでいます」内ポケットから小さな日記帳を取り出した。「ウォルサムストー、ブラナー・ロード三二番地です」

エドワードの表情を見て、その住所はあまりいい地域ではないのだろうとエヴァンは推測した。

「ほかに知っている人はいませんか? 奥さんは?」

「いません」エドワードとサンディが同時に答え、ちらりと視線をかわした。

「彼と最後に会ったのはあなたがただそうですね、ミスター・フェラーズ」ワトキンスは言葉を継いだ。「ミスター・スミスと最後にいつ、どこで会ったのかを話してもらえますか?」

「巡査にはもう話しましたが、あの日の朝九時頃、ぼくには発音できない場所に彼を残して帰ってきたんです」

「ブライナイ・フェスティニオグです」エヴァンが言った。

「そこでなにをしていたんですか?」

「またグラントリーが新しいことを思いついたんです。物語にスレート鉱山を組みこもうとしたんですよ」

「それで、スレート鉱山を見るためにブライナイ・フェスティニオグまで行ったんですね?」ワトキンスは助けを求めるようにエヴァンを見た。「わたしが鈍いのかもしれないが、湖の飛行機とスレート鉱山にどういう関係があるんだ?」

「映画は『ウェールズの戦い』というタイトルになるんですよ」エヴァンが説明した。「戦争中、ナショナル・ギャラリーの絵がスレート鉱山で保管されていたという話をぼくがミスター・スミスにしたんです」

「本当に? 知らなかったよ」ワトキンスは感心したようにうなずいた。「人は毎日なにかを学ぶというい例だな。それで、ミスター・スミスは自分の目でスレート鉱山を見ておきたかったわけですね?」エドワードに向かって尋ねた。

「そうです」

「そうしたんですか？」ワトキンスはじっとエドワードを見つめたままだ。

「なにをです？」エドワードは座ったまま、落ち着きなく身じろぎした。

「彼はスレート鉱山を見たんですか？」

「なんとも言えません。あのあとで、鉱山の鍵を持っている男性と会って、見せてもらう約束をしていたことはわかっていますが」

「あなたは九時頃に別れて帰ってきたと言いましたね？」

「そうです」

「あなたはスレート鉱山を見たくなかったんですか？」

「ぼくにはもっと大事な用がありましたから。だれかが飛行機の引き揚げ作業を監視しなくてはいけない――それがぼくたちがここでするべき作業ですから」

「それではあなたはひとりで戻ってきたんですね？」

「そうです」

ワトキンスはテーブルに肘をついた。「失礼な質問かもしれませんが、ミスター・スミスは自分で運転できない理由でもあったんですか？」

「いいえ。どうしてそんなことを？」

「ミスター・スミスと一緒にあそこまで行って、なにも見ずにひとりで帰ってくるにしては、ずいぶん距離があるような気がしますから」

エドワードの色白の顔がピンク色に染まった。「それならお話ししますが、ぼくたちはちょっとした言い争いをしました。彼は関係のないものにお金も時間も無駄にしているとわたしは思っていたし、彼にそう言いましたよ。グラントリーはかんしゃくを起こしました。彼はなんでも自分の思いどおりにしたいんです。そういうときの彼のそばにはいたくありませんから、ぼくはひとりで戻ってきたんです」

「なるほど」ワトキンスはテーブルを見まわした。「ほかのおふたり、ミスター・バウアーとミス――えーと、ジョンソン、あなたたちはスレート鉱山には行かれなかったんですね？」

「あの朝、わたしは具合が悪かったんです」ハワードが言った。「急に体調を崩して、ずっとバスルームにこもっていました。そう言えば、いまもまだ気分が悪いんですよ」

「わたしはここにいませんでした」サンディが言った。「バンガーにいたんです。昨日の午後、戻ってきたところです」またこみあげてきたものがあったらしく、ぐっとそれを呑みこんで言った。「だから彼にお別れも言えなかった」

ワトキンスはメモ帳を閉じた。「いまのところはこれくらいにしておきましょう。役に立つ情報をありがとうございます。いまはどこにも行かないようにしてもらえますか――またお訊きしたいことが出てくるかもしれませんから」

「ここにいますよ。まだするべきことが残っていますから」エドワードが言った。「飛行機が、あの湖から引き揚げられるのを待っているんだ。それで気も紛れる……」エドワードの声が裏返ったが、高ぶりかけた感情を抑えこんだようだった。

ワトキンスが立ちあがって、暖炉の脇の暗がりにひっそりと立っているエヴァンを見た。「ああ、もうひとつだけ。先日の事故――ミスター・スミスはほんの数日前、危うく命を落とすところだったとエヴァンズ巡査から聞きました。列車から落ちたそうですね？」

三人が当惑した顔でワトキンスを見つめた。

「ええ。でもあれは事故だったんです」エドワードが言った。「ぼくは彼と同じ車両に乗っていました。彼が落ちるところを見ていたんです。だれも彼の近くにはいなかった。自分のせいですよ。はっきりと禁止されていたのに、開いた窓から身を乗り出していたんだから。そうしたら、ドアがいきなり開いたんです」

「それでは、あなたは彼と同じ車両に乗っていたわけですね」ワトキンスはほかのふたりに尋ねた。「あなたがたは？」

「わたしは隣の車両でした」ハワードが答えた。「彼が身を乗り出して、落ちるところを見ましたよ。うっかりドアの取っ手を押してしまったんでしょう」

「あなたはどうですか、お嬢さん？」

サンディの涙で汚れた白い顔のなかで、青い目が大きく見えた。「わたしはもうここにはいませんでした。その列車には乗ってもいません。だれかがグラントリーを殺そうとしたと言いたいんですか？　どうしてそんなことをするんです？」

「それを調べているところなんですよ、お嬢さん」ワトキンスはエヴァンに向き直った。「いいかい、エヴァンズ巡査？」

「ひとつ言えることがある」バーを出たところで、ワトキンスは言った。「三人とも、ひどくびくついていたと思わないか？」

エヴァンは振り返り、暖炉の明かりに浮かびあがった三人の姿を眺めた。そのうちのだれかがグラントリーの背後に忍び寄り、首を絞め、岩の重石をつけて水たまりに投げこむところを想像しようとした。

14

夕方の霧のなかに浮かびあがる〈レッド・ドラゴン〉の看板が、いつにも増してエヴァンを招いているようだった。長く、辛い一日だった。脚はスノードン山を数回のぼりおりしたあとのようだったし、あの鉱山の地下深くを歩いた恐怖はまだ消えていなかった。

パブのドアを押し開けようとしたエヴァンは、鍵がかかっていたので驚いた。わけがわからなくて、しばらくドアを見つめていた。妙なことばかりの一日だったから、トワイライト・ゾーンに迷いこんだのかもしれないという気になっても不思議はない。そのときパブのなかから、肉屋のエヴァンズの大きな笑い声が聞こえてきた。ドアを揺すってみたが、やはり開かない。ようやく気づいた——今日は日曜日だ！ ウェールズでは、日曜日にパブが営業することが正式に許可されたが、スランフェアは安息日を守っているコミュニティのひとつだったからパブは閉まっている——少なくとも部外者に対しては。地元の住人は礼拝堂の裏道を使ってパブの裏口から入るのだ。今夜もそうしているらしい。

裏口にまわり、店に入った。今夜、ラウンジはがらんとしている。女性たちは日曜日には飲まないことになっているからだ。けれどメインのバーのほうは、いつもどおり満員だった。エヴァンは足を止め、心安らぐ見慣れた光景を眺めた――暖炉で揺れる大きな炎、オーク材の羽目板張りの壁、話し声のざわめき、ベッツィがビールをグラスに注ぐシューっという心浮き立つ音。世界はこうあるべきだ。昇進しないことにいらだちを覚えたときには、昇進すればこういったものをすべてあとにして町で働くことになるのだと自分に言い聞かせればいい。

いつものようにベッツィのうれしそうな声が迎えてくれるだろうと思いながら、人込みを縫うようにして進んだが、なんの反応もないまま、長いオーク材のカウンターにたどり着いた。まるで自分が透明になってしまったかのようで、すでに覚えていた非現実感に一層拍車がかかった。

エヴァンはカウンターにもたれた。「ノスワイス・ザー、ベッツィ。きみのお気に入りの警察官にギネスを一パイントもらえるかな?」

ベッツィの大きな青い目が冷ややかに彼を見つめた。「あたしのお気に入りの警察官なんて、どこにも見当たらないけれど。カナーボンのドーソン巡査よ? 彼ってすごくハンサムだし、優しいんだから」ベッツィはビールを注ぐ作業に戻った。「さあ、どうぞ、ミスター・ロバーツ。それを飲めば、寒さなんて吹き飛ぶわ」

「ベッツィ」エヴァンは言った。「ぼくはなにかきみの気に障るようなことをしたんだろうか？」

「自分がなにをしたのか、よくわかっていると思うけれど」彼女のまなざしは冷たいままだ。

「申し訳ないが、わからないんだ。この数日、ぼくはすごく忙しくて」

「あなたはあたしの芸能界入りを邪魔したのよ。あなたがいなければ、いまごろあたしは見出されていたかもしれない」

「言ったじゃないか。彼らはハリウッドのプロデューサーじゃないんだ。あれは、飛行機に関するドキュメンタリーなんだぞ」

「年配の男性はハリウッドの人よ。オスカーを取ったって聞いたわ」

「そうだ。アフリカの内戦を題材にしたドキュメンタリーでね。きみはふんどしをつけて、槍を振り回しながら彼の次の映画に出るつもりかい？」

背後で笑い声があがり、エヴァンはようやくほかの男たちが自分たちのやりとりに耳を傾けていたことに気づいた。

「それなら観てもいいな」おんぼろ車のバリーが笑いながら言った。「アフリカの女性は上半身になにをつけているか、知っているか？」

「ええ。それに男性は、ひとりでライオンを殺さないと大人として認められないっていうこともね!」ベッツィが言い返した。「つまりあなたは一生、少年のままだっていうことね、おんぼろ車のバリー」

「とにかく、その手の映画に俳優を雇ったりはしないということですよ」パリー・デイヴィス牧師が隅の椅子から身を乗り出した。説教壇に立ったときは、ライバルであるもうひとつの礼拝堂の牧師と同じくらい熱心にアルコールは悪魔の飲み物だと説くが、夜の礼拝のあとで、信徒たちと一緒に裏口の先にある地獄への道をたどることはためらわない。「ドキュメンタリーというのは現実社会を撮影するものですからね。俳優は使いません」

「あら、そうなんですか」ベッツィはしばらく黙りこくっていたが、やがてまた明るい表情になった。「でも彼は、本物の監督を知っているはずだわ。そうじゃない? オスカーを取っているんだもの。昨日、彼が通りを歩いているのを見たのよ。彼って、本物のアメリカなまりを話すんでしょう? 今度会ったら、話しかけてみる」

「昨日?」エヴァンが訊き返した。

ベッツィはうなずいた。「走っていって話しかけたかったんだけれど、ハリーに窓ふきしろって言われていたし、彼は急いでいる様子だったから」

興味深い、エヴァンはベッツィが目の前に置いたギネスのグラスを手に取りながら考えた。ハワードは、具合が悪くてずっと部屋にいたと言ったのではなかったか？

「撮影チームのひとりが行方不明になっていると聞いたが」牛乳屋のエヴァンズが言った。

今回ばかりは彼らよりも自分のほうがくわしいことを知って、エヴァンは驚いた。

「見つかったよ――残念ながら死んでいた。スレート鉱山で遺体が見つかったんだ」

「やだ、なんて恐ろしい」ベッツィが言った。「あのハンサムな色黒の人じゃないわよね？　彼ってすごくセクシーだと思ったのよ」

「その人だよ。ミスター・グラントリー・スミス」

「それがその人の名前？」ベッツィは興味を引かれたようだ。「このあいだ、その名前の人のことをここで尋ねていた人がいたわよ。そうよね、ハリー？」

パブのハリーは磨いていたグラスから顔をあげた。「グラントリーなんとかだって？　そう、その名前だった。〈エヴェレスト・イン〉を教えてやったよ」

「だれだったんだろう――イングランド人だった？」

ベッツィは確かめるようにハリーの顔を見た。「ううん、ウェールズ語を話してた。そうよね？」

「そうだ」ハリーは眉間にしわを寄せて、記憶をたぐっている。

「グラントリー・スミスを捜している理由を言っていた？」エヴァンは尋ねた。

ハリーは首を振った。「わからないよ。おれたちは警察でもなんでもないからな。尋問したりはしないさ」そう言ってにやりと笑った。「それに、グラントリー・スミスなんて、聞いたこともなかったし」

「で、そいつはスレート鉱山で事故に遭ったってわけか?」牛乳屋のエヴァンズが尋ねた。「危ないんだよ、古い鉱山は」

「そいつはそんなところでなにをしていたんだ?」肉屋のエヴァンズが訊いた。「第二次世界大戦の飛行機を引き揚げるために来たんじゃないのか? スレート鉱山に墜落した飛行機なんて、そんなにないだろうに」

ほかの客たちは笑ったが、エヴァンはじっと自分のギネスビールを見つめていた。グラントリー・スミスは鉱山でなにをしていたんだろう? 三〇分後にはちゃんと案内してもらう予定になっていたのに、それを待つことなく、ひとりで危険を冒してまであそこに行くほど重要なことがあったんだろうか?

そんなことを考えているうちに、エヴァンはいつしかまたあの場所に戻っていた。暗闇に押しつぶされそうになりながら、外の世界とのあいだに三〇〇段の階段があることを知りながら、水が滴るかすかな音を聞きながら、体をかがめて低い通路を進んでいく。再び額に汗が玉になって浮かぶのを感じ、心臓が激しく打ち始めた。よくない兆候だ。新鮮な空気が必要だった。グラスの中身を飲み干し、カウンターに数枚の一ポンド硬貨を置いた。

「ありがとう、ベッツィ。だがぼくはもう行かないと」

「まさか夜のこんな時間に仕事じゃないだろう？」パブのハリーが訊いた。「残業手当は払ってくれないんじゃないのか？」

ベッツィは心配そうにエヴァンを見つめている。「大丈夫、エヴァン？　顔色が悪いわ。ハリーの言うとおりよ。あなたは働きすぎ。しばらく座っていたほうがいいわ。ハリーがブランデーを入れてくれるから。そうよね、ハリー？」

「ベッツィはいつだっておれの酒を振る舞うんだ」ハリーは愛想よく言った。「人の金だと思うと、とにかく気前がよくなる」

「ありがとう。でももう帰るよ」エヴァンは答えた。「新鮮な空気を吸えば大丈夫だ」

エヴァンは人をかきわけて裏口に向かい、ひんやりした夜の空気のなかに出た。霧が濃くなっていて、村の通り沿いに立ち並ぶコテージがぼんやりした形にしか見えない。まるで屋内にいるようで、エヴァンはその感覚が気に入らなかった。通りを足早に歩き始めた。冷たい霧が彼の脇を流れていく。コテージと商店の前を通り過ぎ、学校の運動場にやってきた。校舎は霧に隠れて見えなかったが、ブロンウェンの部屋の明かりがついているのはわかった。

この週末は彼女とまったく会わないままだった。エドワードやグラントリーと本当に食事をしたのかどうか、真実を知りたくなくて彼女に近づかないようにしていた。けれどいまはブロンウェンに会いたかった。今日一日のことをだれかに話したかったし、それができる相手はブロンウェンしかいない。彼女の腕のなかで安らぎを感じたかった。

運動場の門を押すと、きしみながら開いた。足音を響かせながら、校舎の端にあるブロンウェンの居住部分を目指して運動場を歩いた。玄関をノックしようとしたら、触れただけで開いたので、エヴァンは笑みを浮かべ、首を振りながらなかに入った。

「ブロン、玄関のドアがきちんと閉まっていなかったって知っているかい？　部屋がなかなか暖まらないって、いつもきみは文句を言って……」言葉がそこで途切れた。ブロンウェンは部屋の奥、寝室の入口に立っている。こちらに背を向け、エドワード・フェラーズに両腕をまわしていた。おののきながら見つめていると、ブロンウェンはキスを待つように顔をあげた。

15

ラジオからクラシック音楽が流れていた。ブロンウェンはエヴァンが来たことに気づいていない。エヴァンはあとずさりを始めた。とにかく、彼女に見られないうちにここを出ていきたかった。けれど開いたドアから流れこんできた風が、ろうそくの炎を揺らした。

ブロンウェンがさっと振り返ったのとエドワードが顔をあげたのが同時だった。つかの間、ブロンウェンとエヴァンの視線がからまった。エヴァンはきびすを返し、急いで夜のなかへと出ていった。

「エヴァン！」運動場を足早に歩く彼の背後からブロンウェンが呼びかけた。「エヴァン、待って。お願い、行かないで！」

エヴァンは門を押し開けた。背後のコンクリートにブロンウェンの軽やかな足音が反響している。「エヴァン、お願い、待って！」ブロンウェンが再び叫んだ。

エヴァンが門から通りに出たところで、走ってきたブロンウェンが息を荒らげながら追いついた。「行かないで。お願いだから」エヴァンの袖をつかんだ。

「あそこにいて、見ていろって言うのか？」言葉がなかなか出てこず、エヴァンはようやくそう言った。

「あれは違うのよ。わたしはただ、彼を慰めていただけなの」

「ふうん。あれがそうだったのか？」

「あなたは誤解している」ブロンウェンは懇願するようなまなざしでエヴァンを見つめていた。

「そうだろうとも。ぼくは誤解しているんだろうね」

「お願いだからなかに入って。説明するから。エドワードがわたしに会いにきたのは、すっかり絶望していたからなの。ほかに行くところがなかったのよ」

冷たい夜気のなかで、ブロンウェンの息はまるでドラゴンが吐く白い煙のように見えた。ふたりのまわりで霧が渦巻いている。エヴァンは体を震わせた。ブロンウェンは自分の体を抱きしめている。

「エヴァン、エドワードはグラントリーを殺したのは自分だと思われるんじゃないかって怯えているの。事態はあまりよくないのよ。お願いだから戻ってきて、彼を助けてあげてほしいの」

「ぼくにエドワード・フェラーズを助けろって？」

「少なくとも、彼の話を聞いてほしい。いい話じゃないのはわかっているけれど、でも彼の弁明を聞いてほしいの」

「グラントリーの行方がわからなくなる前、エドワードが彼と人前で言い争いをしていたから？　喧嘩をする人間は大勢いる。だからといって互いを殺し合うことにはならないよ」

「それだけじゃないのよ」ブロンウェンは自分を抱きしめたまま、寒さに体を揺らしている。エヴァンは彼女を抱き寄せて暖めてやりたかったけれど、体が動かなかった。ブロンウェンは絶望を浮かべた大きな目でエヴァンを見あげた。「エドワードに好きな人ができて出ていったって話したのを覚えている？」小さな子供のように唇をかんでいる。「相手はグラントリーだったの」

予想もしていないことだった。いきなり左フックをお見舞いされたみたいだ。「グラントリー？　彼とエドワード？　それなのにきみは彼と結婚したのか？」

ブロンウェンは肩をすくめた。「わたしはひどく世間知らずだったんでしょうね。わたしたちふたりともが。エドワードはグラントリーとそうなるまでは、自分でもゲイだっていうことに気づいていなかったんだと思うわ。わたしたちの結婚があまりうまくいっていないことはわかっていたけれど、それはわたしのせいだと思っていたの。わたしがあまりセクシーじゃないからだろうって」

「いや、それは違うと思う」エヴァンは考えるより先にそう言っていて、ブロンウェンは弱々しい笑みを浮かべた。「でもグラントリーとサンディは……」

「彼女もそう思ったんでしょうね。グラントリーは相手をいい気分にさせて、自分の欲しいものを手に入れるのがうまいのよ。サンディを都合のいい奴隷にするために、彼女に気がある素振りをしたんでしょうね。長いあいだ、わたしにそうしていたもの」

エヴァンはエレベーターの昇降路を勢いよく落ちているような気持ちになった。「きみとグラントリーっていうことかい？」

「大学生時代、わたしはずっと彼に夢中だった。彼の服を洗濯して、ソックスを繕って、論文を手伝ったわ。彼はわたしを利用したの。あとになってわかったことだけど」

「それなのに彼がゲイだって気づかなかったのか？」

「ばかみたいに聞こえるのはわかっているけれど、グラントリーは両刀使いなんだと思うわ。女性にまったく魅力を感じないわけじゃないみたい。感じなかった、ね」ブロンウェンは言い直した。「彼が死んだなんて信じられない。これだけの時間がたっているのに、こんな風にショックを受けるなんて思ってもみなかった……」

声が震え、ブロンウェンはさらに強く自分を抱きしめた。「これでわたしも容疑者のひとりかしら？　昨日の朝のアリバイはないわ。バンガーに買い物に行っていたのよ」

「いまのところ、第一容疑者ではないよ」エヴァンは湧き起こってきた優しい気持ちを隠そうとしながら言った。「男性の首を絞めて、あの水たまりに死体を投げこむのは、たくましい人間じゃないと無理だ。きみにはたくましい共犯者が必要だよ」エヴァンはそう言ったあとで、ふと脳裏に浮かんだ考えを打ち消そうとした。エドワードは大柄で十分にたくましい。ブロンウェンとエドワードが共謀してグラントリーを排除しようとした？　ばかばかしい。ブロンウェンは絶対に人を傷つけたりはしない。渦まく霧のなか、薄いセーターを着て自分を抱きしめるようにしてそこに立っている彼女は、ひどく華奢で、弱々しく見えた。

「もう家に戻ったほうがいい。風邪をひくよ」

ブロンウェンはうなずいた。「あなたも一緒に来て、エドワードと話をしてくれるでしょう？　お願い」

エヴァンは無理やり言葉を絞り出した。「わかった」

ブロンウェンは向きを変え、開けっ放しの玄関に向かって先に立って歩いていく。エヴァンはそのあとを追ったが、まだ昇降路の底に行き着いていない気分だった。あそこにいるのはブロンウェンだ。よく知っていて、愛していると思っていたブロンウエン。けれど彼女はかつて、エドワード・フェラーズとグラントリー・スミスを愛していた。彼女とグラントリーも恋人同士だったんだろうか？　考えただけで耐えられなかった。

エドワードは暖炉の脇のブロンウェンの肘掛け椅子に座り、炎を見つめていた。エヴァンが入ってきたのを見て、立ちあがった。

「来てくれて、ありがとうございます。いずれ警察が戻ってきて、もっといろいろ訊かれるのはわかっているんです。ぼくにはアリバイがないし、疑わしく見えるのは――」彼はごわごわした髪をかきあげた。「ああ、どうしよう。ぼくがやったと思われるんだ。絶対そうだ」

「どうしてそう思うんですか?」エヴァンは尋ねた。

「公衆の面前で、激しい口論をしたからですよ。ぼくたちが言ったことを聞いた人がいるはずです」

「なんて言ったんですか?」

「いろいろありますが、ぼくにはもう一切近づくな、でないと首の骨を折るぞと言ったと思います」

エヴァンはブロンウェンのキッチン・スツールを引っ張ってきて、腰かけた。ブロンウェンはなにも言わずに赤ワインをグラスに注いで、エヴァンに差し出した。「さあ、飲んで」

「ありがとう」エヴァンはグラスを口に運んだ。「さて、エドワード、あなたは道路で彼と言い争いをし、かなり激しい言葉を投げつけ合った。原因は映画のことですか？」

「初めはそうでした。鉱山についてのあれこれは、まったくの時間の無駄だとぼくは思っていたんです。最初は列車、今度は鉱山。グラントリーの興味は、小さい子供と同じくらいしか続かないんだ。いつだってなにかに気を取られて、いまあるものを手放しては、もっと大きい玩具を欲しがるんですよ。今回の鉱山の話には、ずいぶんと興奮していました。それで、ぼくとぼくのお金がなければ、そもそも彼に仕事はなかったんだと言ってやったんです。彼が本気で怒り始めたのはそれからです」エドワードはブロンウェンに視線を向けた。「ブロンウェンからぼくたちのことは聞きましたよね？　お金のことではずいぶんと喧嘩しました。彼は働いていなかったし、ぼくにはちゃんとした仕事があった。グラントリーは人の世話になるのを嫌がっていましたが、ぼくの給料を黙って使うことは平気でした。ぼくたちが別れた理由のひとつです」

「それはいつですか？」

「ここに来る直前です。ぼくたちは別れたばかりだったんです。グラントリーがぼくの部屋から荷物を運びだしたのは、出発する前の日の夜でした。状況がぼくに不利だと言っているのはそういうわけです」

「なるほど」エヴァンはもうひと口ワインを飲んだ。「言い争いについて、話を続けてください」

「資金源はぼくのお金だと言うと、グラントリーは怒りだしました。おまえは飛行機で勝手にやればいい、おれは自分の映画を作る、おまえなどもう必要ないと言っていました。もっといい題材があるんだと」

「それはなんですか？　スレート鉱山に関する映画ですか？」

エドワードは肩をすくめた。「そうだろうと思います。でも全然違うことかもしれない。その前の日、あっちこっちに電話をしていたんですよ。まったく新しいなにかを思いついたのかもしれない。彼はいつもそうなんです」

「エドワード」エヴァンは一拍の間を置いた。「グラントリーがひとりであの鉱山に行った理由に心当たりはありませんか？　あの朝は管理人と一緒に行くことになっていたのに、その直前に裏口を見つけて、強引に入ったのはどうしてなのかを？」

「見当もつきません。ひとりで行くようなことはなにも言っていませんでした。管理人と会って、鉱山を案内してもらうと言っていただけです。ですがあのときは、打ち明け話をするような雰囲気ではありませんでしたからね。必要がないかぎり、ほとんど言葉は交わしていませんでしたから」

「それじゃあ、どうして彼はひとりで行かなかったんです？　なぜあなたを連れていったんでしょう？」

「それはぼくの心が狭かったからです。ランドローバーを貸してくれと彼に言われたので、あれはぼくのものだと言いました――ぼくに貸してくれた車なんだと。一度貸してしまったら、彼が一日中使うことになるかもしれないと思って、それがいやだったのでぼくが送っていくと言ったんです」

「そしてあなたたちは喧嘩をした。そのあとはどうしたんです？　ひとりで運転して帰ってきたんですか？」

エドワードはまた自分の両手を眺めた。「いいえ、タクシーを使いました。車は彼が乗っていたんです」

「どうしてランドローバーで戻ってこなかったんですか？」

「間に合わなかったんですよ」エドワードは顔を赤くした。「最後に互いをののしり合って、彼と別れました。地獄に落ちろとぼくは言い、彼も同じ言葉を返してきたかと思うと、ランドローバーに駆け寄って飛び乗り、止める間もなく走り去ったんです。ぼくはタクシーで戻ってこなくてはなりませんでした」エドワードはエヴァンを見あげた。「いい状況とは言えないでしょう？　ぼくが言ったことを聞いた人間がいるはずだ。それに警察はいずれ、ぼくたちが別れたばかりだということをかぎつける」

「そうですね、確かにいい状況ではありません。ですがあなたが本当にグラントリーを殺していないのなら、心配することはありませんよ。ちゃんと真犯人を見つけますから」

「でも警察はしょっちゅう違う人間を捕まえているじゃないですか」エドワードはパニックを起こす寸前だった。「新聞によく載っていますよ――気の毒な人間が犯してもいない罪のために、何年も刑務所に入れられていたって」

ブロンウェンが彼の肩に手を置いた。「でもあなたにはエヴァンがいる。彼は最高よ。真犯人を見つけることができる人がいるとしたら、それは彼だわ」

「だが彼はただの巡査じゃないか」エドワードはちらりとエヴァンを見た。「気を悪くしないでくださいね、でも殺人事件の捜査にあなたはあまり口出しできないんじゃないですか?」

逃げ道を見つけたとエヴァンは思った。〝そのとおりです。ぼくは殺人事件にはなんの権限もありません。ただの村の巡査ですから〟そう言えばいい。

だがブロンウェンが彼の手に手を重ねて言った。「エヴァンが真実を見つけるわ――そうでしょう、エヴァン?」

気がつけばエヴァンはこう答えていた。「できるだけのことはするよ」

16

ジンジャーがわたしの仕事に興味を示したことはなかった。わたしはスレートの味がするから、風呂に入る必要があると言った以外は。「どうしてあなたが我慢しているのか、あたしにはわからないわ、トレフ。まったくわからない」彼女は言った。「あたしは嫌なことなんてしないもの」

「ぼくにほかになにができるっていうんだ？」わたしは彼女に尋ねた。

彼女は笑って答えた。「いまは戦争中よ。どこだって人手は足りない。病後療養所で一緒に働いている子がいるんだけど、彼女の恋人はロンドンまでトラックを運転する仕事を見つけたの。運ぶのはひつじのこともあれば、バターや農産物のこともある。どちらにしろ、細かく数えたりしないから、バターが一ポンドやそこらなくなっていても気づかれないのよ」

「ぼくは運転ができないよ。それに、運転を習うチャンスもない。車を持っている人間なんて知らないんだから」

彼女はわたしの肩をつかんで揺すぶった。「あなたって、最初からあきらめているのね、トレフォー・トーマス。あたしはなにか欲しいときには、手に入れる方法を探すわ。例えばダンスのレッスン――病後療養所に、戦争の前は社交ダンスのインストラクターだった人がいるの。いま、彼からタンゴを教わっているのよ。とても素敵なの」

わたしは彼女の手を振り払った。「言ったじゃないか、きみには軍人と関わってほしくないんだ。そのうちのひとりとダンスをするなんて、絶対にいやだ」

彼女はわたしの怒った顔を眺め、笑いだした。「あなたに見せたいわ、トレフ。彼は車椅子なのよ、ばかね。両脚を吹き飛ばされたの。彼がステップを教えてくれて、あたしは車椅子を相手に踊るのよ。すごく面白くて、あたしたち大笑いするの」彼女はわたしににじり寄った。「それに、あなたとあたし、ふたりのためにしているんだから。あたしたちの未来のために。最新のダンスができなかったら、どうやって映画の仕事ができると思うの？」

「とにかくきみには、脚のあるどんな男とでもダンスはしてほしくない」わたしは言った。

どういうわけか彼女は、わたしのこの言葉をひどく面白がった。「じゃあ、あなたと踊るわ」彼女はそう言ってさらにわたしに体を寄せた。「あなたには脚があるし、ほかの大事なものも全部あるんだもの。タンゴを教えてあげる。すごくロマンチックなのよ。体をぴったりくっつけるの、こんな風に。唇はこれだけしか離れていないの。そのまま体を揺らすのよ、こんな風に……」

わたしは気が狂いそうだった。彼女の乳首が胸に当たるのがわかったし、動きながら彼女はわたしの脚のあいだに脚を差し入れてきた。キスをしようとしたら、彼女は笑いながら体を離した。「これはダンスよ、トレフ。夢中にならないで」

「頼むよ、ジンジャー、からかうのはやめてくれ。ぼくはまる一週間、いまいましい鉱山にひとりきりで、ずっときみのことを考えていたんだ」

「まあ、かわいそうなぼうや」彼女は顔をあげてわたしにキスをした。「ねえ、トレフ、あたし、絵のことを考えていたのよ」

「ぼくの絵のこと？　最近は時間がなくて……」

「あなたの絵じゃないわよ、ばかね。鉱山にある有名な絵のこと。パメラの恋人の話を聞いて考えたの――バターを一ポンドほどくすねても気づかれないっていう話。もしあなたがあの有名な絵のどれかをシャツに隠して持ち出せたら、あたしたち一生安泰よ」

わたしは声をあげて笑った。「そうだろうね。なにひとつ問題はないよ。すべての小屋に警報装置があって、ドアの前に警備員がいるだけだ」

「そこにいるのがあたしじゃないのが残念だわ。あたしはいつだって欲しいものを手に入れる方法を見つけるの。あなたも本当に欲しいと思えば、きっとそうするわ」

夢のなかでエヴァンは、深く冷たい水のなかで溺れていた。頭の上にある何メートルもの水がのしかかってくる。なんとかして水面に出ようとするが、そこではだれかが手足をばたつかせて彼の邪魔をしていた。岸辺にブロンウェンが立っているのが水のなかから見えていた。彼女の名前を呼ぼうとしたけれど、声が出ない。エヴァンは手を伸ばそうとした。助けてくれ、ブロン、ぼくはここにいる。けれど彼女が手を差し出したのは、エヴァンではなく水面で暴れている男性だった。

「早起きしてまた仕事ですか、ミスター・エヴァンズ？」月曜日の朝、エヴァンが台所に入っていくと、ミセス・ウィリアムスが声をかけた。「週末もずっと働かされていたじゃないですか。警察にいい人材が集まらないのも無理ありませんよね。まったく、うんと文句を言ってやりたいですよ。あなたをこんなにこき使うなんて」ミセス・ウィリアムスはティーポットにお湯を入れ、赤いニットのティーポットカバーをかぶせた。「あなたも顔色が悪いですね」

「ゆうべはよく眠れなかったんですよ」

「あれだけのことがあったんですから、無理もないですよ」ミセス・ウィリアムスはエヴァンに顔を寄せた。「それじゃあ、噂は本当なんですね？　ブライナイの鉱山であのかわいそうな男の人が溺れているのが見つかったっていうのは？　ゆうべそのことを聞いて、わたしは申し訳なくて」

「どうしてあなたが申し訳なく思うんですか、ミセス・ウィリアムス？」

「あの話をしたのはわたしじゃないですか――あの日、あなたが彼を連れてきた日に。わたしと話をしていなければ、彼はあの鉱山のことなんて知らないままだったし、あそこに行って溺れることもなかったでしょう」ミセス・ウィリアムスはハンカチを取り出し、目に当てた。「自分が許せませんよ」

エヴァンは彼女の肩を叩いた。「あなたのせいなんかじゃありませんよ。ベズゲレルトへ行く道をだれかに教えて、その人間が交通事故に遭ったからといって、申し訳なく思ったりはしないでしょう？」

ミセス・ウィリアムスは涙を浮かべながらも、かろうじて笑顔を作った。「ええ、そうでしょうね。でも最近は悲劇ばかりだわ。最初は気の毒なミスター・ジェームズ、そして今度はあの若い人」

「〈フロン・ヘイログ〉のミスター・ジェームズ？　彼が死んだんですか？」

ミセス・ウィリアムスはうなずいた。「そうなんです。心臓発作を起こしたあと、病院でそのまま……。本当に残念ですよ。敬虔なキリスト教徒だったのに。死んだ人を悪く言うものじゃないってわかってはいますが、あの若い人は過去をかきまわすようなことをするべきじゃなかったんですよ——あの女性を連れてくるなんてことはいいことなんてなにもないんです。その結果がどうなったことか。いまふたりがどこにいるかを考えてみてください。神よ、ふたりの魂に安らぎを与えたまえ」

エヴァンは窓の外で渦巻く霧を見つめながら、考えていた。ミスター・ジェームズが亡くなった。彼の息子はかなり腹を立てていた——父親が死んだことで、グラントリーに仕返しをしようと考えただろうか？　グラントリー・スミスを捜してパブにやってきた男がいたとベッツィが言っていたことを思い出した。

エヴァンはミセス・ウィリアムスに向き直った。「ジェームズ夫妻の息子は、両親と一緒に〈フロン・ヘイログ〉で暮らしているんですか？」

「いいえ、彼には自分の家がありますよ。ひつじの出産の世話や毛の刈り取りとか、必要なときには来て両親を手伝っていましたけれど、一緒には暮らしていません。ドルウィゼランから来た娘さんと結婚して、彼女の父親の家を相続したんですよ」

「ドルウィゼラン？　その家の名前はわかりますか？」

「それは知りませんけれど、でもすぐに見つかりますよ。ドルウィゼランとブライナイをつなぐ道路を進んでいくと、右手にひつじのいる野原が見えてきます。そこを通っている線路からさほど離れていないところに、きれいな白い農家が建っていますから。ブライナイからくだってきてすぐのところですよ」

「ありがとうございます、ミセス・ウィリアムス。助かりました」エヴァンは立ちあがった。

「朝食もとらずに行くつもりじゃないでしょうね？　今朝はニシンを出すつもりだったのに」

「ニシンを食べている時間はないと思います。でも紅茶をいただきますよ。あとはあなたのお手製のママレードとトーストを」

「お好きなように。すぐに用意しますよ」ミセス・ウィリアムスは紅茶を注いだ。エヴァンは頭のなかを整理しながら、紅茶を飲んだ。ロバート・ジェームズがグラントリーの首を絞めようとして、それを引き離さなければならなかったことを思い出した。たやすく暴力に訴える男。父親が病院に運ばれたときは、明らかに動揺していた。そのうえ、彼の家はブライナイから目と鼻の先だ。グラントリー・スミスを見かけて、鉱山まであとをつけた可能性はおおいにある。

ワトキンスと捜査を始めるときの確かな手がかりになる。

エヴァンは急いでトーストを食べ終えると、〈エヴェレスト・イン〉まで坂道を足早にのぼった。家を出たときには仕事のことで頭がいっぱいだったが、学校に近づくにつれ、再び気持ちが落ちこんできた。エドワード・フェラーズを助けるとブロンに約束した。これほど気が進まない約束をしたのは初めてだ。そもそも、エドワードが無実だという確信が持てなかった。彼にはいわゆるふたつの〝M〟がある——手段（mean）と動機（motive）だ。ブロンウェンのように心優しい人間の同情を買い、彼女を通じて地元の警察官を自分の味方につけるのは、無実を主張する最善の方法だろう。

エヴァンは足を止め、だれもいない運動場を眺めた。頭のなかを様々な思いが駆け巡っている。仮にエドワードがグラントリーを殺していないことを証明できたとして、そのあとはどうなる？　エドワードとブロンウェンの人生は、再び交わるのだろうか？

「くそったれどもめ」エヴァンはつぶやいた。また、殺人事件の捜査に関わることになったようだ。ワトキンスが電話をかけてきて最新の情報を伝えてくれ、落ちあう場所を決めるのではないかと半分期待していたのだが、解剖の結果が出るのを待って、昼までに〈エヴェレスト・イン〉に来るつもりのようだ。ヒューズ警部補も一緒だろうとエヴァンは考えた。警部補との再会が楽しみだとは思えなかったし、それは向こうにしても同じだろう。警部補はエヴァンのことを、いつも殺人事件に首を突っこんでくる生意気な男だと考えているに違いない。

〈エヴェレスト・イン〉の入口までやってきたところで、エヴァンはにやりとした。

撮影チームの手助けをするようにと警部から直々に指示されていたのは、幸いだった。今回は、現場にいる正当な理由がある。それどころか、ヒューズ警部補はエヴァンを歓迎するかもしれない。最初から現場にいて、くわしいことを知っている唯一の警察官なのだから。

エヴァンはホテルに入った。駐車場にパトカーは見当たらない。ダイニングルームに撮影チームの姿もなかった。無理もないと思えた。もし自分が彼らの立場だったら、不安におののいていただろう。エドワード・フェラーズの部屋に電話をかけて、ゆうべ戻ってきたかどうかを確かめようかとちらりと考えたが、知らないほうがいいと考え直した。

一〇時近くになってもワトキンスはまだ現われなかった。エドワードとハワードとサンディは部屋からおりてきて、コーヒーを飲みながら、これからどうするべきかを話し合っている。すぐに作業に取りかかるべきだと考えているのは、エドワードだけだった。「引き揚げチームには、あと二、三日で帰ってもらわなくてはならない。それ以上はお金が続かないし、ハワード、売るための商品がなければあなたにも支払いができないんだぞ」

ハワードはコーヒーカップに手を伸ばし、中身を飲み干した。「エド、正直に言わせてもらうと、わたしはいますぐにでも飛行機に乗ってカリフォルニアに戻りたいと思っている。早ければ早いほどいい。この仕事はあくまでもグラントリーのために引き受けたんであって、彼がこんなことになった以上……」彼はその先の言葉を呑みこんだ。

朝刊を読むふりをしながらひとりで座っていたエヴァンは、ちらりとハワードを見た。彼は帰りたくてしかたがないらしい。この国を出て、犯罪現場から一刻も早く遠ざかろうとしている？　エヴァンは昨日のハワードの言葉を思い出していた。どうしてグラントリーの死の原因を薬物の過剰摂取だと考えたのだろう？　彼はなにかエヴァンの知らないことを知っているのだろうか？　それとも疑いの目が自分に向けられないように、あえてエヴァンに聞かせた？

「彼の追悼のためにも映画は完成させるべきだと思う」サンディが言った。「それが彼の望みだったんだから。彼がいなければできないわけじゃないでしょう、ハワード？」

「わたしは何千人もの出演者を監督してきたんだよ、サンディ」ハワードが言った。「問題はそこじゃないんだ。この映画に完成させる価値があるかどうかということなんだよ。いまある題材は、沈んでいる飛行機と何人かのインタビューだけだ。大作になるようなものじゃない」

「飛行機が姿を現わす瞬間はぞくぞくするぞ、ハワード。楽しみにしているといい。ドイツ人のパイロットたちがまだ乗っていたら、なおさらだ。カメラにそれらしいものが映っていたからね」

エヴァンは再び顔をあげた。ドイツ人の老人――彼のことをすっかり忘れていた。あの日彼はひどく腹を立てていた。それどころか、なにがなんでもやめさせるとグラントリーに宣言していた。老人にしてはかなり頑健で機敏そうだった。彼が近くに滞在していて、鉱山に向かうグラントリーを見かけ、そのチャンスを利用したということはありうるだろうか？ ワトキンスが来たら、彼のことも話さなくては。

エヴァンが入口に目を向けたまさにそのとき、ワトキンスがドアを開けて入ってきた。襟を立てていたし、頭も肩も濡れていたから、雨が降り出しているようだ。「ああ、みなさんお揃いですね」ワトキンスはうなずき、撮影チームが座っているテーブルに向かった。「警部補は車で書類をまとめているところです。すぐに来て、みなさんにお話をうかがいます」

エヴァンは新聞を置いて、ワトキンスに近づいた。「おはようございます、巡査部長。あなたの電話を待っていたんですよ。解剖の結果は出ましたか？」

ワトキンスはうなずいた。「ああ。明らかな扼殺だ。舌骨が折れていたし、首の筋肉にかなりの内出血があった。力の強い男の仕業だな」ワトキンスはなぜか落ち着かない様子だった。片方の足からもう一方の足へと体重を移し替えながら、ちらちらとドアを眺めている。

「それじゃあ、警部補が直々に指揮を執るんですね？」エヴァンは尋ねた。

ワトキンスはうなずいた。「とりあえずは。たったいまあのスレート鉱山に行って、死体があった場所を彼に見せてきたよ。彼は鑑識に現場を調べさせているが、スレート鉱山でなにが見つかると思っているのか、わたしにはわからないね。撮影チームの話が聞きたいそうだ」

「それで、今後の予定はどうなっていますか？　警部補が話を聞き終えるのを待つんですか？」エヴァンは尋ねた。「いくつか手がかりが……」

エヴァンは言葉を切った。警部補がだれかをあとに従えて、回転ドアから入ってきたからだ。ワトキンスはまた落ち着きなく身じろぎした。「エヴァン、あらかじめ言っておくつもりだったんだが、この事件ではわたしは別のパートナーと組むことになったんだ。だから残念だが……」

「ああ、ここにいたのか」ヒューズ警部補の端切れのいい甲高い声がロビーに響いた。足を止め、仕立てのいいトレンチコートの肩から雨粒をはらうと、ひと筋も乱れていないにもかかわらず、白髪まじりの髪を撫でつけた。それからワトキンスとエヴァンに近づいてきた。「全員集まっているかね？　よくやってくれた、エヴァンズ。きみはもっとも新しい我々の仲間と会ったことがあったかな？　デイヴィス巡査だ。この事件ではワトキンスと組んでもらうことにした」

グリニス・デイヴィスがロビーを近づいてきた。オーダーメイドらしい紺色のズボンにつややかな赤銅色の髪を引き立てる紺色のレインコートを身に着けた彼女は、相変わらず魅力的だ。彼女はエヴァンに笑いかけた。「こんにちは。あなたが死体を発見したんですってね。素晴らしいわ」彼女はワトキンスの隣に立った。「わたしが初めて担当する殺人事件なんです」にこやかな笑みを浮かべた。「わくわくしています」

「さてと、それではさっそく始めよう」ヒューズ警部補はぱちんと手を打った。「わたしは関係者たちと話をするから、ワトキンスには被害者の部屋を調べてもらいたい。手がかりになりそうなもののリストを作ってくれ——手紙、住所、メモ、領収書」

「わかりました、サー」ワトキンスはフロントデスクのほうに歩き始めた。

「わたしも行ったほうがいいですか、サー？」グリニスはすでにバッグからメモ帳を取り出している。

警部補はとっておきの笑顔を彼女に向けた。「きみはわたしと一緒にいて、被害者の仲間たちから話を聞くところを見ていたまえ。上手な尋問の仕方を身につけるには、時間も経験も必要だ。容疑者を警戒させたり、取り調べを受けていると彼に感じさせたりしないようにしながら必要な情報を得るには、微妙な匙加減が必要なんだよ」

「彼、または彼女ですね」グリニスが訂正した。

「そうだ」ヒューズ警部補は素っ気なくうなずいた。

エヴァンはワトキンスに目を向けたが、彼はすでにフロントの女性から鍵を受け取っていた。

「それでは始めようか。あのテーブルにいるのは、ミスター・スミスの仲間だね、エヴァン？」

「そうです、サー」エヴァンは答えた。

「よろしい」彼は愛想よくエヴァンに微笑みかけた。「きみはもう帰ってくれてかまわないよ、巡査。仕事があるだろう？」

「ぼくは、彼らのプロジェクトに協力するように指示を受けています」

「午後になるまで彼らは仕事に戻れないだろう。きみが必要になったら、警察署にいると彼らにわたしから伝えておくよ。さあ、行こうか」彼はグリニスの背中に手を添えて、撮影チームのほうへといざなった。

17

エヴァンはホテルを出て、細かい朝の雨のなかを歩きだした。帰れと言われた。彼は必要ないと。ワトキンス巡査部長には新しいパートナーがあてがわれた。エヴァンがするはずだったことを、グリニスがすることになる。きっと彼女は数時間のうちにひとりで事件を解決し、今日中に巡査部長に昇進するんだ。エヴァンは腹立たしげにそんなことを考え、自分の子供っぽさに苦笑いした。

二軒の礼拝堂の前を通りかかったところで、だれかに名前を呼ばれた。ミセス・パウエル＝ジョーンズがエプロンをはためかせ、ヘヤピンを飛ばしながら私道を駆けてきた。「ここにいたんですね、エヴァンズ巡査。休暇かなにかでどこかに行ったのかと思いましたよ」

「残念ながら、そんな幸運はありませんよ、ミセス・パウエル＝ジョーンズ」エヴァンは観念して足を止め、彼女が追いついてくるのを待った。「どうしてぼくが休暇でどこかに行っていると思ったんです？」

「いつ電話をしても警察署にいないし、何日か前から大切なメッセージを何度も残しておいたのに返事もないからですよ」

「それはすみませんでした。ほかで仕事があったものですから」

「知っていますよ。わたしがお茶に招待したのに、来ようともしなかったあの礼儀知らずの若者ですよね。戦時中のスランフェアについてくわしい話を聞くチャンスを逃したと、彼に伝えておくといいですよ。わたしの手作りのスコーンとお茶に招待されることはそうそうありませんからね」

「それで、なにか問題でも起きたんですか、ミセス・パウエル＝ジョーンズ？」エヴァンは早く警察署にたどり着き、ドアを閉めたいものだと思いながら尋ねた。

「ひとつどころの問題じゃないんですよ。複数の問題があるんです。大問題ですよ。無分別のうえに、キリスト教を歪んだ視点で見ているから、あんなことが起きるんです」

「どういうことです？」

彼女は大げさな仕草でもう一軒の礼拝堂を指さした。「あの星ですよ。わたしは正式に苦情を申し立てます」

「星？」ミセス・パウエル＝ジョーンズと話をしているときにしばしばそうなるように、エヴァンはひどく面食らった。

「屋根の上にあるんです。あの人たちは図々しくも、電気で光る星を屋根につけたんです。世界にクリスマスの到来を告げるためだとミセス・パリー・デイヴィスは言っていますけれどね。絶対にそんなことじゃないんですよ。嫉妬心からしているに決まっています」ミセス・パウエル゠ジョーンズはもうひとりの牧師の家をちらりと眺め、エヴァンに顔を寄せた。「わたしが見事なキリスト降誕劇をするので、あの人は前からいらついていたんですよ。だから注目を集めるために、あんなとんでもないぴかぴか光る星をつけようなんて思いついたに違いないんです」

「ですが、星はクリスマスの象徴ですから村全体で楽しめるんではないですか？」

「カトリック教徒の象徴ですよ、エヴァンズ巡査。正しいプロテスタントの礼拝堂には、あんなものはありません。それに交通障害が起きる危険があります」

「交通障害？」エヴァンは礼拝堂の屋根の上の星を見あげた。落ちてきそうには見えない。

「あの星は光がついたり消えたりするんです。車を運転している人たちの気が散るじゃありませんか。なにかの交通信号かと思ってスピードを落として、衝突するかもしれない。許されることじゃありませんよ、エヴァンズ巡査。取り外すべきです。取り外さないのなら、わたしが公安委員に苦情を申し立てます——わたしの古い友人ですから」

「あなたからの苦情は上司に伝えておきます」エヴァンは答えた。「それでは失礼しますよ。仕事があるので」

「それから、ヒイラギのことを彼女に訊いてください」ミセス・パウエル＝ジョーンズがエヴァンの背中に向かって叫んだ。「うちの裏庭に見事なヒイラギの実がなっていたんですよ。それがどういうわけか全部なくなったと思ったら、パリー・デイヴィスの家の玄関にヒイラギのリースが飾ってあるじゃないですか。こんな妙な話はありませんよ。彼女の家には庭と呼べるようなものはないし、もちろんヒイラギの茂みなんてないんだから。訊いておいてくださいよ、エヴァンズ巡査。彼女に自白させるんです」

エヴァンはため息をつきながら、歩き続けた。ぼくは、反目している牧師の妻たちをとりなすために警察官になったんだろうか？

それならおまえはなにをするつもりだ？　エヴァンは警察署のドアを閉め、紅茶をいれようとケトルのスイッチを入れて自問した。彼らに見くびられたまま、ここにじっと座っているのか？　それとも、彼らと同じくらい有能であることを証明するか？　問題はどうすればそれができるのかが、皆目わからないことだった……自ら行動を起こし、自分で捜査するほかはない。どちらにしろ、一日中ここにいて、世話係として呼ばれるのを待つつもりはなかった。ケトルのスイッチを切り、自分の車に向かった。

ミスター・ロバート・ジェームズに話を聞いても、問題にはならないだろう。ドイツ人の老人が最近ブライナイ・フェスティニオグに姿を見せたかどうかも調べてみよう。

ロバート・ジェームズ夫妻の農家は繁栄しているようだった。流れの速い川の脇に緑豊かな湿地牧野が広がり、カラマツの木立のなかに二階建ての大きな農家が建っている。煙突からは煙がたちのぼっていて、石垣のあいだに車を進めていくと、枯れ葉を燃やす香ばしいにおいが漂ってきた。ドアを開けたのは、金髪に青い目、華奢な体つきをした女性だった。ジーンズと古いトレーナーという格好にもかかわらず、実際の年齢よりもはるかに若く、そして優雅に見えた。脚のうしろから幼い子供が現われ、逃げようとしたところを即座に彼女が捕まえた。

「ごめんなさいね」彼女は笑顔でエヴァンに謝った。「娘はお葬式の準備をするために主人と出かけたので、わたしが孫の面倒を見ているんですよ」

「エヴァンズ巡査です、ミセス・ジェームズ。こんなときにお手を煩わせてすみません。でも……」

おののいたような表情が彼女の顔をよぎった。「なにかあったわけじゃありませんよね？」

「もちろんです。実はご主人にお会いしたくてきました。彼のお父さんのお悔やみをですね」

言いたくて。知り合いだったわけではありませんが、とても尊敬できる方だったよう

「ええ、本当に——素晴らしい人でした。ロバートたちが子供の頃はかなり厳しかったようですが、年を取ってからはすっかり丸くなって。孫たちを背中に乗せて四つん這いで歩いているところを見せたかったですよ」彼女はティッシュペーパーに手を伸ばし、涙をぬぐった。「ロバートはひどくショックを受けています。心臓の手術のあとはとても元気だったんですよ」彼女はエプロンを撫でつけた。「こんな話をしてあなたを引き留めていてはいけないわね。ロバートはしばらく戻ってこないと思います。片付けなければならない書類仕事が山ほどあって、彼のお母さんはとてもそんなことができる状態じゃないんですよ——当然ですよね?」

彼女はいつ息継ぎをするのだろうとエヴァンは考えた。孫が彼女のスカートを引っ張って、「おばあちゃん、お腹すいた」と言うと、彼女は申し訳なさそうな笑みを浮かべてエヴァンを見た。

「この子たちになにか食べさせないといけないみたい。この年頃の子供って、いつだってお腹を空かしているんですよ。それで、ロバートになんの用だったのかしら? わたしでお役に立てるかしら?」

「グラントリー・スミスという男性のことなんです」

「グラントリー・スミス――ここではその名前は口にしないでちょうだい」彼女の口調は険しかった。「そのイングランド人の男がなにをしたのか、ロバートが話してくれました。父親の死はその男のせいだって。そう考えるのも当然ですよね？　わたしも同じ意見だわ――あんなとんでもない女性を連れてくるなんて。心臓手術をした人間にショックを与えたりはしないものでしょう？」

「お父さんが亡くなったあと、ロバートがグラントリーに会いに行ったかどうかわかりますか？」

「その話はしていましたけれどね。でも主人は腹を立てるといつも偉そうなことを言うんですよ。グラントリー・スミスを叩きのめしてやるとか、余計なことに首を突っこむとどうなるかを教えてやるとか。でも口で言っているだけですもの。違います？」

ロバートが少なくとも一度はグラントリー・スミスの首に両手をかけたことは、言わないほうが賢明だろうとエヴァンは考えた。

「土曜日の朝ですが、あなたたちはどこかに行かれましたか？」

「土曜日？　ええ、行きましたよ。わたしはいつも一週間分の買い物を土曜日にするんです。ロバートをブライナイでおろして、わたしはそのままポルスマドグまで行きました」

「ご主人はブライナイでなにを？」

「土曜日の朝はいつも行っているんですよ。最後には友だちと一緒に、パブの〈ワインズ・アームズ〉に行き着くんですけれどね」彼女は言葉を切り、用心深く尋ねた。「いったいどういうことなんです？　ロバートになにかあったわけじゃないですよね？」

「単なる決まりきった質問ですよ」エヴァンは言った。「土曜日の朝、ご主人が偶然グラントリー・スミスと会ったりしていないかと思ったものですから」

「なにもそんなことは言っていませんでしたよ」ミセス・ジェームズは孫を抱きあげながら言った。「会っていれば、そう言っていたはずです」

エヴァンは笑顔で言った。「ありがとうございます。お手数をおかけしました」

ヒューズ警部補たちに報告しなければならないだろうと、ジェームズ夫妻の農家をあとにしながらエヴァンは考えた。気は進まなかったが、そうするほかはない。グラントリー・スミスが命を落としたときロバート・ジェームズがブライナイにいたという事実は、見過ごせるものではない——ロバート・ジェームズがグラントリーを殺したとは思えなかったが。ロバートは肉屋のエヴァンズと同じタイプだとエヴァンは考えていた。大きな口を叩き、怒鳴り散らすが、頭が冷えるのも早い。かっとなっているときにロバートがグラントリーの首を絞めるところは想像できたが、こっそり彼のあとをつけ、暗い通路で扼殺し、重石をつけて水たまりに沈めるというのは、もっと違うタイプの人間のすることだ。あれは機に乗じる、狡猾な殺人だ。とはいえ、このことは警部補に報告しなければならないだろう。あのドイツ人の老人のことも。彼を容疑者だと考えているわけではない。ひどく怒っていたし、どんな手段を取ってでもグラントリーを止めると言ってはいたが、どんな手段を取ってでもというのは、普通は殺すことを意味しない。あの老人がグラントリーのあとをこっそりつけて鉱山に入っていくところは想像できなかった。そもそも、グラントリーがいなくなったからといって、飛行機を引き揚げるプロジェクトは中止にならない。やはり答えは近いところにあるような気がした――グラントリーの仲間たちのなかに。初めて彼らに会ったとき、緊迫した雰囲気を感じたことを思い出した。エヴァンには理解できない発言の数々。盗み見るような視線。いまエヴァンにできるのは、与えられた仕事場に行き、観察することだけだった。

その日の午後、エヴァンは引き揚げ作業が再開された湖に呼び出された。警部補は結論に飛びついてだれかを逮捕したりすることなく――これまでのやり方を考えれば、明らかな進歩だ――撮影チームの尋問を終えたらしかった。エヴァンが湖の現場に到着したときには、発電機がうなり、ウィンチやカメラがまわっていた。まるでグラントリー・スミスは最初から存在していなかったかのようだ。

エヴァンは岩に腰をおろし、彼らを眺めた。ワトキンスの言ったとおりだ――だれもがびくついている。ハワードは黄色いメモ帳になにかを猛烈に書きつけながらちらちらエヴァンを眺めていたかと思うと、突然立ちあがってカメラをのぞきこんだ。サンディは少なくとも一〇回はペンを取り落とし、そのたびにエヴァンに視線を向けた。エドワードはひどくぴりぴりしていて、うろうろと歩きまわったり、ハンカチで額を拭いたり、すぐに指示に従わないスタッフを怒鳴りつけたりしていた。彼らの気が立っているのも当然だろうとエヴァンは考えた。親しかった人間を失ったばかりなのだ。けれど、あの態度は罪悪感の表われなのだろうか？　それとも、互いを疑っているとか？　エヴァンはさらに注意深く彼らを観察した。サンディはしきりにエドワードを見ているが、エドワードはちらちらとハワードを眺めていて、ハワードはそのどちらとも目を合わさないようにしているのがわかった。面白い。

エヴァンは、サンディが腰をおろしてメモを取り始めるのを待った。近づいていき、隣に座った。彼女は落ち着かない様子でエヴァンを見つめた。「今朝はヒューズ警部補に厳しく追及されたんでしょう？」エヴァンは親しげに微笑みながら話しかけた。

サンディはうなずいた。

「いい気持ちはしませんよね。警部補はデリカシーとか気配りにはあまり縁のない人ですから」

サンディは身震いした。「突き刺すような青い目でじっとわたしを見たんです。そのあと女刑事に顔を寄せてなにかをささやいたと思ったら、今度は彼女がわたしをまっすぐに見つめてきて。でもわたしの番が来ても、彼はわたしにはなにひとつ尋ねなかったんです」サンディはセーターの裾をつまんで、ねじり始めた。「あの人たちはきっと、言っている以上のことを知っているんだわ」

「なにについてですか？」

「グラントリーを殺した犯人についてです、もちろん」

「あなたにはなにか心当たりでも？」

サンディはまたぎくりとした。「わたし？　いいえ。どうしてわたしが？」

「あなたは彼らのすぐそばで仕事をしていた。初めてあなたたちと会ったとき、ぼくは妙な雰囲気を感じたんですよ。ひどく緊迫した空気を」

「そうでしょうね。グラントリーは人を緊張させるタイプだったから。付き合いやすい人ではなかったわ」

「彼とは長い付き合いなんですか？　彼の制作助手としてという意味ですが？」エヴァンは如才なく尋ねた。

「制作助手として？　彼がなにかを制作するのはこれが初めてよ」サンディは恥ずかしそうにエヴァンを見た。「グラントリーと知り合ったのは一年ほど前です。映画研究所で一緒に勉強していたんです。彼から今回の話を聞かされたとき、わたしは飛びつきました——それが、彼のメイドになることだとしても。それまで彼はわたしにほとんど興味を示すことはなかったんですけれど、両親が北ウェールズ出身だと言うと、急にわたしに優しくなってチームに加わらないかって誘ってきたんです。

わたしは舞いあがりました。映画業界で働くのは簡単なことじゃありません——資格のある人が大勢いるし、わたしはマスコミ関連の学位もなにも持っていないんです。ハワード・バウアーが監督だと聞いたのが、決定的でした。ハワードと一緒に仕事ができるなら、喜んで床を磨くし、お茶だっていれるつもりだったんです」

「彼はあなたが思っていたとおりの監督でしたか？」

サンディは戸惑ったような顔でハワードを見た。「それが妙なところなんです。彼はほとんどなにもしていないんですよ。彼なら絶対にもっとうまくできるところでも、全部グラントリーに任せているんです。ただ礼儀正しく、グラントリーに主導権を譲っているだけかもしれませんけれど」

「ハワードはどうして今回の件に加わることになったんでしょう？」エヴァンは尋ねた。「お金じゃありませんよね？」

「もちろん違います。わたしたちはだれもまだ支払ってもらっていません。わたしたちはグラントリーのためにやっていたわけだし、グラントリーはおそらくエドワードのためにやっていたんだと思います」サンディは苦々しい顔になった。

「あなたはどうして出ていったんです?」エヴァンは唐突に尋ねた。「個人的なことだと言っていましたが」

「ええ、そうです」サンディは再び立ちあがった。

「あなたはグラントリーを愛していたんですよね?」

「あなたには関係のないことです」

「捜査をしていくうちに明らかになることですよ。警察は動機のある人間を探している。警部補は、〝大嫌い〟と叫びながら出ていった捨てられた恋人に興味を持つでしょうね。あなたには、強い動機があったことになりますよね?」

「それを恐れているんです」サンディは顔に落ちてきた金色の髪をかきあげた。突然、とても若くて傷つきやすい女性が現われたように見えた。「警察がわたしを疑うことはわかっていたんです。そのうえ、わたしがあそこにいたことを知ったら……」サンディは訴えるようなまなざしをエヴァンに向けた。「あなたは優しい人ですよね?あなたならわかってくれますよね?」

エヴァンはうなずいた。「どこにいたんですか、サンディ?」

「わたしには発音できない、あのいまいましい場所です。ブラニーなんとかというところ。ここを出ていったとき、わたしはすごく腹が立っていたし、動揺もしていました。でもそのうちに、わたしの誤解だったのかもしれないと思い始めたんです。あれはグラントリーがグラントリーだというだけのことだったのかもしれないって」

「どういうことです?」

「彼とエドワードの写真を見つけたんです。ふたりは——わかりますよね?——ぞっとしました。信じられなかった。エドワードに訊いたら、本当だって彼は答えたんです。彼とグラントリーは一緒に住んでいたって——夫婦みたいに。信じられませんでした。だってグラントリーは——わたしを好きなんだと思っていたから。ふたりきりのときは、彼はそういう態度だったんです」

「だから出ていった?」

「はい。でも帰ることはできませんでした。あの写真は冗談で撮ったのかもしれない、エドワードのほうはそういう気持ちだったのかもしれないけれど、グラントリーはただ彼に合わせていただけなのかもしれないって、考え続けていました。だから、グラントリーに本当のことを話してもらおうと決めたんです。彼がゲイでわたしには興味がないと本人の口から直接聞いたら、帰るつもりでした。

車を借りて、彼に会うためにここに戻ってきました。グラントリーたちはブレニーなんとかに行ったとハワードが教えてくれたので、わたしもそこに行ったんです。大通りの先にランドローバーが止めてありました。あっちこっち探したけれど、結局グラントリーを見つけることはできなかったので、戻ってきたんです」サンディは絶望したようなまなざしでエヴァンを見た。「でも警察は、わたしがあそこにいたことを突き止めるわ。グラントリーを見かけなかったかって、町の人たちに尋ねたんです。わたしのことを覚えているでしょうね。警察はきっとわたしの仕業だって考える」サンディは首を振り、ぎゅっと目を閉じて涙をこらえた。「わたしはどうなってもかまわないんです。彼はもういない。もうなにもかもどうでもいいんです。ただ彼を殺した犯人を捕まえてほしいだけ」

ハワードに呼ばれ、サンディは彼の元へと足早に向かっていった。エヴァンはそのうしろ姿を見つめていた。動機と手段のある人間がまたひとり。サンディは裏切られ、屈辱を受けた。グラントリーを見かけたのかもしれない。グラントリーは一緒に鉱山を見に行こうと彼女を誘ったのかもしれない。けれどそのあとは……エヴァンは彼女のほっそりした体つきを眺めた。細い金色の髪が風になびき、ひょろっとした脚のまわりでジーンズがはためいている。もし彼女がグラントリーを殺したいと思ったとしたら、喉をつかんで絞め殺すのではなく、岩で頭を殴りつけていただろう。そもそも、彼の死体を引きずって水たまりに放りこむのは、彼女には絶対に無理だ。

「グラントリーと出会ったのは最近なんですよ」ハワードは岩に腰をおろし、黒いコーデュロイのズボンに包まれた両脚を伸ばした。水中ケーブルが絡まったため、休憩を取っているところだ。雲の切れ目から太陽が顔を出しているので、風が吹いていなければ快適な暖かさだと言えた。ハワードはフラスクを取り出し、ひと口飲んでからエヴァンにも勧めた。

「いえ、勤務中は飲まないので。ありがとうございます」エヴァンは体よく断った。

「わたしの唯一の悪習ですよ」ハワードは悲しげに小さく微笑んだ。「煙草と女はやめました。三度、結婚したんです。いまは距離を置いていますよ。金がかかりすぎる」エヴァンに向かってにやりとした。「結婚は？」

「まだしていません」

「しないことですね。そのほうがシンプルだ」

エヴァンは笑った。「ちょっとお訊きしたいんですが、どうしてこんなプロジェクトに参加することにしたんですか？　あなたほどの経歴があれば、どこでも引く手あまたでしょう。それに、とても刺激的だったこれまでのあなたの作品に比べれば、これはかなり地味だ。親しい友人のよしみで参加したんですか？」

ハワードは顔をしかめた。「いまも言いましたが、彼とは今年の初めに知り合ったばかりです。わたしはロンドンの映画研究所で教えていて、彼がそのクラスにいたんですよ。彼はとても熱心だった。インターンにしてほしいと言ってきました。平たく言えば、わたしの使い走りです。書類の整理や編集を手伝ってもらっていました。そういうわけで、彼からこのプロジェクトの誘いを受けたとき、ほんの数週間のことだと言われて、まあいいんじゃないかと思ったんですよ。若者にチャンスを与えるのも。すぐにカリフォルニアに帰るのは気が進みませんでしたしね。三番目の妻が、扶養手当についての訴訟を起こしているんです。わたしが払っている金額じゃ生活していけないらしい。プードルたちは月に二度、シャンプーが必要なんだそうです」

「それでは、グラントリーが自分のキャリアを始める手助けをするために、このプロジェクトに協力したということですか?」

ハワードはうなずいた。「わたしの名前があればプロジェクトの信頼性が高まるし、支援を得ることもできると彼は考えていたようです。わたしは自分の学んだことを次の世代に受け渡していきたいと、常々考えていましたしね」

「素晴らしいですね」エヴァンは言った。

ハワードは立ちあがった。「さてと、まだ日があるうちに作業に戻らないと。太陽が照っていると、ここはきれいですからね」

エヴァンも立ちあがり、ふたりのダイバーがケーブルを接続しようといまだ悪戦苦闘している湖の岸までぶらぶらと歩いていった。ハワードに動機はなさそうだ。グラントリー・スミスとさほど親しいわけでもない。だが手段はあった。具合が悪くて一日中寝ていたと言っていた日に、スランフェアを歩いているところを目撃されている。バスかタクシーを使って、ブライナイ・フェスティニオグまでグラントリーを追っていくのは簡単だ。だが、なんのために？

いずれにしても、どこか筋が通らない。ハワードは、師としてこのプロジェクトを手伝うことに同意したのだと言った。グラントリーが彼を崇拝していたともほのめかした――書類の整理を手伝っていたと。だがエヴァンが見たふたりのやりとりは、師と生徒のものではなかった。手綱を握っているのは常にグラントリーで、ハワードをいらだたせて――見くだしているように思えることも時折あった――喜んでいるように見えた。ハワードは明らかにそういったやりとりを不快がっていた。だとしたら、なぜ我慢していたのだろう？

そしてエドワード・フェラーズがいる。エヴァンは、身振り手振りをまじえながら大声をあげている彼に視線を向けた。明らかにストレスを感じている。親しい友人の死があんな態度を取らせているのかもしれないが、エヴァンはグラントリーの行方がわからなくなった日のことを思い出した。エドワードはひどく動揺した様子で湖にやってきた。あれは、言い争いをしたあと、グラントリーがエドワードの車に乗っていってしまったからだったのか？　それとも、エドワードは鉱山までグラントリーのあとをつけ、そうしてやると脅していたとおりのことをしたんだろうか？　なによりエドワードには犯行ができるだけの力も、切実な動機もある。関係の破綻、グラントリーからしきりに侮辱され、からかわれていたこと。エドワードが我慢しきれなくなったというのは、おおいにありうることだとエヴァンには思えた。もちろんそれを証明するのはまた別の問題だし、ブロンウェンとの約束はエドワードの無実を証明することだ。すべての事実が彼の犯行であることを示していたら、どうすればいいだろう?

18

その後も彼女はあの絵のことをしつこく話題にした。「あなたは小屋を建てるのを手伝ったんでしょう？」一週間ばかりたった頃、彼女に唐突に訊かれた。スランディドノーで映画を見ていたときだ。ジョーン・フォンテイン主演の『断崖』を上映していて、ジョーン・フォンテインは、ジンジャーとベティとキャロル・ロンバードと並んで彼女のお気に入りの女優のひとりだった。けれどB級映画はひどかった。ばかな警官と泥棒の話だった。

「なんの小屋？」わたしは小声で訊き返した。

彼女はわたしの脇腹をつついた。「ほら、絵をしまっている小屋よ」

「そうだよ。言ったじゃないか」

うしろの人間が身を乗り出して、シーッと言った。ジンジャーはわたしに笑いかけると、体を寄せてきてキスをするみたいに頬に唇を当てた。

「あたしがなにを考えているのか、わかっているでしょう？　建てた人間は、壊し方も知っているはずだって考えているのよ」

「いい映画（picture）だったね」彼女が暮らしているホステルまでふたりで歩きながら、わたしは言った。

「そうね。でも、あたしは別の絵（pictures）のことを考えていたの。鉱山の奥にある絵のことを」

「その話はやめないか」わたしは険しい口調で言った。「小屋には警報装置があるし、警備員もいるって言っただろう？　だから、たとえそうしたいと思ったとしても、あの絵には手も触れられない。そもそもそんなことなんてしたくもないし」

「あたしのためでも？」彼女はわたしに身を寄せて、腰と腿をこすりつけた。「あたしのためならなんでもするって言ったんじゃなかった？　それに、これはあたしのためじゃない。あたしたちのためなのよ。ここから出ていく切符なんだから。トレフ、あなたとあたしの切符。ハリウッドに行くための切符よ」

「ばかげている。きみはいつも不可能なことを夢見ているんだ」

わたしたちは散歩道を歩いた。戦争が始まる前、この散歩道はとても華やかだった。高級ホテルが立ち並び、豆電球が飾られ、楽団が演奏していた。いまはもちろん、真っ暗だ。わたしたちは足元を照らすための小さな懐中電灯を持っていたが、紙のカバーをつけなければならなかったし、数キロ四方、ほかに明かりはなかった。左側から、波が砕けて砂浜に打ち寄せる音が聞こえていた。潮のにおいがした。ジンジャーは足を止めて手すりにもたれ、海に目を向けた。「それほど不可能だとは思わないわ」彼女が言った。「その気になれば、必ずなにかしら方法はあるものよ。映画館でも言ったけれど、あなたは小屋を建てたんでしょう？　どうやって壊すのかもわかっているはずよ。裏側の羽目板をはずしてそこから入れば、警報装置は鳴らないんじゃない？」

「警備員は？　大きなバールを持ったぼくに気づかないとでも？」

「夜はどうなの？　警備員がいるの？」

「いや、いない。夜は鍵をかけるんだ。鉱山全体を見張る夜間監視員がひとりいるだけだ」

「ほらね。簡単なことよ」彼女は猫のように、わたしの襟に顔をこすりつけた。「あなたは夜、あそこに残っていればいいのよ。どこかに隠れて、ほかの鉱夫たちと一緒に出てこないようにするの」

「ひと晩中、ひとりであそこに？」考えただけで、鼓動が速くなるのがわかった――あの暗闇のなか、朝までずっとひとり。「ぼくにそんなことができるとは思えない」そう言ったあとで、あることを思い出してほっとため息をついた。「それに、鉱山を出るときにサインをしなきゃいけないんだ。ぼくがいないことに気づかれる」

「代わりにサインをしてもらうように、友だちに頼めないの？」

「もう友だちは残っていないよ。年寄り連中とぼくだけだ。若いやつらはみんな招集された。あの人たちには頼めない。みんな父さんの友だちなんだ。父さんに話すだろう」

「そうね、そのとおりかも。残念だわ。すごく簡単なのに。わかった、ほかの方法を考えましょう。警備員はひとりなのよね？」

「そう、ひとりだ」

「時々はトイレに行くわよね。なにか用ができたら、朝、数分遅刻することがあるかもしれない。だれかが彼を引き留めれば……」

「どうやって？」

「すごく魅力的な女性が、彼に助けを求めたらどう？」彼女はわたしの腕をつかんだ。「〝ミスター、あたしすごく困っているんです。靴のヒールが折れて、その拍子に財布を落としたら、なかに入っていたお金が全部こぼれてしまったの。遅れたら母さんに殺されるわ。お願いだから……〟って声をかけたら、彼は足を止めて手伝ってくれると思わない？」

彼女はとても説得力があった。ハリウッドに行くことさえできれば、きっと素晴らしい映画スターになるだろうとわかっていた。

「ね？」彼女は我に返ったように笑った。「そのあいだにあなたはなかに入って、裏の羽目板の一枚をはずしておくの。そのあとはじっくり時間をかければいいわ。警備員を観察するのよ。いつ集中して、いつ集中していないのか。あんなところにいるのは、ものすごく退屈なはずよ。居眠りだってするかもしれない。そうしたらあなたはこっそり小屋に入って、絵を盗んで、準備ができるまでどこかに隠しておくの。鉱山のなかには、なにかを隠しておける場所がたくさんあるんじゃない？」

「それは問題ないよ。小さな洞窟やスレートを切り出したものの山がいたるところにあるから」

「ほらね。簡単なことよ。だれにも気づかれない」

「絵をロンドンに戻すときに気づかれるよ。絵が一枚なくなっていることに気づく」

「その頃にはあたしたちはとっくにハリウッドよ。あたしは有名な映画スターになっているかもしれない」

「それは関係ないよ。そうだとしても、ぼくたちは捕まる。やっぱり刑務所に入ることになるんだ」

彼女は笑った。「そうは思わないわ。あたしはお金持ちで有名になっているの。お金を払えばすむことよ。アメリカでは、お金で人を操るのは簡単なのよ」

わたしはぎこちなく笑った。「ばかげているよ。くそみたいな話だ」

「そんな言葉は使わないで。好きじゃないわ」彼女はわたしの腕を叩いた。

「火遊びをするようなものだよ。火傷(やけど)するのがわかっている」

「わたしは火が好きなの」彼女はわたしを見あげた。月の光を受けてその目が輝いているのが見えた。「火傷をするのも」

エヴァンが〈エヴェレスト・イン〉を出たとき、村はすでにもやに包まれていた。ハワードとエドワードとサンディを送ってきたとき、警察官は見当たらなかった。捜査はどれほど進展しているのだろう、鑑識は鉱山でなにか手がかりを見つけたのだろうかとエヴァンは考えた。なにが起きているのかがわからないのは、ひどくいらだつものだ。まだ五時過ぎだというのに、村の通りに人気(ひとけ)はない。気温は急激にさがっていて、凍りついた歩道にコツコツと足音が響いた。

再びミセス・パウエル＝ジョーンズの襲撃を受ける前に足早に礼拝堂を通り過ぎ、学校の前を通るときにも足取りは緩めなかった。ほとんど通り過ぎたところで、自分の名前を呼ぶ声が聞こえた。ブロンウェンはキッチンの窓から外を眺めていたのだろう。赤いウールのショールを巻き、三つ編みの髪を片方の肩に垂らして運動場をこちらに走ってくる彼女は、おとぎ話の主人公のようだった。

エヴァンはどういう態度を取るべきかわからないまま、辛抱強く彼女を待った。ゆうべのことは悪い夢だったのかもしれない。彼女の家にいる前の夫を見かけて、過剰に反応してしまったのかもしれない――ブロンウェンは彼を抱きしめていたけれど。

「なにかわかった？」声の届くところまでやってくるなり、ブロンウェンが尋ねた。

「だれがグラントリーを殺したのかを突き止めたの？」

「わからないよ。ぼくは事件の担当じゃないからね」

ブロンウェンは不愛想なエヴァンの言葉に面食らったような顔をした。「あなたが正式な担当じゃないことは知っているけれど、でもワトキンス巡査部長はあなたを頼りにしているでしょう？」

「今回は違うんだ。ワトキンス巡査部長には新しいパートナーがあてがわれた。ぼくは家に帰っていい子にしていろと警部補に言われたよ」

「まあ、エヴァン。そんなのおかしい」気の毒そうな顔になった……とエヴァンは思ったが、さらに彼女は言った。「かわいそうなエドワード――きっと一番怯しまれているわね。刑務所に入れられたら、彼はどうなるのかしら」

「イギリス警察には、間違った人間を刑務所に入れる習慣はないよ」エヴァンはこわばった口調で言った。

ブロンウェンは近づいてきて、エヴァンの袖に触れた。「正式にではなくても、あなたにできることはあるでしょう？　登山者が崖から落ちて死んだときのことを思い出して。だれもが事故だって考えていたのに、あなたは違うって確信していた。あなたはあえて危険を冒して独自の捜査をして、犯人を捕まえたんだわ」

「だがもう少しで仕事を失うところだった」

「でもそうはならなかった。まだここにいるじゃないの。彼らがあなたに感心していることはわかっているはずよ。決して認めないでしょうけれどね」

「だからといって、呼ばれてもいないのにいつもいつも首を突っこむことはできないよ。ワトキンス巡査部長と新しい刑事がきっといい仕事をするさ」

「その人たちに真相を突き止めることはできないわ」彼女はエヴァンの腕をぎゅっとつかんだ。「お願いよ、助けてほしいの、エヴァン。彼を見殺しにするわけにはいかない」言いすぎたと思ったのか、彼女はエヴァンの腕を離して顔をそむけた。「あなたが鑑識課とかそういうところに乗りこんでいくわけにいかないことはわかっているけれど、でもあなたにはその分直感がある。ほかの人には見えないものを結びつけるのが、ものすごく上手だわ。あなたはほかのだれよりも素晴らしい刑事なの。自分でもわかっているでしょう?」

エヴァンは仕方なく微笑んだ。「お世辞を言ってもどうにもならないよ」

「本当のことを言っているのよ。エドワードがもったいぶった堅苦しい人だっていうのは確かだけれど、実際はとても傷つきやすいの」

「もし彼が犯人だったらどうする、ブロン？　考えたことはある？」

彼女は首を振った。「エドワードがだれかを殺すなんて、とても想像できない。彼は血を見ただけで気絶するような人なのよ」ショールをさらに強く体に巻きつけ、大きく息を吸った。「どっちにしても、わたしは真実が知りたい」

「わかった」エヴァンは言った。「ぼくになにができるのかわからないが、できるだけのことはするよ」

「ありがとう」

エヴァンは村の道をくだっていきながら、ぼくはもう彼女を失ってしまったのかもしれないというぞっとするような思いにかられていた。

警察署の留守番電話にメッセージは残っていなかったので、ドアに鍵をかけ、家に向かった。

玄関を入ると、ミセス・ウィリアムスが廊下の鏡の前で帽子を直しているところだった。

「あら、帰ってきたんですね、ミスター・エヴァンズ。せわしなくてすみませんけれど、クリスマスのバザーの打ち合わせがあるんで、礼拝堂に行かなくちゃならないんですよ。オーブンにシェファーズ・パイと付け合わせにマッシュしたカブが入っていますから。ご自分でできますよね？」

「ぼくのことはご心配なく、ミセス・ウィリアムス。大丈夫ですよ」エヴァンは答えた。

「よかった」ミセス・ウィリアムスはほっとしたように微笑んだ。「それじゃあ、行ってきますね。遅れると、ミセス・パウエル＝ジョーンズの機嫌が悪くなるんですよ」

ドアが閉まり、エヴァンは静かな家にひとりで残された。台所に行き、オーブンからシェファーズ・パイを取り出したが、しばらく眺めてからまたオーブンに戻した。今夜は食欲がない。一杯やりに〈レッド・ドラゴン〉に行く気にもならなかった。ミセス・ウィリアムスがいつもカバーをかけて置いてあるティーポットから紅茶を注ぎ、食卓に座った。この世の終わりというわけじゃないと自分に言い聞かせたが、まさにそんな気分だった。

ばかみたいに落ちこんでいないでちゃんと食事をしろと自分を叱りつけたちょうどそのとき、玄関のドアをノックする音がした。

「絶品料理を味わっている最中じゃないといいんだが」立っていたのは、寒そうにコートの襟を立てたワトキンス巡査部長だった。

「シェファーズ・パイとカブを食べようとしていたところですよ。あまり好きじゃないんです」

ワトキンスは頭で外を示した。「コートを取ってくるといい。一杯おごろう」

「グリニスが一緒ですか?」

「彼女を最後に見たのは、警部補に連れられて〃まずまずのシャルドネを出してくれる、ささやかなお店〃に行くときだよ」ワトキンスは警部補のイングランド人っぽい口調を真似して言った。「ミセス・ヒューズに知られたら、叱られるだろうな」訳知り顔でにやりとした。

「今日はすまなかった」〈レッド・ドラゴン〉へと並んで歩きながら、ワトキンスは謝った。「わたしも驚いたんだよ。警部補が突然彼女を連れてやってきて、〃ワトキンス、きみの新しいパートナーだ〃なんて言いだすもんだから。彼女はいい子だが、しかし……」

「彼女はきっと素晴らしい刑事になりますよ」エヴァンは言った。「すぐに昇進する。頭がいいですから」

「脚もきれいだし。それにコネもある」

ふたりは顔を見合わせて笑った。

「あんまり熱心すぎて、わたしはもう辟易しているんだ。初めての殺人事件の捜査にどれほど興奮しているか、一〇回は聞かされたよ。エルキュール・ポワロを演じようとする警部補が、ほとんど一日中彼女を連れまわしてくれたのは幸いだった」

パブのドアを開けると、暖かい空気と煙とジュークボックスから流れるフランク・

シナトラの歌声が流れてきた。

エヴァンに気づくと、ベッツィの目が輝いた――ここ数回はなかったことだ。

「彼が来たわよ」ベッツィは大声で言った。「全部、聞かせてちょうだいね」

「なにをだい？」

「殺人事件のことに決まっているじゃないの。殺人なんでしょう？　そう聞いたわよ。あの気の毒な男性は、スレート鉱山で見つかったって。あなたがゆうべ、あんなにひどい有様だったのも無理ないわよね。ここで倒れるかと思ったもの。もう大丈夫なの？」

エヴァンは、ワトキンスが面白そうに自分を見つめていることに気づいていた。「大丈夫だ。ありがとう、ベッツィ。ぼくたちに……」

「それじゃあ、また殺人事件の捜査をするのね？」ベッツィは笑みを浮かべ、カウンターに身を乗り出した。「あなたはそれが好きなんだものね。きっと元気になるわ」

「ベッツィ、ぼくはなにも……」

「でも死んだのがあのハンサムな人だったのが残念だわ。すごくかっこよかったのに。どこか陰のある感じで。もちろん、ちゃんと彼と会うチャンスはなかったわけだけれどね。だって、そのたびにだれかさんが邪魔をして……」

「ベッツィ、ぼくはワトキンス巡査部長と話があるんだ。だから、ビールをふたつくれるかい？」

ベッツィの顔から笑みが消えた。「あら、それほど忙しいっていうわけね。でも仕事のときはどうでもいいお喋りなんてしないはずだし、いったいなんの話なの？」

ワトキンスが前に出て言った。「わたしが払うよ。ギネスだね？　ラウンジに行こうか。ここじゃあ、自分の声も聞こえやしない」

ふたりは奥の壁際のテーブルに腰をおろした。ラウンジはがらんとしていて、唯一の客であるふたりの年配女性はエヴァンを見て会釈をした。

「それで、どうなっているんです？」エヴァンは尋ねた。「なにか有力な手がかりは？」

「それがなにもないんだ。警部補はロンドン警視庁と連絡を取っている。両親には知らせた。アーサー・スミス夫妻――あまり裕福ではないよ。彼は、鉄道で働いている父親の名前を取って、アーサーと名付けられたようだ。グラントリーという名前は、奨学金でケンブリッジに通い始めたときから使っている。そうサインするようになったんだ。A・グラントリー＝スミス。親元に帰らなくなったのはその頃からだ。それどころか、両親の存在さえ認めなくなっていた」

「興味深いですね」エヴァンは言った。「それで、彼の素性をもっとくわしく探るつもりなんですか？」

「そして、ここまでやってきて彼を殺すほどの恨みを抱いている人間がいるかどうかを突き止める？」

エヴァンは笑って応じた。「そういう言い方をすると、ばかみたいに聞こえますね」「そうだろうか？　彼のことは徹底的に調べたが、今回ばかりはわたしも警部補の意見に賛成だ。犯人はここにいるだれかに違いない。彼に近いところにいるだれかだ」「彼の仲間のひとりということですね。ぼくが帰ろうとしたとき、警部補は彼らから話を聞こうとしていました」

ワトキンスはにやりとした。「そうだ。だがあいにく、だれにも自白させることはできなかった。腕が鈍ったらしい」ワトキンスはビターを時間をかけて飲んでからグラスを置いた。「教えてくれないか——きみはどう思う？　彼らと一緒に仕事をしていたんだ。なにか気づいたことがあるはずだ」

「三人のいずれにも犯行は可能でしょうね」エヴァンは言った。「エドワード・フェラーズはブライナイで彼と激しい言い争いをして罵り合いながら別れています。タクシーでここまで戻ってきたんだそうです。彼を殺してはいないと断言しています」

ワトキンスはメモを取った。「そのタクシーを見つけて、正確な時間を聞き出すのは難しいことじゃないだろう。言い争いをしていた時間はわかっているから、彼にグラントリーを殺して死体を水に投げこむだけの時間があったかどうかも、すぐに判明する。アメリカ人のハワードはどうなんだ？」

「変わった人ですよ」エヴァンは答えた。「彼のことはよくわかりません。有名な監督で、グラントリーは自ら望んで彼の無報酬のインターンになったんだと言っています。今回の監督を引き受けたのも、グラントリーのためになると思ったからだと言うんですが、でも――」

「でも、なんだ？」

「ふたりの話を聞いていると、ハワードが師でグラントリーが彼を尊敬している生徒だとはとても思えなかったんです。仕切っていたのは明らかにグラントリーでした」

「調子に乗っていただけかもしれない」

「それなら、どうしてハワードは帰らなかったんです？　残る必要はなかったんですよ。お金すらもらっていないんです」

「お互いを気に入っていたんだろうか？」

「そうは思えませんでした。というより、ハワードは明らかにグラントリーを嫌っていました。グラントリーはハワードをいらだたせて、喜んでいたんです。まあグラントリーはだれであれ、人をいらだたせるのが好きだったんですが。そのせいで殺されたのかもしれませんね。からかいの度が過ぎて、相手が過剰反応して怒りに我を忘れた。それがたまたま、まわりにだれもいない鉱山のなかだった」

「それが考えられるのは、エドワード・フェラーズだな。ほかにグラントリーと鉱山に行ける人間はいないだろう？　ハワードでないことはわかっているんだから」

「ハワードだったかもしれません。あの日は具合が悪くて、一日中部屋にいたと言っていましたが、バーのベッツィが村の大通りを急いで歩いていく彼を見かけているんです。タクシーを使えば、簡単にブライナイ・フェスティニオグまで行けますからね。気が変わった、やっぱり鉱山が見たくなったとでも言って、グラントリーの前に姿を見せたのかも」

「だとすると、計画的犯行ということになる。まったく話が違ってくるぞ」

エヴァンは肩をすくめた。「ぼくは可能性の話をしているだけです」

「あの娘はどうだ？」

「サンディですか？　容疑者には該当しますね――報われぬ恋、大きなショック」

「また『危険な情事』か？」

「ですが、彼女にはあれだけのことをする力がないと思うんです。ものすごく細いし、華奢だ。風で吹き飛んでしまいそうなくらいですからね。だれかの首を絞めるのは難しいでしょう」

「経験でもあるのかい？」ワトキンスはくすくす笑った。

「ありませんよ。試してみたいと思う相手は何人かいますけれどね」

ワトキンスはグラスの中身を飲み干すと、エヴァンに顔を寄せた。「きみは、彼らのうちのひとりだと考えているんだろう?」

「そうとは限りません」エヴァンはロバート・ジェームズのことを話した。

「彼は毎週土曜日の朝、ブライナイ・フェスティニオグに行っているというんだな?」

ワトキンスはメモを取った。「興味深いね。そのうえ数日前きみは、彼が実際にグラントリーの首に手をかけているところを見たわけだね?」

「そうですが……彼は頭に血がのぼったときは脅かすようなことを言いますが、すぐに冷静さを取り戻すタイプの男だと思うんです」

「きみの友人の肉屋のような」ワトキンスは肉屋のエヴァンズの広い肩を身振りで示した。「さあ、グラスを空けて。お代わりは?」

「次はぼくが払いますよ」

「とんでもない。きみはもうそれだけのことをしてくれたじゃないか。ロバート・ジェームズの情報をくれた。明日の朝、わたしは警部補より一歩先んじているわけだ。それに、若きデイヴィス刑事にも感心してもらえるだろうしね」

ワトキンスはカウンターに行き、新しいグラスをふたつ持って戻ってきた。

「乾杯(ヤッキ・ダー)。わたしがちゃんと発音できる、数少ないウェールズ語のひとつだ」

「今日の捜索でなにか見つかりましたか?」エヴァンは尋ねた。

「役に立ちそうなものはひとつだけだ。鉱山への通路のなかほどに、ものすごく大きな足跡があった。もう使われていない通路で、足跡は最近のものだった。管理人のものでもなければ、グラントリー・スミスのものでもない。彼はサイズ九のお洒落なイタリア製の靴を履いていた。この足跡はブーツだ――大きなブーツ」

「あまり意味はなさそうですね。犬の散歩をしていたのかもしれないし、使われていない通路でデートをしていたのかもしれない」

「だがこの通路は鉱山にしか通じていないし、大きな標識も立っていたんだ。〝立ち入り禁止。侵入者は……〟ってやつだよ」

「それじゃあ、その足跡の持ち主を捜すんですね？」

「明日の朝一番に」

「グラントリーの部屋からはなにも見つからなかったんですか？」

「これといってなにも。まあ、ひどい有様だったよ。彼は散らかった部屋で過ごすのが好きだったのか？　だれかが荒らしたんだろうかとメイドに訊いてみたが、彼が来てからというものずっとこんな風だったと言われたよ」ワトキンスはごくりとビールを飲んだ。「どこから手をつければいいのかわからなかった。床一面に服が散らばり、ベッドの上には写真や書類……」

ビールを飲んでいたエヴァンの手が止まった。「ちょっと待ってください、巡査部長。ベッドの上に写真や書類が散らばっていたと言いましたか？」

「床の上にもね」

「それなら、だれかが彼の部屋に入ったんですよ。グラントリーの行方がわからなくなったとき、ぼくはエドワード・フェラーズと一緒にあの部屋に行ったんです。そのときも散らかっていましたが、写真はブリーフケースのなかの封筒に入っていました」

「そいつは面白い。鑑識に部屋の指紋を採らせてもいいが……」

「彼の仲間はみんな、一度や二度はあの部屋に行っているでしょうからね」

「そうなのか？」ワトキンスの笑みを見れば、いかがわしいことを考えているのがわかった。「全員が？」

「そういう意味じゃありません。ホテルに泊まっているときは、時々だれかの部屋に集まって話をしたりするでしょう？　グラントリーは彼らを部屋に呼んで会議をしたのかもしれませんし」

「だがそういう関係もあったんだろう？　そういう印象を受けたぞ」

「グラントリーとエドワードは付き合っていました。別れたばかりです。サンディはグラントリーに夢中でした——彼とエドワードの関係を知って、ショックを受けていました」

「ハワードはどうだ？　まるで昼メロみたいな話になってきたじゃないか。『谷の人々(ポプル・ア・カム)』（ウェールズで人気の昼メロ）より人気がでるかもしれない」

「ハワードは関係ないと思います……でも、可能性はありますね」

「気取った男だとは思わないか？　シルクのシャツとか？」

エヴァンは笑って応じた。「警部補もシルクのシャツを着ていますよ。ハワードには複数の元妻がいるんです。でもエドワードにも結婚歴はあります」

「彼から聞いたのか？」

「はい、そう言っていました」

ワトキンスは知らないのだと、そのときになってエヴァンは気づいた。できるものなら、知らないままでいてもらいたかった。同情はされたくない。

「ひどくもつれた恋結びをほどかなくてはいけないわけか。もつれて乱れた恋結びだ！」

笑いが返ってくるのを期待して、ワトキンスはエヴァンの顔を見た。「なんだ？」

「その何者かは、グラントリーの部屋でなにを探していたんだろうと考えていたんです」

「なにか犯罪に関わるものだろうか？　麻薬とか？」

「どうして写真を取り出したんでしょう？　だれかにとって困るような写真があったんでしょうか？」エヴァンは顔をあげた。「彼の部屋はそのままになっていますか？」

ワトキンスはうなずいた。「鑑識に調べてもらう必要があるかもしれないと思ったので、触らないようにと命令しておいた」

エヴァンはグラスを空けた。「ぼくが見ることはできますか？　グラントリーの写真を探していたとき、あそこにあった写真は見たんですよ。全部覚えているとは言えませんが、なにかなくなっているものがあれば、わかるかもしれない」

そう話しているあいだに、そのときはたいして重要ではないと考えたあることを思い出した——最後にグラントリーの部屋に入ったとき、エドワード・フェラーズが写真を盗むのを確かに見たのだ。ただのきまりの悪さや虚栄心の表われにすぎないかもしれないから、いまは黙っていようと決めた。エドワードに対する疑念をさらに深めることになりかねない。

ワトキンスも自分のビールを飲み干して立ちあがった。「あまり見込みはなさそうだが、やってみる価値はある。それじゃあ、行こうか」

「もう帰るの？」大きなオーク材のカウンターの前を歩いていくふたりに、ベッツィが声をかけた。

「戻ってくるかもしれない」エヴァンが答えた。「確かめておかなきゃならない証拠があるんだ」

「わくわくするわね」ベッツィが目を輝かせた。「こんなふうに事件を調べるのって、きっと面白いんでしょうね。もちろん、映画を見るほどではないでしょうけれどね」

彼女は完全にぼくを許したわけではないらしいとエヴァンは思った。

ふたりはワトキンスのパトカーで〈エヴェレスト・イン〉に向かい、グラントリー・スミスの部屋の鍵を受け取った。部屋のなかは、まるで竜巻が通り過ぎたようだった。ベッドの上には開けっ放しのブリーフケースが置かれ、あたりには空のファイルとその中身が散乱している。エヴァンはハンカチを使って、一枚ずつ写真を確かめた。以前にどういうものがあったかを思い出すのは、考えていたよりも難しかった――様々なポーズを取っているグラントリーの顔写真はもちろんのこと、新聞に掲載された写真や第二次世界大戦中の飛行機の写真があった。エヴァンは肩をすくめた。

「ぼくはシャーロック・ホームズにはなれそうもありません。前に見たときはなにも変だとは思いませんでしたが、いま見ても同じです。無駄足を踏ませてしまってすみません。戻って、もう一杯やりましょう――今度はぼくがおごりますよ」

「わたしはもう帰るよ」ワトキンスが言った。「わたしが帰るまで食事を待たなきゃいけなくなったら、妻から怒られてしまう。それに娘のティファニーは、サッカーの練習のあとだからお腹を空かしているはずだ。土曜日にゴールを二度決めた話をしたかな？　男の子じゃないのが残念だよ――今頃は、マンチェスター・ユナイテッドが我が家のドアをノックしていただろうに」

ふたりはドアを閉め、階段をおり始めた。階段沿いに飾られたいろいろな動物の頭部がどこか傲慢な目つきで彼らを見おろしている。狩りや釣りをする人たちの興味を引くためだろう。そう考えたところで、エヴァンはぴたりと足を止めた。「なくなっている写真が一枚あります、巡査部長。ハワード・バウアーがアフリカの部族民に囲まれている写真があったんです」

ワトキンスは笑った。「だれがそんなものを欲しがるんだ？　神聖な偶像を盗んだグラントリーを追いかけてきて殺したアフリカ人を捜せと言いたいんじゃないだろうな？」

エヴァンも笑って応じた。「きっとなんでもないんでしょうね。封筒から出したときに、家具の下に入ってしまったのかもしれない」

ワトキンスは車に向かった。「ほかになくなっている写真を思い出しても――イルカと一緒にスキューバダイビングをしているとか、ピラミッドをのぼっているとか、ミス・ワールドコンテストとか――眠っているわたしを起こしたりしないでくれよ」

彼は手を振って車に乗りこんだ。エヴァンは徒歩で丘をくだっていった。

19

ジンジャーが言ったことを考えずにはいられなかった。問題の小屋を眺めた。それほどしっかりした造りではない。建てるのを手伝った男たちのなかには、わたしより金づちの使い方が下手な者もいた。曲がった釘がたくさんある。板を一、二枚はがして、なかに入るのは不可能ではない。

警備員の観察も始めた。ふたりだ。早いシフトと遅いシフト。夜に鉱山が閉まったあとは、警備の人間はいない。仕事中も彼らはたいして熱心に働いてはいなかった。休憩中の鉱夫とのお喋りを楽しんでいるように見えた。ひとりは漫画が大好きで、いつもランプの下に座って読んでいた。洞窟に入るには自分の前を通らなくてはならないから、ここにいるだけで充分だと思っていたのだろう。

実際、そのとおりだった。彼は地上に続く階段と洞窟のあいだに座っていた。わたしたちが働いていたのは、そこからさらに階段をおりた先だ。小屋がある洞窟に入る理由のある人間はいないし、だれかが階段をあがってくれば必ず彼の視界に入る。

わたしは考えた――もしも何者かが、警備員が持ち場に着く前に洞窟の先にある以前の仕事場に身を隠すことができれば、一番手前の小屋の裏側まで行くのは簡単だ。音を立てないようにだけ気をつけていればいい。けれどその何者かがわたしだったら、それだけではすまない。いまでは作業をする鉱夫の数が減っていたので、だれかがわたしがいないことに気づくだろう。

それに、最後は同じ結論に行きつく――絵がなくなれば、そこにいる人間のなかでただひとり絵に興味のあるわたしが、真っ先に疑われるだろう。わたしは刑務所に入るつもりはなかった。たとえジンジャーのためであっても。

夜のあいだに海から寒冷前線がやってきて、部屋の窓を激しく打つ冷たい雨にエヴァンは目を覚ました。ベッドに横になったまま、煙突のなかでうなる風や屋根を叩く雨音を聞いていた。眠気がどこかへ行ってしまったので、グラントリー・スミスが殺された事件のことを考えた。

事実はなにがある？　グラントリーとエドワードが同じ車でブライナイ・フェスティニオグに行き、人前で言い争いをしたこと。グラントリーが鉱山に行き、そこで殺されたこと。考えれば考えるほど、すべてがエドワードを示しているように思えた――強い動機、機会、その後の不安そうな態度。エドワードの仕業であることがわかったら、ブロンウェンはどうするだろうと考えた。彼女はグラントリーの死に、明らかにショックを受けていた。これ以上、悲しませたくはない。

おまえのすべきことはわかっているだろうと、エヴァンは自分に言った。できるだけ早く、真相を探り出すことだ。

街灯の明かりのなかで激しく躍っている裸木の枝を見つめながら、考えをまとめようとした。どこかにパターンがあるはずだ。一時の激情にかられた犯罪なのか、それともそうではないのか。グラントリーは、我を忘れただれか――エドワードかロバート・ジェームズ――に殺されたんだろうか。それともそこで殺すために、だれかが入念に計画を立てて彼を鉱山におびき寄せたんだろうか。

考えなければならないもうひとつの事実がある。グラントリーは死の二日前、列車から落ちている。人はそう簡単に列車から落ちるものではない。そうだろう？　危うく命を落とすところだった事故とその二日後の死に関連がないとしたら、驚くほどの偶然だ。エヴァンは偶然を信じてはいなかった。それに、あの列車はブライナイ・フエスティニオグに向かっていたし、同じ車両にエドワード・フェラーズが乗っていた。

いや、ちょっと待て。エヴァンはさらに考えを押し進め、首を振った。もしエドワードがグラントリーを列車から突き落としたのだとしたら、どうしてグラントリーは彼を問い詰めなかったんだ？　その後、また彼と同じ車でのんびり出かけたりするだろうか？

グラントリーが身を乗り出して撮影しているあいだに、エドワードがこっそり手を伸ばしてドアを開けることはできたかもしれないと、エヴァンは考えた。だとしても、グラントリーは疑念くらいは抱いたはずだ。この天気が続いているあいだは撮影ができないから、ポルスマドグまで彼らが乗った列車を見に行ってもいいかもしれない。グラントリーが落ちた場所を確かめておく意味はあるかもしれない。

次に彼女に会ったのは、一九四〇年のクリスマスの直前だった。長い待機期間を経て、戦争はようやく本格的に始まっていたが、ウェールズではほとんど変化はなかった。ロンドンが爆撃されたと聞いた。ブリテンの戦いを祝い、ダンケルクの戦いを嘆いた。けれど友人たちが座るはずだった礼拝堂の空席を除けば、そのどれもが遠い出来事だった。

招集されていた若者の一部が休暇で帰ってくることになっていたので、だれもが浮き立っていた。わたしの母は材料が半分しか揃わないなかでクリスマス・プディングを作ろうとしていて、そのことにいら立っていた。

「バターも卵もないのに、どうやって作れって言うの？　なんの味もしないよ」

「少しばかりラムを入れれば、だれも文句は言わんよ」父は夕刊から目をあげて言った。

「その少しばかりのラムをあんたはどこから手に入れるわけ？　教えてほしいね。あんたはいつだってビールが足りないって文句を言っているじゃないの。海軍がラムをひとり占めしているって聞いたよ」

それを聞いてわたしは、トラックを運転しているというジンジャーの友だちのことを思い出した。わたしにトラックの運転ができたなら、バターとラムをポケットに入れて戻ってきて、一家の英雄になれただろうに。けれどたとえ運転を教えてくれる知り合いがいたとしても、わたしはまだ免許を取れる年にはなっていなかった。軍に招集されるまで、まだ一年もあった。一日中いまいましいスレートを削っている以外に、わたしにもなにかできることがあるかもしれない。ジンジャーならなにか考えがあるだろう。訊いてみようと決めた。

なかなか会えなくなっていたから、彼女が丸一週間こちらに帰ってくるクリスマスをわたしは楽しみにしていた。

クリスマスの前の日曜日、わたしの家の玄関前の階段に立った彼女は鶏小屋のなかの孔雀を思わせた。灰色のコテージと灰色のスレートを背景にした、鮮やかな青色のコートに赤いウールのベレー帽のその姿は、灰色の世界に明るい色彩をぱっと散らしたかのようだった。彼女は部屋に駆けこんでくると、わたしの首に両手をまわした。

分別や良識はとたんにどこかに消え、彼女がどれほど美しいかということしか考えられなくなっていた。そんな彼女にキスされている自分が誇らしかった。

「ものすごくいいアイディアを思いついたの。あなたに話したくてたまらなかったのよ」彼女はわたしの首に腕をからませたまま言った。わたしを見つめるその目が輝いている。「トレフ。あなたに絵を描いてほしいの」

わたしは舞いあがった。これまで彼女がわたしの絵に興味を示したことは一度もなかったからだ。

「本当に？　クリスマスプレゼントにきみの絵を描いてほしいの？」

彼女はまた笑った。「違うわよ、ばかね。クリスマスよりもっといいもののこと」

「なにを言っているんだい？」

わたしの家族が近くにいないことを確かめるように、彼女はあたりを見回した。母は台所で賛美歌を歌いながら、芽キャベツの下ごしらえをしていたし、父は外にいて、卵を産ませるために飼い始めた雌鶏の世話をしていた。これまでのところ、あまりうまくいっているとはいえなかった。まだ三個しか卵は採れていない。ネズミが盗ったのだろうと父は考えていたし、雌鶏が役立たずで、餌代がかかるばかりだと母は考えていた。

「あたしたちが盗む絵よ」彼女は小声で言った。「あなたったら、捕まることをすごく心配していたでしょう？　あたし、素晴らしい答えを見つけたのよ。よく聞いてね。あなたは小屋から絵を盗み出すの。そうしたら額からはずして、シャツの下に隠す。絵を家に持って帰ってきて、複製画を描くのよ。そしてその絵を額に入れて、小屋に戻すの。そうすればだれも、あたしたちが本物を持っているなんて気づかないわ」

わたしは笑い始めた。

「なに？　なにがそんなにおかしいの？」

「きみだよ。専門家が、ぼくの絵と巨匠の絵の違いに気づかないとでも思うのかい？」

「あなたは上手よ、トレフ。見たことがあるもの。なんだって真似できる。絶対にできるわ」

「現代の画家ならなんとかなるかもしれないが、古典派の巨匠は無理だ」

「自分になにができるかなんて、やってみるまでわからないのよ。それにいまは、行動を起こすのにうってつけだわ。あたしは家に一週間いるし、だれもが浮かれた気分になって、いつもよりたくさんお酒を飲むでしょうからね」彼女はソファに腰をおろし、ここに座れというように隣を叩いた。「よく聞いてね。明日、あたしは鉱山であなたを待っているから、どの人が警備員なのかを教えてちょうだい。そうすれば次に会ったとき、その人だってわかるから。次の日の朝、あなたは早めに仕事に行くの。あたしは彼を引き留めておくから、あなたはそのあいだに小屋のうしろに隠れるのよ。

時間があれば、絵を盗み出して隠しておいて」

わたしは全身を震わせていた。母は賛美歌を歌うのをやめている。わたしたちの計画を世界中に聞かれているような気がした。わたしはドアに目を向けた。「できないよ、ジンジャー。とても無理だ。捕まったらどうなるか考えてみてくれ。きみはいいよ、捕まらないんだから。でもぼくは刑務所に行くことになる。家族がどうなるか――そんなことはできない」

彼女が頭をのけぞらせると、金色の巻き毛がふわりと揺れた。「捕まるのはばかな人だけよ」わたしの腕をつかみ、痛いくらいに握りしめた。「あなたは機転を利かせることを覚えないとだめよ、トレフォー・トーマス。もし捕まったら、小屋を建てるときにカフスボタンをなくしたみたいなので、捜していたって言えばいいのよ」

「絵を持っているときに捕まったら？　なんて説明するんだ？」

彼女はまた笑った。「簡単よ。試してみただけだって言えばいいの――盗むのがどれほど簡単かを証明しようとしたんだって。管理人に返すつもりだったって」

「きみは全部考えているんだね」

「言ったでしょう。あたしはなんであれ、必要だと思ったことはするの。あなたはただ、わたしのためになんでもする気持ちになればいいだけよ。約束したとおりに」

それは、驚くほど簡単だった！　クリスマスイブの朝、わたしは家族がまだ朝食を終えていないうちに家を出た。

「なにをそんなに急いでいるんだ、トレフォー。待たないか。おれはまだトーストが一枚残っているんだ」わたしが帽子とスカーフを身に着けるのを見て、父が言った。

「今日は早く行きたいんだ」わたしは答えた。

「おまえもようやく熱心に働く気になったようで、うれしいよ」母が言った。

「そんなことをしても無駄だぞ。今夜は早く帰らせてくれるわけじゃないんだからな。早く行ったからといって、クリスマスが早く来るわけじゃない」父は自分の冗談に笑った。

「今朝はひとりで歩きたい気分なんだ」わたしはそう言いながら、恥ずかしさに顔が熱くなるのを感じた。

「この子は、あのふしだらな娘に会いたいんだよ」母はエプロンを撫でつけた。不満があるときの仕草だ。ブライナイの人間はだれもが、自由すぎて尻が軽いというジンジャーの評判を知っていた。

「少しくらい楽しませてやれ」父が言った。「じきに一七になるんだ。あとどれくらい時間が残されているのかは、だれにもわからん」

ふたりが目と目を見かわした。わたしはそれを機に、家を走り出た。

鉱山の外で待っていると笛が鳴り響き、窓の格子が開いた。そこでサインをするのだ。わたしは、ゲートの脇に立つジンジャーの前を通り過ぎた。彼女は短いプリーツスカートをはいていた。風を受けてひらひらとめくれあがるので、最年長の鉱夫ですら足を止めてじっと眺めている。彼女が自分の役割を十分に果たしているのがよくわかった。

わたしはサインをすると、全速力で階段を駆けおりた。ほかの鉱夫たちはエレベーターを待っていたので、階段を使っているのはわたしひとりだった。大きな洞窟のある階までやってくると、あたりを見回してから一番近くにある小屋を目指して走った。そこまで行けば、奥の小屋にたどり着くのは簡単だ。シャツの下からのみを取り出し、厚板のあいだに差しこんでこじ開けた。それほど力を入れることもなく、板がはずれた。その板をもぎ取り、小屋のなかに入った。

そこは違うにおいがした。おそらく、小屋のなかは暖かく保たれていたからだろう。けれどそこに置かれている絵のせいで、古くてかび臭いにおいに感じられた――あたかも、だれかがそこで長いあいだ暮らしていたかのように。心臓があまりに激しく打っていたので、息をするのが苦しいくらいだった。いたるところに梱包された絵があった。なかにはとても大きいものもある。一番小さなものでなくてはいけない。大きいものだと複製画を作るのに時間がかかりすぎるし、シャツの下に隠しておくことができないからだ。数分しか時間がないことはわかっていた。隅に積まれていたもののなかから一番小さな絵をつかみ、急いで小屋の外に出た。厚板をそっと元の位置に戻した。きちんとはまってはいなかったが、懐中電灯で照らさない限り、気づかれないだろう。洞窟の奥にある小屋の裏側はかなり暗かった。

時間をかけすぎて、捕まっては意味がない。わたしは絵の包みを、最初のトンネルにあるスレートの山のうしろに立てかけた。あとは、チャンスが訪れたときに取りにくればいい。

この日のわたしはついていたらしい。午後になると、鉱山の管理人であるミスター・アーサー・ジェンキンズから、全員にオフィスでシェリーとミンス・パイを振舞うというメッセージが届いた。わたしが警備員の椅子の前を通りかかったところで、仲間のひとりが彼の背中を叩いて言った。「ほら、おれたちと一緒に行こうぜ、アラン。あんたも呼ばれているんだ」

「いや、ありがたいがやめておくよ」警備員が言った。

「クリスマスじゃないか。あんたも楽しまないと。行こうぜ——オフィスは入口からすぐのところにあるんだ。いったいだれがあんなでかい絵を持って、おれたちの前を通っていくっていうんだ？」

警備員は笑いながら、彼と一緒に階段をあがり始めた。わたしはそのチャンスを逃さなかった。暗がりに身を潜めて待った。全員がいなくなったところで、隠してあった絵のところに行き、梱包をほどき始めた。厳重に梱包されていた。木の枠をはずすと、柔らかい布でくるまれているのがわかった。ほのかな明かりに、金の額縁が光った。わたしは懐中電灯を取り出し、絵を照らした。「なんてこった」わたしが選んだのはレンブラントだった！

わたしは専門家ではないが、これだけははっきり言える。レンブラントは自分のなすべきことを心得ていた。わたしは不可能な課題を自分に与えてしまったようだ。この絵を複製するなど、とても無理だ。ともあれ、それほど労力を必要とすることもなく額縁から絵ははずれ、わたしはそれを柔らかな布に包んで丸めるとシャツの下に潜ませ、だれにもとがめられることなく家路についた。

その夜、ジンジャーと散歩に出たわたしは街灯の下でその絵を見せた。

「ずいぶん暗くてどんよりした絵じゃない？　なにかもっと明るいものはなかったの？」

「ジンジャー！　これは最高の画家のひとりが描いた絵なんだよ。レンブラントは巨匠だってミスター・ヒューズは言っていた。彼の作品が全部載っている画集を貸してくれたことがあるんだ。いつかこんな風に描けるようになったら、ぼくは成功するだろうって言っていた」

「それじゃあ、これは価値があるのね？」彼女は半信半疑だった。

「価値？　何千、何万ポンドもするよ」

「それじゃあ、あたしたちはお金持ち？」

「まずはぼくが複製画を描かなきゃいけない。それから戦争が終わらなきゃいけないし、これを売らなきゃいけない。そういう細々したことはあるけれど、ぼくたちは金持ちになれるよ」

彼女は声をあげて笑い、わたしの首に腕をからませた。「素晴らしいわたしのトレフォー。あなたが誇らしいわ。複製画を描くのにどれくらいかかると思う？」

「描けるかどうかはわからないよ。ぼくはそれほどうまくない」

「やってみるのよ。そうするって心に決めれば、なんだって描けるわ」ジンジャーはわたしの頬にそっと唇を寄せてから、体をぎゅっと押しつけた。「荒れ地が寒いのが残念ね。あたしたち、長いあいだしていないわよね、トレフ？　あなたもあたしと同じくらい、そのことを考えていたんでしょう？」

わたしがどれほど考えていたことか！　どこかいい場所はないかと思いめぐらせたが、どこも店が閉まる前に最後の買い物をする人たちでいっぱいだった。

「礼拝堂があるわ」彼女が言い、自分の邪悪さにくすくす笑った。

「きみは悪い女だよ。知っていた？」わたしは彼女の頬に鼻をこすりつけた。

「それなら、鉱山に行かなきゃいけないわね。崖の下の岩のあいだなら、それほど風は強くないわ。それにあなたのたっぷりしたジャケットを敷けばいいし」

そういうわけでわたしたちは鉱山に向かった。彼女の言うとおりだった。少しも寒いとは感じなかった。

20

火曜日の朝は、のんびりと列車に乗りたいようなお天気ではなかったが、今日を逃せばチャンスはないとエヴァンにはわかっていた。グラントリー・スミスの死の二日前の事故は偶然ではなかったかもしれないと、ワトキンス巡査部長とヒューズ警部補もいずれ考え始めるだろう。エドワード・フェラーズを逮捕するさらなる理由が欲しければ、なおさらだ。

息を呑むほどの激しい雨のなか、エヴァンは駐車場を横断して人気（ひとけ）のないポルスマドグの駅に向かった。こういう天気の日のいいところは、駅の係員に時間がたっぷりあることだ。年配の運転手は、ほかの係員とカフェテリアで紅茶を飲んでいた。

「ああ、見たいのならどの車両だったかを見せてやれるよ」彼が言った。

「教えてくれるだけで大丈夫です」エヴァンは言った。「なにもふたりして濡れることはありませんよ」

「わしは慣れているんだよ」老人はにやりとした。「髪がすっかり流されてしまうまで、七〇年ものあいだ頭に雨を受けていたんだからな」彼は禿げた頭を撫でながら、声をあげて笑った。「それに、水も滴るいい男っていうじゃないか。女性たちがうっとりするかもしれない」

彼は帽子とマントを身に着けると、エヴァンと一緒に嵐のなかへと歩み出た。「よかったじゃないか」風に負けじと声を張りあげる。「数週間前、農夫たちは雨が降らないと嘆いていたからな。じきにそんなことは言わなくなると、わしにはわかっていたんだ」

ふたりはプラットフォームの端まで歩いていき、数台の車両が止められている狭軌鉄道の線路におりた。「わしの記憶が正しければ、こいつのはずだ」運転手は茶色とクリーム色の車両を示した。「あの男性が落ちたのは、うしろからふたつめのドアだった」そう言うと、期待をこめたまなざしをエヴァンに向けた。「あんたのことは覚えている――このあいだも、その男のことを尋ねに来た。なにも問題はないんだろう？あれはただの事故だったんだろう？」

「ただ確認しているだけです」エヴァンは答えた。

エヴァンはすぐうしろに老人を従えながら、線路の上を車両まで歩いた。掛け金を軽く揺すり、それから押してみた。古いタイプの掛け金で、横に動かしながら開けるようになっている。確かにいくらか甘くなっているようだ。何度か開けたり閉めたりを繰り返してみた。最後に試したときには、きちんと閉まらなかった。

「ほらね」老人が言った。「なにも不審なことなどないさ。この車両はわしより年寄りなんだ。いままでこんな事故がなかったことのほうが驚きだ。若いやつらがなにをしでかすかをあんたにも見せたいよ。あたりかまわず殴りつけたりするんだからな。この列車はサッカーの試合に行くところだと思うに違いないよ」

「でも彼は酔ってはいませんでしたよ。まともな男でした」エヴァンは言った。

「だが身を乗り出していたんだろう？　このドアは古い。寄りかかっていいようなものじゃないんだ。注意書きにはなんて書いてある？　〝窓から頭を出さないでください〟その男は字が読めたんだろう？」

「写真を撮ろうとして身を乗り出していたんです」

「乗り出しすぎだ。落ちる寸前のところを見たよ。自業自得だと思うね」

エヴァンは小さな車両に乗りこんだ。本物の列車そっくりだが、サイズが小さいので、頭をかがめなくてはならなかった。あたりを探してみたが、なにも見つからなかった。なにを探しているのか自分でもわかっていなかったし、どちらにしろあのあと床を掃除しているはずだ。それでも、なにかをしているという気分にはなれた。窓を開け、グラントリーがしたように身を乗り出してみた。窓はエヴァンの大きな体ですっかり埋まった。グラントリーもこんな感じだっただろうから、エドワードが掛け金をはずすのはかなり難しかったはずだ。それにもちろん、エドワードがそんなことをしていればグラントリーは気づいただろう。

つまり、ここまで来たのは意味がなかったということだ。

「なにもありませんね」エヴァンは老人の横に飛びおりた。

「なにがあると思ったんだ？　座席の下にテロリストが隠れているとでも？」老人はまた笑った。「こうしよう。あんたはとても熱心だから、半時間後にわしが運転する列車に乗るといい。客がいてもいなくても、山をのぼることになっているんだ。小屋に閉じこめられた古いエンジンは調子が悪くなるし、途中で待っている人間がいるかもしれないからな——まあ、まずそんなことはないが。近頃はだれもが車を持っているからな」

エヴァンは笑みを浮かべた。「わかりました、一緒に行きます。彼が落ちた場所を教えてください」

「もちろんだとも」老人は応じた。憂鬱な一日のいい刺激になっているようだ。これから数週間、彼は地元のパブで警察の手助けをしたことを自慢するのだろう。

ふたりはカフェテリアに戻ってもう一杯紅茶を飲んだ。それから老人は小型の蒸気エンジンを始動させ、分岐線に入れて車両につなぎ、エヴァンを隣に乗せた。エヴァンは列車が大好きな少年だったことはないが、老いた運転手が金属の塊に命を吹きこんで火を吐く怪物に変えていく様を彼の背後から眺めるのは、確かにまたとない経験だった。

「ほかのやつらは、こんな日には来ないんだ」彼は言った。「だがわしはいつでもここにいる。雨の日も晴れの日も。わしを追い払うことはできんよ。このエンジンはわしの人生なんだ」彼がノブを回すと、シューと音を立てて充分な蒸気が抜けた。

「雨の日はほかの人たちは来ないんですか？」

「来る必要はないだろう？　わしらはみんなボランティアなんだから」

「それは知りませんでした」

「そうなんだよ。みんなボランティアだ——この古い機械を動かすために時間を割いている。好きでしていることだと言っていいだろうな」

エヴァンは感心して彼を見つめた。七〇歳を超えて、これだけの情熱を持てるのは素晴らしい。列車は駅を出て、河口にかかる細い橋を渡り始めた。普段は穏やかな水面は風で波立ち、運転室にしぶきが飛んできた。河口の向こう側は薄暗いオークの林で、その先はのぼりになっている。傾斜が急になると、老人は慎重にエンジンを操作した。やがて列車は、右手に険しい崖を見おろしながら、山腹をのぼり始めた。トンネルを抜け、橋を渡り、踏切を渡るときにはエヴァンに警笛を鳴らさせてくれた。人の姿のない小さな駅をいくつか通り過ぎた。かなり高くまでのぼってきた。まわりで渦巻く雲は時折途切れて、河口の灰色の水やはるか眼下のミニチュアのようなコテージをのぞかせた。

列車が速度を落とし始めた。「もうすぐ問題の場所だ」老人が叫んだ。「あんたが飛び降りられるように速度を落とす。その必要がないかぎり、完全に止まりたくはないんだ。このあたりは、また動かし始めるのに最適の場所とは言えないんでね」

エヴァンはうなずき、車両のステップへと移動した。

「帰りに拾ってほしいかね？」運転手が尋ねた。

「ええ、お願いします」

「だいたい一時間後だ。来たことがわかるように、警笛を鳴らすよ」

シューという音とブレーキのきしむ音と共に、列車は速度を落とした。エヴァンは一番下のステップに立った。

「さあ、そこだ」老人が叫んだ。「あの木が彼を救ったんだ」

列車はほぼ停止するくらいまで速度を落としていた。エヴァンがステップをおりると、列車は何度か煙を吐き出してから再び速度をあげて、トンネルに消えていった。エヴァンは風が吹きつける斜面にひとりで立ち、自分はいったいここでなにをしているのだろうと自問した。ここになにがあると思っていたのだろう？　あたりを見まわした。すぐにわかったことがひとつある。列車からだれかを突き落とそうと考えていたなら、ここはまさにうってつけの場所だ。傾斜はここまでで一番急だ――長く険しい斜面が、はるか眼下の岩の上をすさまじい勢いで流れる急流まで続いている。そのうえ線路は斜面ぎりぎりのところを走っているので、列車から落ちた人間がその場にとどまるだけの空間はない。そのまま転がり、どっしりしたオークの木に引っかからなければ底まで落ち続けるだろう。

つまり、故意に行われたことだとエヴァンは考えた。だがどうやってそれを証明できるだろう？　離れたところから開けられるように掛け金に紐をくりつけることはできない。エドワードが掛け金を開けるためには、グラントリーの体ごしに手を伸ばさなければならない。とても不可能だ。

エヴァンは大きなオークの木まで、雨に濡れた芝生の斜面を慎重におりていき、あたりを眺め、それから再びのぼり始めた。「今度は失敗したようだぞ」エヴァンは声に出して言った。「まったくばかなことをした。彼が戻ってくるまで、ここで一時間も待たなきゃならない。ずぶ濡れになるし、おまけに風邪をひくかもしれない」

両手で体を支えながら線路のある場所までのぼっていると、溶滓のあいだになにか黄色いものがあることに気づいた。花が咲くには遅い時期だ。溶滓をどけると、紙切れがあった。約三センチ四方の正方形にきちんと畳まれている。もちろんぐっしょり濡れていた。なにか書いてあるかもしれないと思いながら、慎重に開いてみた。なにも書かれていない。罫線の入ったごく当たり前の黄色い紙だ。エヴァンは手にしたその紙をじっと見つめた。窓から捨てたのなら、どうしてこんなにきれいに折り畳んであるんだ？

ある光景が脳裏に浮かんできた——撮影現場の脇で、黄色いメモ帳になにかを書きつけているハワード・バウアー。彼はどこに行くにもその黄色いメモ帳と一緒だった。ここに落ちていたのは、きっとただの偶然だろう。ハワードはグラントリーの落下とは無関係のはずだ。彼は同じ車両には乗っていなかった。隣のドアは離れすぎていて、グラントリーの落ちたドアの取っ手をつかむことはできない。線路脇に落ちていたきれいに畳まれた黄色い紙には、ごくありふれた理由があるはずだ。おそらく、ハワードは膝の上に黄色いメモ帳を置いて座っていた。一枚破り、なにかを書き始めたが気が変わったので、あとでゴミ箱に捨てるために折り畳んだのだろう。几帳面な人間のやりそうなことだ。ハワードはそれほど几帳面だっただろうか？　わからなかった。ハワードがグラントリー・スミスを列車から突き落としたがる理由も思いつかない。

　風がさらに強さを増してきたので、エヴァンは崖から離れた。レインコートで膝をくるんで張り出した岩の下に座り、考えた。列車が戻ってくるまでの長い一時間で、黄色い紙がなにに使われたのか、おおいに可能性のありそうな答えを考えついていた。

クリスマスの朝、目覚めてみると、ベッドの脇にストッキングがあった。新しい手袋とオレンジとネズミの形の砂糖菓子が入っていた。わたしは母のためにウールワースでスズランの香水を買い、父には一九四一年用の日記を買った。父は毎日の出来事を記すのが好きだった。父の毎日は同じことの繰り返しだったが。

朝食にミンス・パイを食べ、それから礼拝堂に行った。硬くて冷たい信者席に座っていると、神さまの目に魂を見つめられているような気がした。わたしは地獄に落ちるのだと確信していた。クリスマスの前日に、ふたつの大きな戒律を破ったのだ――正確に言えば、姦淫したわけではなかったが。罪悪感があまりにも大きすぎて、『天には栄え』を一緒に歌うことができなかった。

家に帰る途中で雪が降り始め、クリスマスらしいいい感じになってきた。わたしは両親と別れ、プレゼントを持ってジンジャーの家へと駆けていった。スカーフには大金をはたいた。彼女は笑みを浮かべ、気に入ったと言ってくれたけれど、指輪を期待していたのだと言った――じゃあ、来年ね?

わたしが鉱山でどれくらい稼いでいると彼女が思っていたのかは知らない。彼女が欲しがっているような指輪が買えるほどではなかった。彼女はハリウッドのスターたちの写真がたくさん載っている、『ピクチャー・ポスト』誌の年鑑をくれた。あるページにはフレッドとジンジャーの写真もあって、彼女は〝フレッド〟という言葉を消して、代わりに〝トレフ〟と書いていた。わたしのほうが彼よりもずっと見栄えがいいと思った。それに髪だってたくさんある！

ディナーはチキンだった――産んだ卵の数が一番少ないと父が考えた雌鶏だ。七面鳥はこの世から姿を消していた。母のプラム・プディングはそれほど悪くなかった。薬用に置いてあったブランデーの残りを使ったのだと、母は打ち明けた。

わたしたちは暖炉を囲んで座り、ラジオで国王のメッセージを聞いた。全員が協力してこの暗い時期を乗り越えようというくだらない話以外、いい知らせはなにもなかった。いつも彼らが言っていることばかりだ。いまが暗い時期で、みんなが協力しなければならないことをわたしたちが知らないみたいに。

クリスマス・ディナーを終えると、両親は暖炉の前の椅子に座ったまうとうとし始めた。わたしはこっそり二階にあがり、絵の具を取り出した。待っていても仕方がない。いますぐに、あの絵に取りかからなくてはならなかった。見るたびに、わたしには無理だと思えたが、それでもやってみるとジンジャーに約束したのだ。

けれど、下塗りを始めたところで、母が階段を勢いよくあがってきた。「あんたはまた家のなかで、あの臭い絵の具を使っているの、トレフォー・トーマス？　言ったじゃないか。絵を描くなら外でやれって」

「でも母さん、外はすごく寒いし、今日はどうしても描きたいものがあるんだ――ジンジャーへのクリスマスプレゼントなんだよ」

「あの子にプレゼントしたいなら、布屋のミスター・ジョーンズのところに行って、一番いいフランネルを一、二ヤード買ってくるんだね。あの子はそれで、ちゃんとした長さのスカートを作ればいいんだよ」なにも言い返せなかった。描くのをやめるほかはなかった。

それから数週間、わたしは神経をぴりぴりさせていた。鉱山にいる昼間は、不法侵入があったという話が聞こえてくるのではないかと思ったし、夜になれば、わたしを捕まえにきた警察が玄関のドアをノックする音が聞こえる気がした。けれど数週間が過ぎてもなにも起こらず、わたしは肩の力を抜き始めた。警備が杜撰なのは確かなようだ。その気になれば、もっとたくさんの絵を盗むこともできただろう。

実のところ、もう一度あの小屋に行き、違う絵を盗んでこようという誘惑にかられていたのは事実だ。わたしが選んだのは、ナショナル・ギャラリーのなかでも複製するにはもっとも難しい絵だったに違いない。ジンジャーが言ったとおり、あの絵は暗くてどんよりしていたけれど、あの陰鬱さにはそれなりの形と質感があって、描かれている人物は暗さの一部になっていた。わたしのパレットには、あの暗さを表現できるだけの絵の具すらなかった。すべてはレンブラントの頭のなかにあったのだろうと思う。

それでもわたしは、空き時間のすべてを使って描き続けた。両親が礼拝堂の会合に出かけたときは、自分の部屋で描いた。においをごまかすために窓を開け、ずっと煙草を吸い続けた。少しずつ、少しずつ、複製画らしいものが形になってきた――もちろん、原画には及びもつかなかったけれど、なにを描いたのかはわかるくらいになっていた。

そして三月、ようやく完成した。わたしはその絵を外に持って出て、明るいところで眺めた。せいぜい、複製画として通用する程度にすぎなかったが、ジンジャーはおおいに感心した。

「本物そっくりだわ、トレフ。本当に素敵。あなたが誇らしい。いつかハリウッドに行ったら、あたしの家の壁にあなたに絵を描いてもらうわ。きっとみんながあなたの絵を欲しがるのよ。映画スターのあたし以上に、あなたは画家として有名になるかもしれない」

わたしは笑った。「やめてくれよ。ありえないよ」

彼女は踊り始めた。「でもこれで、ここを出ていく切符が手に入ったのよ。そうでしょう？　あとは、このばかげた戦争が終わるのを待つだけ。そうしたらあたしたちは、この地におさらばするんだわ」

けれどばかげた戦争は終わる気配を見せなかった。ラジオのニュースは悪いことばかりだった。いくつもの町が爆撃され、ロンドンの波止場が火に包まれ、わたしたちの軍隊はアフリカの砂漠でロンメルと戦っていた。悪い知らせを告げる電報が次々とブライナイに届いた。わたしの番が近づいていた。わたしは考えないようにしていた。あの絵のことや、複製画が見つかったときに起きるだろう騒ぎについては考えないようにしていた。一日中、軍人たちと一緒にいるジンジャーのことは考えないようにしていた。問題は、わたしはほぼずっと暗い鉱山でひとりで働いていたということで、あそこでは考える以外になにもすることがなかった。

21

雲に覆われた岩山や見えない谷に甲高い警笛の音を響かせながら列車が戻ってきたときには、雨はいくらかましになっていた。エヴァンは運転手のうしろに立ち、座席をぼろぼろに引き裂いたり、愛してやまない機関車のきれいに磨きあげた車体にイニシャルを刻もうとしたりするフーリガンや日帰り客について彼が延々と語り続ける話に、ポルスマドグに帰りつくまで辛抱強く耳を傾けていた。

列車がようやく止まると、老人はエヴァンと握手を交わしながら言った。「あんたが来てくれて、いい気晴らしになったよ。無駄足だったのなら残念だったが、わしは楽しかった。何度も言ったが――あの男は、カーブを曲がるときに身を乗り出しすぎたんだよ。命があって運がよかった。これまでもカメラやハンドバッグや子供の人形なんかがよく落ちたもんだが、たいていは三〇〇メートルの崖の下だからな」

その後のグラントリーがそれほど運がよくなかったことは、言わないでおこうと決めた。老人がカフェテリアに戻るのを待って、車両で仮説のテストをした。思ったとおりの結果になった。

駐車場を自分の車に向かって歩きながら、様々なことを考えた。ハワード・バウアーが本当にグラントリーの死を画策したのだとしたら――どうしてそんなことをしたのだろう？　グラントリーとハワードはそれほど互いのことを知らないはずだ。グラントリーは、映画業界のことをよく知りたくてハワードのインターンになった。ハワードは好意でグラントリーの映画の監督をすることに同意した。このストーリーにはどこかおかしなところがあったが、それをどうすれば探り出せるのか、エヴァンにはわからなかった。ハワードとグラントリーは、それとは違うつながりがあったのだろうか？　ふたりは実は親密な関係で、それがうまくいかなくなった？　だがハワードは何度か結婚歴があると言っていたし、扶養手当のことで文句を口にしていた。ゲイの男性が結婚することはあるだろうが、何度も繰り返すだろうか？　それとも薬物に関係があるとか？　グラントリーが死んだのは薬物の過剰摂取なのかとハワードは尋ねた。グラントリーがなにかの薬物を乱用していると考えていたのだろうか？　彼自身が麻薬の売人や常習者と関係があるとか？

エヴァンは首を振った。この件をさらに調べ続けようとすれば、面倒なことになるだけだ。折り畳んだ紙はワトキンス巡査部長に渡して、彼に捜査を続けてもらい、エヴァンは村とミセス・パウエル＝ジョーンズのところに戻るのだ。

くそっ。エヴァンは乱暴に車のドアを閉めた。

「おまえは自分を哀れんでいるんだろう?」声に出して言ってみた。「天気のせいだ。重要なのは、犯人を見つけることだ。だれが見つけるかなんて、どうでもいいんだ」

エヴァンは自分を叱りつけながら駐車場から車を出し、ポルスマドグの中心部に向かった。雨のせいで、大通りに普段のにぎわいはない。ビニールのレインコートを着て頭にスカーフを巻き、買い物袋を手にした女性たちが通りを駆け抜け、次の店で雨宿りをしている。嫌がっている子供たちの手を無理やり引っ張っている者もいた。不意に郵便局から人影が現われたかと思うと、ジャケットの襟を立て、ベレー帽をしっかりとかぶり直してから、嵐のなかに歩み出た。

エヴァンは一瞬たりともためらうことなく縁石に車を寄せ、窓を開けた。「こんにちは、ハワード。どこかに行くんですか? 乗っていきますか?」

エヴァンに気づいて、ハワード・バウアーの顔がぱっと明るくなった。「村まで帰るところですか? ああ、わたしは運がいい。バスを待たなきゃいけないかと思っていたんですよ」

ハワードは助手席のドアを開けて、乗りこんだ。「ひどい天気ですね。こんな日がよくあるんですか?」

「たいていはこうですよ」エヴァンは笑いながら、ギアを入れた。「それで、ポルスマドグでなにをしていたんです？」

「ホテルに閉じこめられて、頭がどうかなりそうだったんですよ」ハワードが言った。「いや、あそこはいいところですよ、あの〈エヴェレスト・イン〉は。でも活気がない——遺体安置所みたいだ。だからベルボーイがポルスマドグに行くと聞いて、乗せてくれるように頼んだんです。でも、ここもなにもありませんね」

「なにがあると思っていたんです？」エヴァンは尋ねた。

「わかりません。映画館？　インターネット・カフェ？」

「映画館ならバンガーとコルウィン・ベイにありますよ。ですが北ウェールズにはインターネット・カフェは一軒もないと思います」

「それは残念だ。わたしの通信機器がどういうわけかつながらないんですよ。ここに来てからというもの、eメールができないんです。外の世界とつながっていないと、頭がどうかなりそうですよ」彼はエヴァンを見た。「こんななにもないところに閉じこめられて、よく我慢できますね？」

「大体において、ぼくは満足していますよ」エヴァンは答えた。「閉じこめられているようには感じません。感じるとしても、ごくたまにですかね」

ハワードは首を振った。「わたしはL．A．で暮らすタイプの男なんですよ。車と自由がなければ途方にくれてしまう。わたしたちはあとどれくらいここにいないといけないんでしょう？　こんないまいましいプロジェクトはさっさとやめにして、家に帰りたいですよ。そもそもこれはグラントリーのアイディアだったんだ。わたしのじゃない」

「あなたが容疑者でなくなれば、帰れると思いますよ」エヴァンは、隣に座っている男の反応をうかがいながら言った。よく考えろと自分に言い聞かせる。もしも隣にいるのが人を殺した男だとしたら、エヴァンは明らかに不利だ。両手はハンドルでふさがっているし、曲がりくねった道を運転しなくてはならない。それにもし彼が本当にグラントリーを殺したのだとしたら、かなり力が強いということだ。

エヴァンはハワードの手をちらりと見た。芸術家らしい長くて白い指をしている。小指には印章指輪。爪はきれいに整えられている。これが人を絞め殺した男の手だろうか？　エヴァンはあえて、深々と息を吸った。落ち着け。いらないことを口にして、捜査を台無しにしてはいけない。けれど好奇心があふれそうになっていた。ハワード・バウアーという男は、どうも矛盾している。あの手は、アフリカの奥地で不自由な生活を楽しんだ男のものだろうか？　部族民の争いを題材にしたドキュメンタリーで有名になった男の手だろうか？

車は海岸沿いの最後の集落を過ぎて、グラスリン川が高い崖のあいだを流れている細い山道に入った。普段でも陰気な場所だが、オークの木から雨が滴り、岩壁に水が流れ落ちている今日は、いつも以上に物悲しい雰囲気をたたえていた。

「それであなたは今日、あそこでなにをしていたんですか？」ハワードは愛想よく尋ねた。「休日に買い物ですか？」

「いいえ、列車に乗りに行ったんですよ。ほら、山をのぼるあの小さな列車です。運転手がぼくの古い友人で、時々遊びに行くんです。とりわけ、今日みたいに客のいない日には。今日は喜んでくれましたよ。あの事故が起きた場所を見せてくれたんです——ほら、グラントリーが列車から落ちたじゃないですか。彼は運がよかったですよね？　あと数センチ右にずれていたら、死んでいた」

エヴァンはハワードに目を向けた。顔が青くなっている。「ええ。とても運がよかった」

「友人の運転手は、あの事故にはどこか怪しいところがあると考えているんですよ。これまであんなふうにドアが突然開いたことはなかったんだそうです。でもぼくはそうは思いませんね。ああいった掛け金は、しっかり閉めないとちゃんとはまらないものがある——それにもしなにかがはさまっていたら——たとえば紙切れとか……」エヴァンはもう一度ハワードの顔を見た。「そういえば今日は、いつものメモ帳を持っていないんですね、ハワード。メモを取るのに必要ないんですか？　それとも全部使ってしまったとか？」

ハワード・バウアーは震えながら大きく息を吐いた。「ああ、神さま。あなたは知っているんですね？」

「なにをです？」

「グラントリーがあの列車から落ちたことについてです。本当にあんなことになるとは——ただのばかげた考えだったんです。どうしてあんなことをしたのか、自分でもわからない。うまくいくなんて思っていなかったのに、そのとおりになってしまった。彼はぬいぐるみみたいに飛び出していったんだ。ああ、神さま！」

車は陰鬱な山道を抜けた。ベズゲレルトの村が前方に見えてきた。エヴァンは呼吸が楽になるのを感じた。必要とあらば、助けを求めることができる。

「どうしてそんなことをしたんです、ハワード？」エヴァンは訊いた。

ハワード・バウアーは両手で顔を覆った。「逃すにはあまりにもったいない機会のように思えたんです。わかりません。わたしは頭がどうかしていたんだ。生まれてこのかた、人を傷つけたことなんて一度もないのに。彼を追い払うチャンスが目の前にあって、わたしはそれに飛びついてしまった。あれからずっと、不安でどうしようもなかった。あの瞬間が何度も何度も頭のなかで繰り返されて、気が狂うんじゃないかと思うくらいだった」

「どうしてグラントリーを追い払う必要があったんですか？」エヴァンは静かに尋ね

た。車はすでに村の中心部に差しかかっていて、頑丈そうな灰色の家と家のあいだのどっしりした石の橋をわたっているところだ。「薬物に関係のあることですか？　彼があなたに薬物を……？」

ハワードは笑って答えた。「薬物？　いや、違いますよ。わたしにはスコッチで十分だ。グラントリーは人をいらつかせるろくでなしだったというだけですよ。あなたも彼と会っていますよね。とにかく彼には悩まされていたんです。どうして彼のばかばかしい映画を手伝うなんて言ったのか、自分でもわかりませんよ。ここに着いた瞬間に、間違いだったと悟りました。そんなわけで、あのドアがきちんと閉まらないことに気づいたとき、ふと思いついたんです。あの列車から落ちれば、彼は怪我をして撮影は中止になる。そうすれば家に帰れると。だれもが機関車の写真を撮るのに夢中だったので、わたしは紙を折り畳んで掛け金がちゃんとかからないようにあいだにはさんだんです。それから隣の車両に移りました。うまくいくなんて、本当に考えていなかった。わたしはどうかしていたんです」

「でもうまくいった」エヴァンは言った。「彼は危うく死ぬところだった。彼が死ななかったので、がっかりしましたか？　やり遂げるために、鉱山まで彼のあとをつけたんですか？」

ハワードはぞっとしたような顔でエヴァンを見た。「わたしが？　わたしの仕業だと思っているんですか？　まさか。わたしは人を絞め殺すなんてことはできませんよ。暴力は嫌いだ。大嫌いです」

「でもあなたは暴力を題材にした有名な映画を撮っているじゃないですか」

「ええ。それはそうです。わたしは暴力は悪であることを見せたかったんです。命を破壊するのは恐ろしい行為だということを」

車は村を出て、再び山道をのぼり始めた。今度は山頂の分岐点を目指して、ナント・グウィナント・パスをのぼっていく。

「ぼくに理解できないのは、グラントリーに悩まされていたのなら、どうしてさっさと帰らなかったのかということです」エヴァンは言った。「契約を交わしていたとかじゃありませんよね？　好意でしていたことだとあなたは言った。彼にそれほどいらついていたのなら、そもそもどうして協力したんです？　それに、我慢できなくなったなら、さっさと帰ればよかったんじゃないんですか？」

「長い話なんです」ハワードが答えた。「わたしとグラントリーの複雑な関係のせいだとだけ言っておきます——彼の死とは関係のないことだと。そういうことにしておいてもらえませんか？」

「いまのところはいいでしょう」エヴァンは言った。つまるところ、ハワードとグラントリーの関係は、師と生徒という以上のものだったということらしい。今回の事件で、グラントリー・スミスと恋愛関係でなかった人間はいないのだろうか？

絵は完成したが、いくつか小さな問題が残っていた。額縁に入れて、小屋に戻さなくてはならない。本物の絵を隠す安全な場所も見つけなくてはならなかった。鉱山のスレートの山のなかに隠そうと思ったが、時々起こる鉄砲水で傷んでしまうのが怖かった。家に隠すのも気が進まない。母は人の部屋をこっそり調べるのが好きだ。マットレスの下に隠してあったピンナップ雑誌を見つけられたことがあるくらいだ。例によってジンジャーが素晴らしいアイディアをくれた。「あなたの部屋の壁に飾っておけば？　いまでもたくさんあるんだから、だれも気づかないわ。それに手元にあるうちは、あなただってそれを見て楽しめるし」

いい考えのように思えた。わたしはウールワースで安い額縁を買って盗んだ本物の絵を入れ、雑誌から破り取ったターナーの絵と、慈善バザーで二シリングと六ペンスで手に入れたフランス・ハルスの絵のあいだに飾った。

けれどそこに飾った絵は、わたしを苦しめた。自分がしたことの重大さに押しつぶされそうになった。いつでもそうしようと思えば、元に戻せるのだと自分に言い聞かせた。良心の痛みに耐えられなくなったら、この絵を戻して複製画のほうを手元に置いておけばいい。ジンジャーに違いはわからないはずだ。誤解しないでほしい。わたしは彼女と同じくらい、ブライナイを出てハリウッドに行きたいと思っていた。なにより彼女と一緒にいたかった。彼女が大スターになったとき、その恩恵を受けたかった。ハリウッドにいる自分の姿を想像しようとした。お洒落なスイミングプールでくつろいでいるところを。彼女ならなんの問題もなく想像できた。けれどそこにわたしはいない。ありえないことに思えた。それがたとえ想像のなかであっても。

世の中は計画通りにはいかないものという言葉を聞いたことがあると思う。警備は手薄だし、天気のいい申し分のない日が来るのを待って、複製画を小屋に戻そうというのが、わたしの計画だった。けれど複製画を戻す前に、鉱山の管理人がわたしたち全員をオフィスに集めて言った。「残念だが悪い知らせがある。鉱山は閉鎖する」

全員が息を呑み、そして沈黙が広がった。理由を尋ねるだけの度胸のある者はいなかった。管理人は気の毒そうにわたしたちを見つめた。「今朝、鉱山のオーナーたちから指示があった。政府の命令だそうだ。戦争のあいだ、スレートはたいして必要ではないだろう？　新しい家を建てることはあまりない。壊されるばかりだからな。なので政府は、戦争に必要とされるところにおまえたちを送ることにしたわけだ――ロンザでは鉱夫が足りないんだ」

「石炭？」わたしのうしろでだれかが声をあげた。「おれたちに、あの汚らしいものを掘れと？　肺に入りこむんだぞ」

「それに危険だ」別の男が言った。「炭鉱ではしょっちゅう崩落が起きているんだぞ」

「それにあいつらはみんな南ウェールズ出身だ」三人めが反論した。「あそこのやつらはウェールズ語がひとことも話せないっていうじゃないか。それに体も洗わないらしい」

管理人は両手をあげた。「落ち着いてくれ。文句を言っても無駄だ。おれにもどうすることもできないんだ。おれはこの鉱山を閉鎖するように命令されているし、おまえたちはロンザで働くようにと指示が出されている。これ以上おれに言えることはない。おれたちはみんな、戦争に勝つために自分にできることをするしかないんだ。そうだろう？」

「あいつはいまいましい炭鉱に行くわけじゃないからな」だれかが背後でつぶやくのが聞こえた。

「そういうわけだから、現場に置いてある道具を取ってきてくれ。そうしたらここは閉める」管理人が言った。「幸運を祈るよ。北ウェールズのために、できるだけのことをしてくれ」

男たちはぶつぶつ文句を言いながら散っていった。わたしは炭鉱に行かされることすら考えられずにいた。パニックを起こしていた。まだ複製画を小屋に戻していなかったからだ。もうチャンスはない。ナショナル・ギャラリーの人間が絵を回収しに来たら、一枚なくなっていることに気づくだろう。

ジンジャーがいてくれればと思ったが、彼女はもう何週間も週末の休みがなかった。人手が足りないのでふたり分働かなくてはならないし、週末は家族がいる女性を優先的に休みにしているのだと彼女は言った。その時点では、わたしは彼女を信じていた。

どうすればいいかわからなかった。わたしたちは道具を取ってきて、大きな鉄格子が閉められ、鉱山は閉鎖された。父はこの件に関しては冷静だった。

「こういうこともあるさ」

「でも父さん――家から遠く離れた炭鉱なんかで働きたくはないよね？」わたしは訊いた。

父はにやりと笑った。「おれは行かないんだよ。肺が悪いからな」

そんな話を聞いたことはなかった。わたしが怯えたような顔になったのを見て、父はまた笑った。「長年、スレートのほこりを吸っていたせいだ。こんな肺の人間を炭鉱には行かせないもんだ」

「それじゃあ、これからどうするの？」

「おれのことは心配いらない。なにか仕事を見つけるさ。埠頭や英国空軍（RAF）の基地で働いてもいいしな」父はわたしの肩を叩いた。「心配なのは、炭鉱で働くおまえのほうだ。

だがおまえもじきに一七になる。それまでなら、我慢できるだろう」

その週の後半、わたしの家で礼拝堂の会合があった。父は助祭になるのかもしれないと思った。我が家の居間に集まった男たちは、全員が鉱夫だった。もちろん、牧師を除いての話だ。そうなるだろうと思っていたとおり、話題は礼拝堂から、閉鎖された鉱山のことへと移っていった。わたしを含め、彼らのほとんどは南に行かされることになっていて、みんな不満を抱いていた。

「おれがこんなことを言う日がくるとは思わなかった」ホーウィ・ジェンキンズが言った。「ここを恋しく思うだろうだなんてな。忘れられないこともいくつかあったな」

「ロイド・ジョージが来たときのことを覚えているか?」別の男が言った。「あれは、おまえが生まれる前だったかな? まあ、特別な日だった。町の楽団が演奏したんだ。おれはいつものように、コルネットを吹いた」

「そしていつものように音をはずしたんだろう」とだれかが言い、大きな笑い声があがった。

「あれは一九二二年の火事の直前だったかな?」

「ああ、そうだ。首相が来たんだから、こんないまいましいところはもう燃やしてもいいんだって、みんなで冗談を言ったもんだ。これ以上望むことはないってな」

「鉱山で火事があったのか?」いくらか年が若い男たちのひとりが尋ねた。「ひどい火事だった？」

「ああ、そうだ」父が答えた。「本当に恐ろしかった。エレベーターのなかの機械が燃えたもんで、メインの階段が全部炎と煙に包まれた。裏口にたどりつけなかったら、おれたちみんな死んでいただろうな」

「そうだな」ホーウィ・ジェンキンズじいさんがうなずいた。

わたしは台所に座ってぼんやりと彼らの話に耳を傾けていたが、あわてて居間に向かった。

「いま話していた、鉱山の火事のことだけど」部屋に入っていったわたしに男たちが目を向けた。「裏口があるなんて、初めて聞いたよ」

「必要だったことなんてないだろう？」父が言った。「あれ以来、一度も使われたことはないと思うぞ。だがいまもあそこにあるはずだ」

「法律で決まっているんだと思う」だれかが言った。「鉱山には脱出ルートがなくちゃいけない。覚えておけよ、トレフォー・バッハ。ロンザに行ったら、まずはあのとんでもない場所からの逃げ道を見つけておくことだ」

「ここの鉱山にはまだ裏口があるってことだね？」わたしは熱心な口調になりすぎないようにしながら訊いた。「どこにあるんだい？」

男たちは裏口への行き方をくわしく教えてくれた。翌朝早く、わたしは鉱山に向かった。閉鎖されて静まりかえった鉱山を見るのは妙な気がした。外には当番の警備員がいたが、見張り小屋のなかでただ朝刊を読んでいるだけだった。わたしは教わった小道を見つけ、山へと入っていった。通路の先にドアがあったが、押してみると簡単に開いた。ここまではまだ手がまわっておらず、鍵をかけていなかったのだろう。狭く暗い階段を懐中電灯で照らした。鉱山で何年も働いてきたとはいえ、これは初めての経験だった。真っ暗闇のなかにひとりでいたことはない。階段は湿っていて、でこぼこしていた。わたしは一段ずつ、慎重におりた。万一転げ落ちたりしたら、何か月も見つけてはもらえないだろう。そこはひどく不気味だった。反響する自分の足音と見えない水たまりに時折落ちる水滴の音が聞こえるだけで、あとはなんの音もしない。わたしの心臓は一キロを一分で走ったみたいに激しく打っていた。これまで毎日のように数百段の階段をのぼりおりしてきたというのに、両脚がゼリーになったみたいに感じられて、壁に手を当てて体を支えなくてはならなかった。

ようやくのことで洞窟にたどり着いた。小さな懐中電灯は前方をほんの一メートルほど照らしているだけだったが、そこががらんとした広い場所であることは感じられた。自分の懐中電灯以外なんの明かりもない鉱山のなかがどんなものか、考えたこともなかった。小屋のある大きな洞窟をどうやって見つければいいのだろう？　帰る道はわかるだろうか？

その洞窟の向こう側まで進んでいくと、通路が口を開けていた。大きな通路だったから、どこか重要な場所につながっているに違いない。わたしはスレートのかけらを拾い、壁に線を書きながら歩いた。次の洞窟、そしてまた次の洞窟へと、線を書きながら歩き続けた。ついに前方に不気味な明かりが見えてきて、大きな洞窟に出た。メインの階段にランプがいくつか灯っている——絵を確認しに来るためだろう。ブーンというかすかな音が聞こえてわたしはぞくりとしたが、やがて小屋の暖房装置が動いているのだと気づいた。当然だろう？　ここはおそろしくじっとりしているし、寒いのだから。

わたしは以前のように警備員が椅子に座っていることを半分予期しながら、息を止めてあたりを見まわした。だがだれもいない。隠しておいた場所から額縁を取り出し、わたしの複製画を入れ、もう一度梱包した。元通りとはいかなかったが、それなりに包めたと思う。どちらにしろ、なかを見れば偽物であることがすぐにわかるのだ。そのときには自分がはるか遠くにいることを祈るほか、できることはなにもなかった。それから小屋の裏側の板をきちんとはめて、再び地上へと戻った。やり遂げた。わたしは初めて、自分を誇らしく感じていた。

22

〈エヴェレスト・イン〉でハワード・バウアーをおろし、再び車を発進させたときには、空は明るくなっていた。撮影チームのほかのメンバーは見当たらない。もっともだとエヴァンは思った。ヒューズ警部補から再び厳しい尋問を受けるかもしれないと思えば、だれでも比較的安全な自分の部屋にこもるだろう。そう考えたところで、エヴァンはいま脳裏をよぎった言葉を改めてつぶやいた。比較的安全？　彼らのなかに、話してくれた以上のことを知っている人間がいるのだろうか？　犯人についての心当たりがあるとか？　それ以上に不穏な考えが浮かんできた——彼らが協力してグラントリーを殺した？　グラントリーはそのためにウェールズにおびきだされた？

「ばかばかしい」エヴァンは声に出してつぶやき、自分のその声を聞いて苦笑した。捜査からはずされることの問題は、わずかな可能性にもすがりつこうとしてしまうことだ。

雲は途切れ始めていたが、時折思わせぶりにのぞく青空は、すぐにまた雲の向こうに隠れてしまう。明日はいい天気になるだろうとエヴァンは思った。それは、湖での仕事に戻ることを意味していた。明日には飛行機がようやく姿を現わすだろう。エヴァンが彼らを観察する最後の日になる。

坂道を車でくだっていると、ベテル礼拝堂の屋根に人影が見えた。チャーリー・ホプキンスが星を調整している――いや違う、より大きなものに交換している。つまり警察署の留守番電話には、ミセス・パウエル＝ジョーンズからのメッセージが待っているということだ。礼拝堂を過ぎたところで、交通指導員が停止の標識を振りながら出てきたので、ブレーキを踏んだ。数人の子供たちが道路を走って渡っていく。授業が終わったばかりらしい。エヴァンはブロンウェンの姿を探すことなく通り過ぎようとしたが、すでにゲートの脇で親たちと話をしている彼女が目に入っていた。挨拶代わりに片手をあげようとしたところで、ブロンウェンが彼に気づいてゲートを飛び出してきた。

「エヴァン、待って！」ブロンウェンが叫んだ。

エヴァンは窓を開けて待った。

「どこにいたの？　電話をしたのにあなたは署にいないし、本部にかけたら、なんだか横柄な女の人にあなたはこの事件の捜査には関わっていないって言われたのよ」

「彼女の言うとおりだ。ぼくは捜査には関わっていない」

「それじゃあ、まだ聞いていないのね？」

エヴァンは問いかけるように彼女を見た。

「エドワードが逮捕されたの。一度だけ電話をかけることが許されて、彼がわたしに電話してきたの。どうすればいいかわからないのよ、エヴァン。わたしはなにをすればいいの？」

「いい弁護士を頼むことだね」エヴァンはそう答えたあとで、自分の冷淡さが恥ずかしくなった。ドアを開けて言った。「乗って。警察署に行こう。ゆっくり考える必要がある」

ブロンウェンは運動場を振り返った。ほとんどだれもいない。年長の子供たちが数人、サッカーボールを蹴って遊んでいるだけだ。「校舎が開けっ放しなの。鍵を閉めてこないと。先に帰っていて。わたしもすぐに行くから」

「お湯をわかしておくよ」エヴァンが言うと、笑顔が返ってきた。

ケトルに水を入れてスイッチを入れてから、エヴァンはワトキンス巡査部長の携帯電話にかけた。

「エドワード・フェラーズを逮捕したんですね？　どんな証拠に基づいた判断なんです？」

「きみは彼の弁護士なのかい？　それに彼を逮捕したのはわたしじゃない——警部補

だよ。鉱山の入口の外に足跡があったんだ。フェラーズのブーツと一致した。そのことを訊かれると、彼は取り乱してね。すすり泣きながら、全部自分のせいだとか、ひどく後悔しているなどと言い始めた。くわしい話を聞くために、警部補が彼を連行するには十分だよ」

「彼は自白したんですか？」

「弁護士を待っているところだ」

「あなたは彼が犯人だと考えているんですか？」

「わたしかい？　わたしはただの巡査部長だ。わたしがなにを考えようと関係ない。だがこれは話しておくよ——彼は無実を主張していないんだ。それにグラントリーが鉱山に行ったことは知らないと嘘をついた。そこまでグラントリーを尾行したことは確かなんだから、その先もあとをつけたと我々が考えても無理はないだろう？」ワトキンスは声を潜めた。「もう切るぞ。グリニスを連れて警部補が来た。なにかあったら連絡するから」

カチリと音がして電話が切れた。エヴァンが受話器を置いたのとほぼ同時に、ブロンウェンが入ってきた。赤ずきんのようなマントをまとい、冷たい風のせいで頬はピンク色に染まっていたけれど、目は落ちくぼんでいるように見えた。

「なにかわかった？」ブロンウェンが尋ねた。

エヴァンはワトキンスから聞いたことを伝えた。

「足跡が一致しただけで逮捕したの？　何人が同じブーツを履いているのか、わかっているのかしら？」

「だがエドワードは、全部自分のせいで、ひどく後悔していると言っているらしい。弁護士が来るまで、それ以上は話さないみたいだ」

「わたしが弁護士を見つけるべきだと思う？　電話をかけてきたとき、彼はかなり取り乱していたの。昔から、ストレスには強いほうじゃなかったから」

「そうしてほしいなら、ぼくが探してもいい」エヴァンは言った。「お抱えの弁護士はいないのかい？　金持ちの家にはいるものだろう？　それとも彼もグラントリーみたいに、金持ちのふりをしていただけとか？」

「いいえ。彼の家はお金持ちよ。ヨークシャーで、昔から羊毛産業に携わっているの。でもエドワードとお父さんはうまくいっていないのよ。お父さんは彼を意気地がないと思っているの。だからエドワードは、グラントリーと暮らすことをお父さんに話さなかった。連絡があったら嘘をついてくれって彼には頼まれていたけれど、わたしは嘘はつけなかった。予想どおり、お父さんは激怒したわ。だから、お抱え弁護士には頼めないと思う」

「バンガーのロイド・ジョーンズは評判がいい」エヴァンは言った。「とりあえず彼に電話をしておいて、それからエドワードにほかに頼みたい弁護士がいるかどうかを訊けばいいんじゃないかな。ロンドンに知り合いがいるかもしれないし」

「エドワードは弁護士を抱えておくようなタイプじゃないと思う。あの人はいろいろな意味ですごく世間知らずなの。グラントリーと彼の連名のクレジットカードを作ったのは大失敗だったって、話してくれたわ。グラントリーはなんでもそれで買うものだから、エドワードは……」ブロンウェンは途中で言葉を切った。「なにもかも彼には不利なことばかりね」

「確かにいい状況ではないね」エヴァンは紅茶を注ぎ、彼女にカップを手渡した。「普段は砂糖を入れないことはわかっているけれど、いまは気持ちを落ち着けるのに必要だ」

「ありがとう」ブロンウェンはかろうじて笑みを作った。「彼には強い動機があるし、その機会もあった。それに、とんでもないことを口にしそうね。動揺して、言ってはいけないことを言ってしまうかも。グラントリーを殺した真犯人をあなたが見つけてくれないかぎり、彼に望みはないと思う」

「彼の仕業じゃないって、どうしてそれほど確信が持てるんだ？」エヴァンは尋ねた。

ブロンウェンは湯気をあげている自分のカップを見つめた。「一度、ネズミ捕りでネズミを捕まえたことがあるの。まだ死んでいなかったから、そのかわいそうな小さな生き物を楽にしてやってってエドワードに頼んだ。彼はなかなかできなくて、ようやくやり遂げたあとは吐いていた。そのあとは、裏庭に埋めてやるって言い張ったわ。エドワードが人を殺すはずがないって言っているわけじゃない。でもこんなふうに首を絞めたりはしない。たとえもしそうしたとしても、重石をつけて死体を水のなかに沈めるような冷静さはない。良心の呵責（かしゃく）に耐えかねて、すぐに自首するでしょうね」

「それならどうして鉱山までグラントリーのあとをつけておきながら、そんなことはしていないと嘘をついたんだ？」

ブロンウェンはため息をついた。「わからない。彼と話ができるまで、待つほかはないわね」彼女は紅茶を口に運んだ。「わかっているのは、彼がわたしの助けを必要としていることと、わたしはできるかぎりのことをしなきゃいけないっていうことだけ」

「彼はきみを見捨てたのに、それでもきみはまだ彼を愛しているの？」

「そうしなきゃいけないと思うの」

エヴァンは深々と息を吸った。「わかった」つっけんどんに言う。「ぼくにできることはするよ。だが役に立てるかどうかはわからない。グラントリー・スミスの経歴や生活はなにも知らないからね。わかっているのは、何者かが彼をウェールズまで尾行して、鉱山は彼を始末するにはうってつけの場所だと考えたということだけだ」

「グラントリーが札付きの犯罪者みたいな言い方をするのね」ブロンウェンはぎこちなく笑った。「彼は大物ぶるのが好きだけれど、実際は取るに足りない男なのよ――どこにでもいるごく当たり前の人。俳優として何度かちょっとした役をもらった。売れない脚本を何本か書いた。それから監督業に手を染めようと考えて、映画研究所で勉強を始めたのね。そこでハワードと出会ったらしいわ」

「そしてふたりに関係が生じた？」

「そういう関係っていうこと？」ブロンウェンは驚いた顔になった。「だとしたら、エドワードが話してくれたはずだわ」

「嫉妬していなければね。グラントリーがほかのだれかに心変わりしたのに、面目を保つために金銭問題で別れたんだとごまかしたのでなければ」

「なんてこと」ブロンウェンはティースプーンをいじっている。「嫉妬。それって強い動機だわ。そうじゃない？　でも嫉妬していたのはハワードのほうかもしれない。彼を調べた人はいるの？」

「ついさっき、彼を車に乗せたところだよ。グラントリーを殺してはいないと断言していたし、信じてもいいと思う。扼殺というのは、かなり暴力的な方法だ。鉱山のなかなら、うしろからそっと忍び寄って、岩で殴ればすむ。そのほうがずっと簡単だ。

もしくは階段をおりているところに近づいて、背中を押すとかね。ハワードがそのどちらかをしているところは想像がつく。だが彼を見てごらん。格闘になったら、グラントリーには勝てないだろう」

「でもエドワードは勝てる」ブロンウェンはまたティースプーンをもてあそび始めた。「あなたの話を聞いているうちに、なんだか疑わしく思えてきたわ。いますぐ弁護士に連絡したほうがいいわね。それにエドワードのご両親にも電話しないと。聞きたくはないでしょうけれど。もう帰るわ……紅茶をごちそうさま。残してしまってごめんなさいね」ブロンウェンは立ちあがると、マントを身に着けてドアに向かった。

エヴァンは、見知らぬ人をもてなしていたような気分になった。

翌日、わたしは南ウェールズの炭鉱へと出発した。男たちが言っていたとおり、ひどいところだった。いや、それ以上だった。これまでは広々とした洞窟での作業だったが、炭鉱では狭くて暗いトンネルのなかのウサギのように、身をかがめなくてはならなかった。暑いかって？　汗と炭塵が混じって、わたしたちはまるで黒人のようだった。炭塵は鼻や肺に入りこんだ。鼻をかむと、鼻水は黒かった。スレート鉱山は地獄だと思っていたけれど、ここが本物の地獄だった。

わたしが滞在することになったのは、実の息子がアフリカで戦っているという地元の家だった。歓迎されているとは言い難かった。それどころか、彼らの息子は遠いところで危険にさらされているのに、わたしがここにいることをとがめられている気がした。食料配給手帳を彼らに渡したが、わたしの分の配給をどうしていたのかはわからない。肉や卵にお目にかかることは滅多になかった。脂肪の多いベーコンのかけらが入ったプディングが出てくることが多かった。もしくはトード・イン・ザ・ホールや灰色になるまでゆでたパサパサのタラとか。

炭鉱で作業をしているときは、ジンジャーのことを考えようとした。荒れ地で過ごしたときの笑ったり踊ったりしている彼女を思い浮かべた。すぐにでも彼女に触れなければ、胸が張り裂けてしまいそうな気がした。けれどクリスマスまで、家に帰ることはできなかった。家に足を踏み入れたとたん、わたしはひどいショックを受けた――暖炉の上に、盗んだレンブラントが飾られている。気を失うかと思った。

「なんでこんなところに？」わたしはようやく声を絞りだした。「あれはぼくの絵なのに」

「あんたの部屋を掃除しているときに気づいてね」母が言った。「ここに飾ったらいいだろうと思ったんだよ。ちょっと暗い絵だけれど、いい額縁じゃないか。高級そうだし。本当は花の絵みたいなのが好きなんだけど、なにもないよりはいいだろう？どこで手に入れたんだい？慈善バザー？」

笑えばいいのか、泣くべきなのかわからなかった。母は世界でもっとも価値のある絵の一枚を壁に飾り、ウールワースで買った額縁が気に入ったと言っている。元に戻してほしいと言う理由が見つからなかったので、わたしはそのままにしておいた。ここならとりあえず安全だし、毎日ほこりをはらってもらえる。ジンジャーにその話をすると、おおいに面白がった。彼女はほんの二日しか家にいることができず、わたしたちがふたりきりになれるチャンスはなかったけれど、まったく彼女に会えないよりはましだった。覚えている以上に美しいとわたしは思った。

その年のクリスマス——一九四一年のクリスマス——は前年以上にわびしいものだった。たくさんの町に激しい爆撃があった。バース、ブリストル、そしてカーディフの港。戦争は刻々と近づいてきていた。

今年はチキンさえなかったけれど、豚を飼っている農夫から母がせしめたゆでたベーコンと乾燥卵で作ったクリスマスケーキを食べた。唯一のいいニュースは、アメリカにも被害が出たということだ——真珠湾が奇襲攻撃を受け、爆撃で海軍に大きな被害が出たらしい。爆撃されたのがいいことだと言っているのではない。歓迎すべきは、このことがきっかけでアメリカも参戦したということだ。これで潮目が変わるとだれもが言っている。近いうちに、素晴らしいアメリカの飛行機がヒトラーを叩きのめすだろう。

出征している村の若者たちは、だれひとりとしてこの年のクリスマスに帰ってこなかった。ほとんどはすでに外国――いい知らせは聞こえてこないエジプトや極東――で戦っている。そういうわけで、数少ない集まりの際はわたしが注目の的だった。またひとまわり体が大きくなっていたし、一日中つるはしをふるっているおかげでしっかり筋肉がついていた。娘たちはわたしを取り囲んだが、そこにジンジャーが現われてわたしの腕に手をからめた。「ここは暑いわね、トレフ」ほかの娘たちをにらみつけながら、彼女は言った。「ふたりで散歩に行かない？」

散歩がどこでどうやって終わるのかはわかっていたから、それ以上促される必要はなかった。外は雪が積もっていたけれど、わたしたちは岩の合間にいい場所を見つけ、そのあとはいつものように素晴らしかった。

次に彼女に会ったのはイースターだった。一日余分に休みをもらえたので、わたしは列車で北に向かい、スランディドノーを目指した。彼女が週末は休めないことはすでに聞いていた。意地の悪いおばさん連中――病後療養所を任されているシスターたち――は、若い娘に決して楽しい時間を与えようとはしないらしい。

わたしは顔いっぱいに潮風を受けて散歩道を歩きながら、ここ数か月で初めて生きているように感じていた。カモメの鳴き声が響き、青い海には太陽がきらめいている。

まるで悪い夢から覚めたみたいだ。そのとき、彼女が見えた——長身で妙な髪形をしたほっそりした男と一緒に、シェルターのひとつにいた。ふたりして煙草を吸いながら笑っている。どうすればいいのか、わからなかった。この場を逃げ出して次の列車で家に帰りたがっているわたしがいるかと思うと、あのシェルターに駆けこんでいって、男を叩きのめしてやりたいと考えているわたしがいた。けれどわたしが心を決めるより先に、まるでわたしたちの心がつながっているかのように、彼女が顔をあげてわたしを見た。一瞬、彼女は幽霊を見たみたいに目を見開いたが、すぐに満面の笑みを浮かべた。「トレフ！　あなたね。まあ、あなたなのね！」そう言うとシェルターを走り出て、わたしの首に腕をまわした。

「いつまでいられるの？」彼女が訊いた。

「明日には帰らなきゃいけない。きみに会うためだけにここまで来たんだ。でもきみは忙しいみたいだね」

わたしは男に視線を戻した。座って煙草をふかしながら、わたしをにらみつけている。

ジンジャーは微笑んだ。「ばか言わないで。ちょっと待っていてね」彼女はシェルターに走っていくと、軍服姿の男になにか声をかけてから戻ってきた。「大丈夫よ。あなたのことは話したから。ほら、気持ちのいい日ね。散歩しましょうよ」

「あいつはだれだ?」シェルターを振り返ると、男はまだわたしをにらみ続けていた。

「患者のひとりよ、ばかね。アメリカ人なの。名前はジョニー・ギャビアーノ。ひどい怪我だったのよ」

「どこも不自由そうには見えないぞ」わたしは疑わしげに言った。「それどころか、ぴんぴんしているように見える」

彼女は笑って、わたしに体をこすりつけた。「やきもちなんてやく必要はないのよ、おばかさん。わたしは、みんなに優しくすることにしているの。あの人たちは家から遠く離れたところにいて、寂しいんだもの。きれいな女性と話すのが好きなのよ。ジョニーはチャンネル諸島で撃たれたの。片目の視力を失って、ひどい火傷を負ったのよ」

わたしがなにも言わずにいると、彼女は足を止めてわたしを見あげた。「彼のことなんてなんとも思っていないのよ。あの人たちが気の毒だから優しくしているだけ。それに、いつだれが役に立ってくれるかわからないでしょう? あの絵をどうやって売るのかを考えなくちゃいけないんだから。違う?」

その週末が休みでないのは本当らしかった。シェルターのひとつで、短いキスをして彼女を抱きしめるだけで満足しなくてはいけなかった。彼女は仕事に戻り、わたしは南ウェールズに向かう列車に乗った。けれど今度はそれほど憂鬱ではなかった。もうすぐ終わりだとわかっていた。この夏わたしは一七歳になり、招集令状を受け取るのだ。

23

エヴァンは机の前に座り、ノートに書いたいくつもの名前のまわりにあれこれと落書きをしていたが、なにひとつ結論は出なかった。エドワード・フェラーズがグラントリーを殺したと思えないのはどうしてだろう？　ハワード・バウアーにしてもそうだ。彼はグラントリーが列車から落ちるように細工をしたことも、彼との関係がうまくいかなくなったことも認めたのに。それに、一度はグラントリーの首に手をかけたロバート・ジェームズがいる。警察はもう少し捜査の焦点を彼に当てるべきかもしれない。またあのドイツ人の老人は、どんなことをしてでも飛行機の引き揚げを阻止してやると言っていた。彼のこともワトキンスに話すべきだろう。エドワード・フェラーズが自白するのを——場合によっては、しないかもしれない——待つ以外、いまのエヴァンにできるのはそれくらいだ。

いつもの午後の村の巡回を少し早く始めることにして、エヴァンは立ちあがった。警察署で座っていてもいらだちが増すばかりだし、ミセス・パウエル＝ジョーンズが電話をかけてきたとき――まず間違いなくかけてくるだろう――ここにはいたくない。上着をきて帽子をかぶり、外に出た。ちぎれて灰色の帯のようになった雲の合間から太陽が顔をのぞかせ、山肌にちらちらと光の筋を描いている。スランフェアの上の山腹が新たに降った雪で白く染まっていることに気づいて、湖畔も雪に覆われているのだろうかとエヴァンは考えた。山道の雪が深くなれば、今年中に飛行機を引き揚げることはできなくなる。

郵便屋のエヴァンズが夢中になって手紙を読みながら、郵便局に向かって歩いていた。エヴァンが警察署から出てきたのを見て、うしろめたそうにぎくりとした。

「住所が間違っているんだよ」彼は言い訳がましく言った。「だれ宛てに書かれたのかを確かめようと思って、見ていたんだ。オーストラリアのグウェンおばさんとかいう人からの手紙なんだけれど、グウェンっていうおばさんがいる人は、スランフェアにいたかな?」

「人の手紙は開けちゃだめだろう」エヴァンは笑うまいとしながら言った。「送り主に返さないと」

「そんなの無駄じゃないか。そうしたら、この手紙は来たところに戻ってしまう。ぼくの仕事は手紙を配達することなんだ。でも二九番地にミセス・A・ジョーンズは住んでいないし、二九番地の人にオーストラリアに住むグウェンおばさんはいない」悲しげだった彼の大きな顔がぱっと明るくなった。「そうだ。ジョーンズばあさんのことかもしれない。覚えている？ 何年か前、娘さんと一緒に引っ越していったんだ」彼は封筒に目を向けた。「ほら、これは五年前に投函されている。五年ものあいだ、どこにあったんだろう？ どうやってここまでたどり着いたものやら。これは、娘さんのところに届けることにするよ」

郵便屋のエヴァンズは郵便袋を体の横で揺らしながら、ぎくしゃくした妙な足取りで通りを駆けていった。エヴァンは笑みを浮かべて歩き続けた。郵便屋のエヴァンズはどこまでもマイペースだから、説得しようとしても無駄なことはわかっていた。

パブのハリーが〈レッド・ドラゴン〉から出てきて、汚れたバケツの水を排水管に流した。「しばらく見かけなかったな、ミスター・エヴァンズ」彼が声をかけた。「映画スターと仲良くするのに忙しかったのか？」

「そんなんじゃない。仕事で忙しかったんだ」

「ベッツィをその映画に出させないと、大変なことになるぞ。昼となく夜となく、しつこく言ってくるに決まっている。固く心に決めているからな」

「そういう映画じゃないって何度も彼女には説明したんだ」エヴァンは言った。「それにどちらにしろ、完成しそうにないよ。問題が起きてね」

「聞いたよ。あの男前のやつが殺されたんだって？ 仲間のひとりの仕業だっていうじゃないか。映画に関わるようなやつらは、自堕落な生活を送っているからな。おれはベッツィに言ったんだよ。〝関わらないほうがいい。安全なカウンターのうしろにいろ〟ってね」

エヴァンは歩き続けた。スランフェアは小さな村だ——あまりにも素朴で、あまりにも世間とかけ離れていて、あまりにもわかりやすい。学校が近づいてきた。ブロンウェンの部屋の窓にはすでに明かりが灯っている。エドワードの弁護士を見つけることができたのかどうか彼女に確かめたかったが、エヴァンはためらった。彼女の心がだれかほかの男に向いていることを知らされるのは辛い。

エヴァンは足を速めてそのまま歩き続けたが、ドアが開いてブロンウェンが現われた。「エヴァン！　なにか知らせは？」室内着とふわふわした青いスリッパという格好で、運動場を駆けてくる。エヴァンはゲートから運動場に入った。「警察からっていう意味だけど。エドワードについて連絡はなかったの？」

「なにも聞いていないよ」エヴァンは答えた。「彼の弁護士は見つかった？」

「ええ。あなたが勧めてくれたミスター・ロイド－ジョーンズは、すぐに警察に行ってくれたわ。わたしもその場にいられればよかったのに。エドワードはすぐに動揺するのよ。彼が実際に口にしたことじゃなくて本当はなにを言いたいのか、わたしなら代わりに伝えることができるのに」

「それは証言をねじ曲げるって言うんだよ」

ブロンウェンはエヴァンの顔を見て笑った。ふたりの視線がからまった。

「さっきはあわてて帰ったりして、ごめんなさい。わたし心配でたまらなくて、どうすればいいのかわからないのよ。まるで悪夢だわ。大事な人が逮捕されたのに、なにもできないんだもの」ブロンウェンは体を震わせ、驚いたようにスリッパを履いた足を見おろした。「外は寒いわね。なかに入らない？　紅茶をいれるわ」

なんとでも言えたはずだ。すまないが、いま仕事中なんだ。忙しいんだよ。けれど気がつけばエヴァンは、こう答えていた。「そうしようか。ありがとう」ふわふわしたスリッパがコンクリートの上で風に揺れるのを見ながら、彼女のあとについて運動場を歩いた。台所は暖かくて、パンを焼くにおいがした。

ブロンウェンは笑顔で振り返った。「マダム・イヴェットのフランスパンのレシピよ。また作ってみたの。パンを焼くのって、なんだか心が落ち着くのよ――生地をこねたり、叩いたりするのが」

ブロンウェンはヤカンを火にかけ、オーブンを確かめた。「もうすぐ焼けるわ。よかったら、わたしの実験台になってくれるかしら」

「なにもしないよりは、実験台になるほうがましだよ」

ブロンウェンはテーブルをエヴァンの側にまわってくると、彼の肩に手を乗せた。

「どういうこと？　エヴァン、エドワードは殺人の容疑で逮捕されたの。あなたは友人が苦しんでいるのを黙って見ていたりはしないでしょう？」

「それはそうだが……彼はきみにとってただの友人じゃないみたいだから」

「当然でしょう？　一度は結婚していた人よ。どれほどひどい終わり方をしたとしても、その事実をなかったことにはできない。結婚してもいいと思うくらい、愛したことがあった人なのよ」

エヴァンは視線を逸らし、暖炉を見つめた。

「あなたと過ごす時間を持てなくて申し訳ないけれど、でもいまはエドワードを留置場から助け出すことしか考えられないの」

「彼が自由の身になったら、そのあとはどうするんだ？」

「どういう意味？　彼は来たところに戻って、これまで通りの暮らしを続けるんだわ。グラントリーのいない暮らしを」

エヴァンはいくらかほっとしたものの、これ以上問いつめないでおこうと決めた。これからどうしたいのか、彼女は自分でもわかっていないのかもしれない。

「考えていたの」ブロンウェンはコンロに近づき、ヤカンを持ちあげた。「わたしたち、見当違いのことをしていたのかもしれない」

「どういう意味だい？」

ブロンウェンは顔をあげた。「グラントリーの死は鉱山に関係しているんじゃないかっていう気がして仕方がないのよ」

「事故だって言いたいの？　首にひどい痣があって、ポケットにはスレートの厚板が重石がわりに入っていたんだよ」

「ううん、そういうことじゃないの。自分でもはっきりとはわからないんだけれど、グラントリーの死は彼本人や彼が知っている人間とは無関係かもしれないと思うの。彼は、いてはいけないときに、いてはいけない場所にいたのかもしれない」

「そして、知るべきではないことを知った？」エヴァンは首を振った。「ぼくもあそこに行ってみた。スレートの山と水たまり以外、なにもなかったよ」

「でもあの古い鉱山は広いわ。なにかを隠したり、密会したりする場所は山ほどある。グラントリーはあそこで行われていたなにかを見てしまったのかも」

エヴァンは笑った。「悪魔崇拝の儀式とか？　もっと簡単に行ける場所はたくさんあると思うよ。それにだれにも知られずにだれかと会いたいなら、人気(ひとけ)のない山道に行けばいい。あんな階段よりずっと楽だ」

ブロンウェンは肩をすくめた。「エドワードであってほしくないから、わらにもすがろうとしているのかもしれない。教えてちょうだい、エヴァン。人はどういうときに殺人を犯すの？」

「ぼくの経験からすると、人が殺人を犯すのはほかにどうしようもなくなったときだけだと思う。麻薬の売人やなんのためらいもなく銃を撃つようなマフィアのボスは別だよ。ぼくが言っているのは、エドワードのような普通の人の話だ。だれかに恥をかかされたり、家名に泥を塗られたり、お金や恋人を奪われたりしたら、相手を殺したくなるかもしれないけれど、実際に殺したりはしない。ぼくたちはみんな良識というものが身についているし、なにかばかなことをしでかす前にそれを思い出すからね。普通の人々は、そうするしかなくなったときにだけ、人を殺すんだ」

ブロンウェンの顔に安堵の色が広がった。「そういうことなら、エドワードにはほかの方法がたくさんあったわ。そうじゃない？　グラントリーと一切の関係を断って、そのあとは幸せに暮らすことができたんだもの。つまり、彼の仕業じゃなさそうだっていうことよね」

エヴァンのポケットベルが鳴った。「電話を借りてもいい？　大事な用件かもしれない」

「もちろんよ」

エヴァンがその番号にかけると、応じたのはワトキンスだった。

「こんにちは、巡査部長。なにかわかりましたか？」

「これといってなにも。弁護士がついたが、すぐには進展しそうもないな。バンガーのロイド－ジョーンズなんだ。知っているだろう？　几帳面ですごく時間をかける男だ。警部補をかっかさせているよ。同じ質問を警部補に三度繰り返させておいて、エドワードには答えさせないんだから」

「それじゃあエドワードは、自白なんていう馬鹿なことはしていないんですね？」

「どうして彼が自白すると思うんだ？」

「彼はプレッシャーに弱いんですよ。巡査部長、ハワード・バウアーをもう少し調べたほうがいいと思います。それからロバート・ジェームズも。どちらかが土曜日の朝、鉱山の近くに行っていないかどうか確かめてください」

「きみの目的はなんだ？　我々が知らないなにを知っている？」

「なにも知りませんよ。ただハワード・バウアーになにか釈然としないものを感じるのと、ロバート・ジェームズは一度、グラントリー・スミスにつかみかかったことがあるんです。可能性のあるほかの容疑者を無視するべきじゃないと思っただけです」

「どうしてきみは、わたしたちが逮捕した男は犯人じゃないとそこまで確信しているんだ？」

「エドワード・フェラーズをとてもよく知っている人間が、彼には人を殺すようなことはできないと断言しているからです」エヴァンとブロンウェンの目が合った。

「いまのところ、彼が第一容疑者だ。殺される少し前にグラントリーを脅していたのを大勢が聞いている。タクシーでまっすぐに帰ってきたと言っているにもかかわらず、鉱山のすぐ外で彼の足跡が見つかった。グラントリーを殺してひとりで水に投げこむのは、かなりたくましい男でなくては無理だ。そのいずれもフェラーズに合致する。それに彼はひどく動揺していて、後悔しているとただひたすら繰り返しているんだ」

エヴァンは顔をあげ、ブロンウェンに聞こえていないことを確かめた。

「鉱山の外にどうして足跡が残っていたのか、彼はなにか言いましたか？」

「ああ。鉱山に行ったことは認めたよ。喧嘩をしたまま別れるのはいやだったから、戻って彼を捜しにいったんだそうだ。止まっているランドローバーは見つかったが、キーはついていなかった。あたりを探し、鉱山のなかまで入ってみたが、見つけることはできなかった。そこでまた腹が立ってきたので、タクシーで帰ってきたと言っていた」

「ぼくにはもっともらしく聞こえますが」エヴァンは言った。

「いま、法医学者が死体を調べているところだ。フェラーズの犯行であることを示すなにかが見つかるかもしれない。もちろん、あんな風に水中に沈んでいたわけだから難しいが、見つかる可能性はある。見つからなければ、すべては状況証拠だから、釈放しなければならないだろうな」

「もしかしたらぼくたちは、まったく見当違いの捜査をしているのかもしれません。

グラントリーは鉱山でだれかと会っていたのかもしれないと考えてみましたか？　ぼくたちがまだ気づいていないだれかと？」

「謎の人物というやつか？　執事はどうだ？　そいつは古い物語のなかの話だ」ワトキンスはくすくす笑った。

「ぼくは真面目に言っているんですよ。スミスの携帯電話は調べましたか？　死ぬ前日に電話をかけていませんでしたか？」

「山のようにかけていたよ。だが残念ながら、謎の人物はいなかった。鉱山を所有している企業に数回。なかに入る許可を取るためだろう。ロンドンのナショナル・ギャラリーにも何度か。《デイリー・エクスプレス》紙に一度。だが個人にかけた電話はなかった」

「その番号を教えてもらうわけにはいきませんか？」

「だめな理由はないだろう。どれも公開されている番号だ。ちょっと待ってくれ」エヴァンは、ワトキンスが伝えた番号を書き留めた。

「ありがとうございます、巡査部長」エヴァンはお礼を言った。「それじゃあ、今日中にフェラーズを釈放することはないわけですね？　つまり飛行機の引き揚げ作業はできないから、ぼくの自由になる時間があるということだ」

「気をつけるんだぞ」ワトキンスが言った。

「気をつけます」エヴァンはこちらを見つめているブロンウェンに目を向けた。「なにかいい知らせは？」電話を切ったエヴァンにブロンウェンが尋ねた。

「ないが、悪い知らせもないよ。ロイドージョーンズが時間のかかる几帳面なやり方で、警部補をひどくいらいらさせているそうだ」

「それっていいことなの？」

「エドワードを追いつめて動揺させることができなくなったわけだから。きみはそれを心配していたんだろう？」

ブロンウェンはうなずいた。「そうね。それで、あなたはこれからどうするの？」

「グラントリーが携帯からかけた最後の電話を調べてみる。どれもありふれたものだとは思うが、わからないからね」

ブロンウェンはオーブンに近づいた。「パンが焼けたみたい。紅茶をいれてもらえる？」

エヴァンはティーポットを手に取り、ひとつのカップにだけ中身を注いだ。「悪いが紅茶は遠慮しておくよ。すぐに電話をかけたいんだ」ブロンウェンのがっかりした顔を見て、エヴァンは言い添えた。「あとで食べられるように、少し取っておいてくれるかい？」

「わかったわ」ブロンウェンはかろうじて笑みを浮かべた。「なにか心当たりがあるのね。なにか思いついたことがあるんでしょう？」

「なんとも言えない。ただの勘だよ。あとで話す」エヴァンは彼女にキスをしようとしたが思い直し、ぎこちなく手を振ってからドアへと向かった。通りを歩く足音が、急斜面にこだまして返ってきた。ナショナル・ギャラリーだ。ナショナル・ギャラリーと、戦争中鉱山に保管されていたという絵に関係しているに違いない。グラントリー・スミスはなにかに興奮していたけれど、くわしい話をしようとはしなかったとエドワードは言っていた。グラントリーはなにかを知って、映画のテーマを変えようとしていたのかもしれない。遠い昔、あの絵が盗まれていて、そのまま戻ってきていないことを知ったのだとしたら？　それが隠されている場所について、なにか手がかりをつかんだのだとしたら？

エヴァンはほぼ駆け足で警察署にたどり着き、ごそごそと鍵を探った。時計を見た。四時をまわったところだ。まだだれも家路にはついていない。ワトキンスから教えてもらった電話番号にかけた。

「記録保管所です」その女性の声は若くて、きびきびしていて、有能そうだった。

「ナショナル・ギャラリーですか？」エヴァンは用心深く尋ねた。

「ギャラリーの記録保管所です。どの部門にご用でしょう？」

「北ウェールズ警察の者です」エヴァンは大きく息を吸った。「数日前、ミスター・

グラントリー・スミスという男がこの番号に何度かかけているんです。電話を受けたのはあなたでしょうか?」

「グラントリー・スミス? 戦争についての映画を撮っている人ですか?」

「そうです」エヴァンは脈が速くなるのを感じた。「彼がなにを尋ねたのか、あなたがどう答えたのかを教えてもらえますか?」

「その人なら、わたしたちがコレクションをどうやって移動させたのか、保存状態はどうだったのかといったことを尋ねてきたんです。あまりお役には立てなかったと思います。保管所にはもちろんすべての記録が残っていますけれど、当時生きていた人はもうここにはいませんから」

「盗まれた絵はなかったかと彼は訊きましたか?」

「ええ、訊かれました。でも、なにも盗まれていません」

「なにひとつ? 間違いありませんか?」

「間違いありません。警備は厳重でしたから。計画はすべて順調に運んだと聞いています」

「そうですか。わかりました。ありがとうございます」

エヴァンはがっかりして電話を切った。有力な手がかりのように思えたのに。ワトキンスから教えてもらった別の番号にもかけた。鉱山の会社とのやりとりでは、グラントリー・スミスは鉱山のなかで撮影する許可をもらいたがったことが確認できただけだった。BBC2で放映するための作品でとても重大な内容だと彼が言ったので許可したというのが返答だった。どうして鉱山内部で撮影したいのかについては、グラントリーはなにも説明しなかったらしい。

《デイリー・エクスプレス》紙にも電話をした。グラントリーと話をしたというミスター・ダン・ローリーはちょうど自分の机にいて、今日の記事を書いているところだった。ええ、グラントリー・スミスはケンブリッジ時代の友人ですよ。ぼくにスクープ記事を書かせてくれるといって電話をしてきたんです。事実を確認して、翌日また電話すると言っていたんですけれどね。かかってきませんでした。

「かけられなかったんです」エヴァンは言った。「鉱山で死体となって発見されたんです」

「殺されたんですか？　どうして？　どうやって？」

「それをいま調べているところです。そのスクープ記事ですが、なにについてのものなのか、グラントリーはなにか言っていませんでしたか？」

「グラントリーは芝居がかったことが好きでしたからね。秘密めかしていましたよ。ほとんどなにも教えてくれませんでした。なので、話半分に聞いていました。彼は話を盛る傾向がありましたから――それに、ろくに知らないことでも専門家のふりをするのが好きだった。いや、死んだ人を悪く言うものじゃありませんね。彼のことは嫌いじゃありませんでしたよ。ケンブリッジ時代は面白い男だった。ただ社会に出たとき、それがいつもうまくいくとは限らないってことです。違いますか？」

今日はもう十分に仕事はしたとエヴァンは思った。結局、なにもつかめそうにない。家に帰ろうと思った。谷は、淡いピンク色の冬の光に染まっている。急げば、暗くなる前に少し山歩きができるかもしれない。山道を歩くことで、頭のなかが整理されることがしばしばあった。

「あなたですか、ミスター・エヴァンズ？」ミセス・ウィリアムスが台所から叫んだ。「今日は早いんですね。夕食はまだ用意できていないんですよ」

濃厚なハーブの香りが廊下に漂っていて、山歩きに行こうと思っていたエヴァンの気持ちが揺らいだ。

「急がなくていいですよ、ミセス・ウィリアムス」エヴァンは台所をのぞいて言った。「着替えたら、まだ明るいうちにちょっと散歩してこようと思ったんです。いま外はとても気持ちがいいですから」

「ええ、本当に気持ちがいいですよね」ミセス・ウィリアムスはうなずいた。「山頂にはもう雪が積もっていますね。クリスマスカードみたいじゃありませんか」彼女はコンロの上の大きな鍋をかきまぜた。「ゆっくりしてきてくださいな、ミスター・エヴァンズ。戻ってくるまでにダンプリングを用意しておきますから。今夜はホットポットですよ」

エヴァンは唾が湧くのを感じた。ミセス・ウィリアムスのダンプリングはおいしいことで有名だ――軽くて、ふんわりしていて、濃厚なブラウン・グレービーにいかにもおいしそうに浮かんでいるのだ。

「山の新鮮な空気を吸ったほうがいいですね」ミセス・ウィリアムスが言った。「いろいろと大変でしたから。あの気の毒な男性が鉱山で死んで、ミスター・ジェームズは心臓発作を起こして。まったく悲しい週でしたよね？　それに今日妹と話をしたんですけれど、このあいだあなたに話したトレフォー・トーマス、彼の状態が悪くなったそうですよ。すぐに施設に入れなきゃならなくなったんですって」

「そうなんですか。お気の毒に。ぼくたちが訪ねたときは、けっこうしっかりしているように見えましたが」

ミセス・ウィリアムスは首を振った。「ああいう状態になると、よかったり悪かったりするんでしょうね。脳卒中を起こしたあと、完全に回復することはなかったみたいですから。お気の毒に。それまではすこぶる元気だったんですけどね。一日も寝込んだことなんてなかったんですよ――戦争から戻ってきてからの話ですけれどね、もちろん」

「戦争で負傷したんですか?」

ミセス・ウィリアムスは声を潜めた。「捕虜になったんですよ、日本軍の。戻ってきたときは、骨と皮でしたよ。生き延びたのは運がよかったんです。ほかの気の毒な大勢の若者たちがどうなったのか、知っていますからね。でも二度と同じには戻らなかった。戦争前の彼はパーティーの主役で、楽しいことが好きで、女の子にとても人気があったんですよ。でも戻ってきてからは、外出もしないし、人とも付き合わなくなりました。捕虜収容所にいると、そうなるんでしょうね」彼女はため息をつくと、エプロンで手を拭いた。「妹の話によれば、息子がよく彼の面倒を見ているみたいですよ。退院するとすぐにやってきて、それからずっと世話をしているんです。彼が施設で面倒を見てもらうようになれば、息子もきっとほっとするでしょうね」

「え? ああ、そうですね。ほっとするでしょうね」エヴァンの思考は、ありそうもない道へとさまよいこんでいた。すべては、グラントリーがトレフォー・トーマスに会いに行ってから起きている。トレフォー・トーマスも画家だった――素人ではあるけれど。そしてトレフォー・トーマスは絵をスレート鉱山に運ぶのを手伝った。そこになにか関係はあるのだろうか?

24

翌年の夏、一九四二年の夏、わたしは一七歳になった。招集令状が届くのを半分興奮しながら、半分恐れながら心待ちにしていた。あのいまいましい炭鉱よりは、どんな場所でもましだ。たとえ戦場であろうと。少なくとも、興奮するものがある。そして誕生日から数週間後、わたしはついに現場監督に呼ばれ、家に帰ることになった。ロイヤル・ウェルシュ・フュージリア連隊に入隊するまで、一週間の猶予があった。家に帰るまではわくわくして待ちきれない思いだったが、自分のベッドに横になった最初の夜、初めて実感がわいた。もうすぐ戦場に向かうのだ。なにもかもが違って感じられた。

実を言えば、あの絵がわたしの良心をちくちくとつつき始めていた。あんな罪を犯したまま死んだらどうなる？　父に連れられて礼拝堂に通っていたから、地獄の業火のことはそれなりに知っている。汝、盗むなかれ。泥棒は問答無用で地獄に落ちる。わたしは、あの絵を元の場所に戻そうと決めた。けれどその前に、なにをするつもりなのかをジンジャーに話しておくべきだろう。現実にならないことをあてにさせておくのは、正しいとは言えない。

スランディドノー行きのバスに座ったわたしは、ひどくピリピリしていた。彼女がどれほど落胆するかは想像できたし、がっかりさせたくはない。けれど同じくらい地獄にも落ちるのもいやだった。

病後療養所に行き、床を磨いている娘にマファンウィ・デイヴィスはどこにいるかと尋ねた。仕事場では本名を使っているのだろうと考えたからだ。

「ジンジャーのこと？　リネン室だと思うけれど」

「それはどこ？」

「階段をあがって、廊下の突き当たりの右側よ。でも、あなたはそこには行けないわ。二時まで来客は許されていないし、そもそも男性の訪問客はだめなの」

「ぼくは男性の訪問客じゃないよ。家族なんだ」罪のない嘘だ。いずれ、そうなればいいと思っていた。

「たとえそうだとしても、だれかに見られたら彼女が婦長にひどく怒られるのよ」

「ほんの一分ほどいるだけだから。大丈夫、だれにも迷惑はかけないよ」わたしはにこやかな笑みを浮かべた。うまくいった。彼女はぱちぱちとまばたきをしながら言った。「わたしはマーガレット。あなた、恋人はいる？」

「いるよ。それに土曜日には出征するんだ」

わたしは階段を駆けあがり、彼女が教えてくれたとおりに階段を進んだ。近づいていくと、ジンジャーがだれかに話しかけているセクシーな声が聞こえてきた。「心配いらないわ、ペギー。あたしは心配していない。彼は本当にいい人なの。正しいことをするって言っていたし、そうしてくれるってわかっているから」

わたしの話をしているのだろうかと考えた。その恐ろしい一瞬、彼女があの絵のことをだれかに話しているのではないかと思った。ドアを開けた。ジンジャーともうひとりの娘が、両手にきれいなシーツを抱えて立っていた。ふたりはひどく驚いた表情を浮かべていた。

「トレフ――ここでなにをしているの?」ジンジャーは口ごもりながら尋ねた。「婦長に見つかったら、大変なことになるわよ」

「ぼくは数日後に入隊することになった。話があるんだ、ジンジャー。すごく大切なことだ。なにかわかっているよね」

彼女は不安そうにあたりを見まわした。「いまここではだめ。今夜は九時まで当番なの」わたしのがっかりした顔に気づいたのだろう、彼女は言い添えた。「シフトを替わってもらって、明日は休みにする。そして家に帰るから。それでいい?」

「わかった。待っているよ」

翌朝一一時頃に彼女がやってきた。晴れて暖かい日だったので、わたしたちは町を離れ、荒れ地を散歩することにした。ヒバリが歌い、ヒースの花が咲いていた。荒れ地はただただ美しかった。そしてジンジャーも。けれど彼女はどこか違っていた。ひとつには、これまでと違う服装をしていたということがある。これまではポスターに出てくる女性のような体にぴったりしたセーターを着ていたのに、今日の彼女は寒い日にするように何枚も重ね着していた。寒くはないというのに。じっと彼女を眺めた。顔も違っていた。

「太ったね」わたしは言った。「ぽっちゃりしていたら、ハリウッドで見出してもらえないよ」

「療養所で出される食事のせいよ」彼女は顔をしかめた。「毎日毎日、どっしりとお腹にたまるものばかり出てくるの。でもあんなふうに働かされるといつだってお腹がすいているから、食べないわけにはいかないのよ。心配ないわ。できるようになったらすぐダイエットするから」彼女はうっとりするような笑顔をわたしに向けた。「それじゃあ、あなたは本当に行くのね、トレフ。陸軍なの?」

うなずいた。「海軍や空軍はごめんだ。木っ端みじんにされるなら、地面に両足をついているときがいいよ。船や飛行機みたいな金属の塊のなかじゃなくて」

彼女は身震いした。「そんな言い方しないで。あなたは大丈夫よ。優れた画家だって言えばいいって話したのを覚えているでしょう?」

それで思い出した。「ジンジャー。あの絵の話をしなきゃいけない。ぼくは決めたんだ。このままにするわけにはいかない」

「どういう意味?」彼女の声は険しく、目は危険な暗い光をたたえていた。

「言ったとおりだよ。良心の呵責を感じたまま、戦いには行けない。死んだら、地獄に落ちるんだから」

彼女は声をあげて笑った。「まさかいまでもそんなばかげた話を信じているんじゃないでしょうね? もちろんあなたは地獄になんて落ちない。死ぬことだってないわ」

彼女はわたしの腕をつかんだ。「ほら、トレフ。将来のことを考えてよ。わたしたちのことを。幸せ行きの切符をあなたが捨ててしまったら、わたしたちはどうやってここを出ていくの?」

「でもそれは間違っているんだよ、ジンジャー。ぼくはいっぱい考えたんだ。偉大な芸術は国の宝だ。すべての人のものじゃなきゃいけない」

彼女の目はまだ危なっかしい光をたたえていた。「イングランドのもの、でしょう? あたしたちの手に入ることはない。違う? あれは全部、戦争が終わったらすぐにロンドンに戻されるのよ。カナーボンじゃない、カーディフでもない。そうでしょう? イングランドはいいものは決して手放さない——そしてあなたみたいな貧しい若者を自分たちのための戦争に行かせるの。あの人たちはあなたに借りがあるのよ、トレフ」

「そうだとしても、こんな気持ちで出発はできないよ。両親のことを考えていたんだ。厄介なことに巻きこみたくない。ぼくが死んだあと、あの絵が家で見つかったらどうなると思う？　親が刑務所に行くんだ。ぼくは今日鉱山に行って、絵を戻してくる」

彼女はわたしの肩をつかむと、痛いくらいに爪を食いこませた。「よく聞いて。いまさら引き返せないのよ。事態は動き出そうとしているんだから。あなたにいいことを教えてあげようと思っていたの。あの絵を売る手段が見つかったのよ」彼女の顔が明るくなり、目が輝いた。「このあいだあなたが戻ってきたとき、あたしが一緒にいたアメリカ人を覚えている？　ジョニー・ギャビアーノっていう名前だって言ったわよね。彼のお父さんは、アメリカの裏社会のボスみたいなものなのよ。あの絵をわたしたちの代わりに売ってくれるってジョニーが言っているのよ。彼は傷病兵なの。爆撃機のパイロットだったんだけれど、片目に銃弾の破片を受けたから飛べなくなって、国に帰されることになったのよ。そのときに絵を持って帰るって彼は言っているの。軍用機で帰るし、彼の旅行用鞄を調べる人はまずいないそうよ。お金はあとで送ってくれるって」

わたしは笑った。「なるほど。彼はぼくたちを馬鹿だと思っているのかな？」

「ジョニーは素敵な人よ、トレフ。彼なら大丈夫。お父さんは不正なことをしているかもしれないけれど、ジョニーはとにかく誠実な人だから。あたしたちをだましたりはしないわ。約束する」

わたしは葛藤していた。彼女を喜ばせたいのは山々だったけれど、でも……。「だめだ」ようやくそう言った。「複製画が見つかったら、わかってしまう。ぼくだってことがわかる。家族に心配をかけたくないんだ」

「あなたはあたしよりも――あたしたちよりも家族のほうが大切なのね？　あなたはわたしにそう言いたいの？」

「そうじゃない。もちろんきみのことは大切だ。でも……」

「あなたはあたしと一緒にハリウッドに行きたいんでしょう、トレフ？　ここに永遠に閉じこめられるんじゃなくて、あたしと一緒にいたいのよね？」

「もちろんさ。でもこれはうまくいかない。ぼくにはわかっているんだ。たとえきみがあの絵を売ることができたとしても、ナショナル・ギャラリーは残されているのが複製画だと気づいて、ぼくたちを追ってくる。ぼくは毎日その不安におびえながら生きていくことなんてできないし、良心の呵責にかられながら死んでいくのもごめんだ」

彼女はぼくに背を向け、ヒースをかきわけるようにして荒れ地を歩き始めた。やがてくるりと振り返った。「わかったわ。いい考えがある。鉱山のなかって、かなり湿っぽいでしょう？　嵐のときはよく水があふれるのよね？」

「そうだ」彼女がなにを言いたいのか、わたしにはわからなかった。けれど彼女は興奮しているようだった。「それじゃあ、もし絵が損傷したら、修復できないくらいの損傷だったら、運が悪かったたっていうことになるわよね。きっちりはまっていなかった裏の羽目板から、小屋のなかに水が入るかもしれない。残念よね」

わたしはようやく、彼女がなにをほのめかしているのかを悟った。

「うまくいくかもしれないな」わたしは言った。

「もちろんうまくいくわよ」彼女はきらきらと目を輝かせ、ゆったりしたジャケットを風にはためかせながら言った。「わかった。やってみるよ。ほら、ここにはだれもいないから……」

彼女はわたしを押しのけた。「いまはだめ、トレフ。もう帰らないと」

そして彼女は先に立って、荒れ地を町に向かって戻り始めた。

「それじゃあ、少し出かけてきます、ミセス・ウィリアムス」エヴァンはそう声をかけてから階段をのぼりかけたものの、腕時計を見て考え直した。彼らが帰宅してしまう前に調べておかなければならないことがある。

「記録保管所です」きびきびした声が再び返ってきた。

「北ウェールズ警察です。たびたびすみません。ちょっと考えたことがあるんですが、鉱山に保管していた絵のうちの一枚が、偽物だという可能性はありますか？」

彼女は笑って答えた。心地いい笑い声だ。「そうは思えませんね。展示し直す前に、破損していないかどうかを専門家が入念に調べたんです。ものすごくよくできた複製画でないかぎり、そのときに気づいたはずですから。どれもとても古いものですよね？ここの専門家は、キャンバスの古さでその絵がいつ描かれたものかがわかるんです」

「そうですか」エヴァンはまた自分をばかみたいに感じた。「それじゃあ、保管していたものはすべて無事に戻ってきたんですね。なんの問題もなく」

「そうとも言えないんです。嵐の際、小屋のひとつが浸水したんですよ。防水になっているはずだったので、予想外のことだったんですが。三枚の絵が損傷して、そのうちの一枚は修復不可能でした」

エヴァンは受話器を置くと、そのままじっと電話機を見つめていた。一枚の絵が修復できないほど損傷を受けた。現代の修復技術は素晴らしいものであることを知っていたから、その損傷は相当ひどかったに違いないと思った。偽物であることがわからないくらいの損傷だった？　損傷した絵のタイトルを訊き忘れたことに気づいたが、もう一度電話をかけるのは気が引けた。

まあ、いいと、エヴァンは自分に言い聞かせた。トレフォー・トーマスが絵を盗んでいないことははっきりしている――贅沢な暮らしをしているわけではないし、戦争のあとは再び鉱山の仕事に戻っている。そこまで考えて、ミセス・ウィリアムスが言っていた、アメリカ人の軍人と駆け落ちしたという彼の恋人のことを思い出した。彼女が絵を持っていったということは考えられる。あるいは――彼女が絵をすり替え、偽物だとわからないくらいに損傷を与えたものの、なんらかの理由で本物のほうをこの地に残していかなければならなくなったのだとしたら？　これだけの歳月がたったいまになって、彼女が戻ってきたとは考えにくい。もう八〇歳近いはずだし、鉱山のなかを歩けるとは思えない。けれど、だれかに頼むことはできただろう。親戚のだれかを送りこんだのかもしれない。あれから沈黙を守り続けていたものの、死の間際になって息子か甥にすべてを打ち明けたのかもしれない。エヴァンの脳裏でイメージが形をとり始めた。それくらいの年齢で、カリフォルニアから来た男。そのイメージはハワード・バウアーのものだった。

ハワード・バウアーがこの映画に関わることになった理由について、エヴァンはこれまで満足できる答えを見つけることができずにいた。これはハワードが最初から計画していたことで、彼はチャンスをうかがっていたのかもしれない。グラントリーはたまたま間の悪いときに居合わせたのかもしれない……それどころかハワードは、自分で言っているとおりの人間ではないのかもしれない。

エヴァンは急いで台所に戻った。コンロの前にいたミセス・ウィリアムスはぎょっとして顔をあげた。「驚かせないでくださいよ、ミスター・エヴァンズ。てっきり散歩に行ったんだと思っていたのに」

「ミセス・ウィリアムス、トレフォー・トーマスの話を最初に聞かせてくれたとき、彼の恋人は彼を捨ててアメリカに逃げたって言いましたよね？」

「そうですよ。彼はそれはそれは落ちこんでいましたね。いまいましいことですよ、まったく。アメリカ人パイロットと駆け落ちするっていう手紙を彼に残して、出ていったんです。結婚してアメリカに行くって」ミセス・ウィリアムスは首を振った。「ずっと欲しかったものを手に入れたってことなんでしょうね。ハリウッドスターになるんだって、いつも大きなことを言っていましたから」

「それで、そのとおりになったんですか？　ハリウッドで？」

「そんな話は聞いていませんね。映画で彼女を見たこともないし。というか、それっきりだれも彼女のことは知らないんですよ。トレフォーに手紙を送ったとき、家族にも送っていますけれど、そのあとは一通もこなかったんです。まあ、彼女と母親はそれほど仲良くはなかったんですけれど、それでも母親は悲しんでいましたよ」

「彼女の名前はなんて言いましたっけ？」エヴァンは尋ねた。

「マファンウィ・デイヴィスです。でも彼女はジンジャーって呼ばれたがったんですよ。ジンジャー・ロジャーズにちなんで。いつも気取ってましたからね、マファンウィは。本当にいやな女でしたよ」

「彼女の家族はまだ健在ですか？」

ミセス・ウィリアムスはしばらく唇をなめていた。「両親はとっくに亡くなりましたよ、もちろん。お兄さんは戦死しました。安らかに眠りたまえ。でもいとこがいます。母方の親戚がドルウィゼランの谷で農業をやっていたんです。いまは彼女のいとこが継いでいますよ。あなたも知っている人です。ロバート・ジェームズの奥さんですから」

25

ワトキンス巡査部長はすぐに携帯電話に出た。「またきみか。今度はなんだ?」

「いまは都合が悪いですか? 警部補は一緒じゃないんですよね?」

「一緒ではないが、いまは話をするには最悪のタイミングだよ。まあ、卵とビーンズとフレンチフライに取りかかろうとしていただけなんだがね。今日は一日、なにも食べる時間がなかった。で、なんの用だね?」

「なんでもないかもしれないんですが、ハワード・バウアーとロバート・ジェームズについてなにかわかりましたか?」

「きみはわたしをなんだと思っているんだ? スーパーマンか? ようやく時間ができたというのに、こうやってきみと話をしているあいだに卵の黄身がポテトの上に流れだしているんだぞ。いま、バウアーの背景を調べさせているところだ。もしかしたら、怪しいところがあるかもしれない。ロバート・ジェームズについては、きみが明日ブライナイ・フェスティニオグに行って調べてくるといい。彼はきみの受け持ち区域で騒ぎを起こしたんだから、勝手な行動をしていることにはならない」

「わかりました。そうします」

「いいか、エヴァンズ」ワトキンスの口調が柔らかくなった。「これがきみじゃなかったら、これ以上事件には関わらず、捜査はわたしたちに任せろと言っていたところだ。わたしに言えるのは、気をつけろということだけだよ。危険なことをするんじゃないぞ。いいな？ なにか見つけたら、連絡するんだ。ポケットに石を入れられたきみを、水たまりの底から引き揚げたくはないからな」

「ぼくのことは心配いりませんよ、巡査部長。いまも言ったとおり、なんでもないかもしれません。連絡は入れますから」

「そうしてくれ」ワトキンスは電話を切った。

エヴァンは腕時計を見た。今夜できることはもうなにもない。官庁はどこも閉まっている時間だ。エヴァンは明日の朝一番に電話をするべき場所のリストを作ってから、夕食前の散歩に出かけた。顔に風を受けながら、山腹をのぼっていく。エヴァンが脇を通りかかると、ひつじたちが散っていった。なにかをつかみかけている気がしたけれど、それがなにかはさっぱりわからなかった。探しているものがどこかにあることはわかっているのに見つけることができないまま、暗い部屋のなかを手探りしているみたいだ。けれどそれは間違いなくその部屋のどこかにある。明日までに必ずつかむつもりだった。

あたりが暗くなってきた。雪が積もっているあたりまでのぼったところで、足を止めた。エヴァンは降ったばかりの雪を手のひらですくいあげると、育ちの悪い茂みに投げつけ、夕食に間に合うように丘を駆けおりていった。

翌朝九時、エヴァンは紙とペンを用意して机の前に座っていた。リストの最初にあるのがアメリカ大使館だった。

「北ウェールズ警察です」エヴァンは言った。「第二次世界大戦の戦争花嫁のリストがあるかどうかを知りたいんです。合衆国に入国するために、なにかのビザをもらったはずですよね？」

「はい、記録は残っています」事務員が答えた。「ですが、合衆国に出発する前に英国で結婚したかどうかによって変わってくるんです。その女性が戦争中に軍人と結婚していたなら、花嫁用の特別船のいずれかで合衆国に渡ったはずです」

エヴァンが驚いたような声をあげたらしく、事務員の女性は言葉を継いだ。「そうなんです。船がいっぱいになるくらいの女性が合衆国に渡ったんです。ですが、戦争が終わるまで待って、そのあとで結婚するために合衆国に行ったのであれば、ビザと英国のパスポートが必要になります。英国旅券局でも確認できますよ。お探しの方のお名前は？」

「北ウェールズのマファンウィ・デイヴィスです」エヴァンはゆっくりとその綴りを教えた。「彼女がアメリカ軍のパイロットと結婚したのはわかっているんですが、相手の名前やアメリカのどこに住んでいるのかは不明なんです」

「こちらで調べてみて、連絡します」

「バウアーという名前でも調べてみてくれますか？　バウアーという名のパイロットと結婚したのかもしれないので」

「わかりました。どれくらいかかるかはわかりませんが。お急ぎですか？」

「殺人事件の捜査の一環なんです。もしなにかわかったら、留守番電話にメッセージを残しておいてもらえますか？　時々チェックしますから」

「わかりました。すぐに手配します」

エヴァンは電話を切った。ようやくなにかをつかめそうだ。ワトキンスに電話をしてバウアーについてなにかわかったかどうかを尋ねたかったが、何度もかけるのは気が進まない。というわけで、次はロバート・ジェームズを調べることにして、ブライナイ・フェスティニオグに向かった。風雨にさらされたこのあたりの高地の斜面は雪が深く、スレート採石場の荒涼とした溝は柔らかそうな白に染まって、どこかきれいに見えた。エヴァンはまず警察署に向かった。無断で他人の受け持ち地域に首を突っこむのは賢明とは言えない。

机に座っていたのは、違う巡査だった。「マイリオンはいま留守なんですよ」彼は言った。「コルウィン・ベイで裁判に出ています。ぼくはボブ・ピューといいます。どういうご用でしょう？」

エヴァンは説明した。

ピュー巡査はにやりとした。「ロバート・ジェームズ？　今度はなにをしたんですか？」

「それじゃあ、彼を知っているんですね？」

「このあたりの人間はだれでも知っていますよ。ぼくは何度か、〈ワインズ・アームズ〉で騒ぎを沈めなきゃなりませんでした」

「彼はかなり短気だっていうことですか？」

「そう言っていいでしょうね。酔うと、すぐ頭に血がのぼるんですよ」

「毎週土曜日の午前中は町に来ると聞いていますが」

「そうです。そのあとはパブでサッカーを観戦するんです。リバプールの熱心なサポーターなんですが、そのせいでよくまずいことになるんですよ。このあたりの男たちのほとんどはマンチェスター・ユナイテッドのファンですから」

「先週の土曜日、彼を見かけませんでしたか？」

「先週の土曜？　見なかったと思いますよ。その日はぼくも〈ワインズ・アームズ〉

に行ったんです。ラグビーの試合があったものですから――ウェールズ対オール・ブラックス。見ましたか？　完敗でした」

「いえ、仕事だったので」エヴァンは答えた。「残念ですよ。ぼくはラグビーが好きなんです」

「ぼくもです。とにかく、あの日ロバート・ジェームズはあそこにはいませんでしたね」

「それは何時頃ですか？」

「二時？　二時半？」

「ぼくが知りたいのは土曜日の朝のことなんです。買い物をするために町に行ったと彼の妻は言っているんですが、だれかそれを裏付けてくれる人間を探しているんです」

「ぼくは見ませんでしたね。休みだったので、少しばかり朝寝坊してたっぷりと朝食をとったんです。マイリオンが勤務でしたから、知っていると思います」

「それじゃあ、またあとで来ますよ。それまで、土曜の朝ロバートを見かけた人間がいないかどうか訊いてまわりたいんですが、かまいませんか？」

「もちろんです」ピュー巡査が答えた。「ロバートがまたなにかしたんですか？　だれかの鼻を折ったとか？　窓を壊したとか？」

「おそらくなにもしていないと思います。ただ、ぼくのリストから彼を除外したいだけなんです」

「スレート鉱山で見つかった死体とは関係ありませんよね？」帰ろうとしたエヴァンにピュー巡査が尋ねた。「まったくひどい話だ。でも、容疑者を逮捕したって聞きましたよ。言い争いをしていた男ですよね？　まあ、ひどくやり合っていましたからね。聞かせたかったですよ。このあたりの子供たちは、あの朝、新しい英語の単語を一〇個は覚えたでしょうね——聞かせたくない言葉ばかりを！」彼はそう言ってくすくす笑った。

くわしい話をすることなくその場を離れるいいチャンスだった。ロバート・ジェームズの無実を証明するための証拠を探していたはずなのに、疑念が大きくなっただけだ。リバプールがマンチェスター・ユナイテッドに負けたからといって喧嘩をするような男は、人の首を絞めることをためらわないだろう。とりわけその相手が、実の父の早すぎる死の原因を作ったのであれば。それに、事態はそれ以上に複雑かもしれない。有名な絵が鉱山に隠されていることにロバートが最近になって気づいたのだとしたら、グラントリー・スミスがそれを見つけたことを知れば、怒りに拍車がかかったはずだ。

エヴァンは大通りにあるすべての店で足を止めて尋ねた。土曜日の朝、ロバートを見かけた人間が何人かいた。父親の葬式用に精肉店でハムを、酒屋で数ケースのビールを注文していた。父親の死で落ちこんでいるのか、普段よりもおとなしかったらしい。最後に彼が立ち寄ったのがガソリンスタンドで、トラクターの部品について尋ねていた。それが一一時過ぎのことで、グラントリー・スミスはすでに死んでいたに違いない時間だ。たったいま人を殺したばかりの男——それもロバート・ジェームズのような威勢のいい男——が、トラクターの部品について話をすることなどできるだろうか？　犯罪現場にとどまるのではないだろうか？　彼が〈ワインズ・アームズ〉に勢いよく入ってきて、大ジョッキを注文していたなら、まだうなずけるとエヴァンは思った。だがその朝、彼は顔すら出さなかったとパブのバーテンダーは言った。「あの日は静かだと思ったんですよ。ロバートが来なかったからですね」

ガソリンスタンドより鉱山に近い場所でロバートを見かけた者はいなかった。それなりに近いところで姿を見られているとはいえ、ロバートは鉱山に通じる小道を歩いていたわけではない。エヴァンはこれからなにをすればいいのかわからず、鉱山への小道を眺めていたが、トーマス家をもう一度訪ねようと決めた。トレフォーの恋人が結婚したアメリカ人の名前を尋ねるのは、あまりに図々しいだろうか？

テューダー・トーマスがドアを開けてくれたものの、エヴァンはなんと切り出すべきかわからずにいた。テューダーががっしりした体格をしていることをエヴァンは忘れていた。彼は父親の面倒をとてもよく見ているとミセス・ウィリアムスは言っていた。トレフォーがなにか秘密を抱えていて、息子がそれを守ろうとしたというのはありうる話だろうか？

「なにか用ですか？」テューダーは落ち着かない様子で訊いた。

「ただの確認です、ミスター・トーマス。お父さんと話ができたらと思ったんです――戦争について。ああ、それからあのテープレコーダーを返していただきたくて。もう必要なくなりましたから」

「そうですか」テューダーは家のなかをちらりと見た。「いまはタイミングが悪いんですよ。父はたったいま寝たところなんです。ここのところひどく調子が悪かったんですが、福祉課が施設を見つけてくれたんで」彼は声を潜めた。「いい知らせでしょう？　金曜日に父を連れていくことになっているんです。まだ父には伝えていませんがね。気に入らないでしょうが、でもそれが一番いいんだ。申し訳ないが、もうわたしの手には負えないんですよ」

エヴァンはうなずいた。「大変ですよね。でもあなたはとてもよくお父さんの世話をしていると、だれもが言っていますよ」

テューダーは顔を赤らめた。「まあ、わたしの父親ですからね。父にはもうわたししかいませんから」彼はなにか物音がするのではないかというようにもう一度あたりを見まわしたが、家のなかは沈まり返っていた。「テープレコーダーを取ってきますね」彼は家のなかへと姿を消し、数分後、テープレコーダーを持って戻ってきた。「ありましたよ。ですがテープが見つからなくて。まあ、問題はないと思います。きっと父が捨てたか、どこか妙なところに隠したんでしょう。ここ最近は、そんなことばかりするんですよ。このあいだは、冷蔵庫に靴が入っていましたから」彼はエヴァンにテープレコーダーを返した。「それで、父になにを訊きたかったんですか？」

「ああ、決まりきったことですよ。あなたが代わりに答えてくれますか？　土曜日の朝はどこにいたのか、みなさんに訊いているんです。あなたはポルスマドグにいたんでしたね？」

「そうです」テューダーは挑むような目つきでエヴァンを見た。「土曜日の朝いつもしていることをしたんですよ。父を連れて、年金を受け取りに行ったんです。ポルスマドグの郵便局で受け取ることにしているんで。それからテスコで買い物をしました。父のお気に入りなんです。いい気分転換になりますしね。父は、あそこのカフェテリアでお茶をするのも好きなんですよ」

「帰ってきたのは何時頃でしたかね。いつもどおりですよ。時計は見ませんでしたが」

「お昼頃でしたかね？」

「なるほど。ありがとうございました、ミスター・トーマス。お父さんのことがうまくいくといいですね」

「ありがとうございます」テューダーは見るからにほっとした様子だった。

「お父さんはあれからなにか昔のことを言っていませんでしたか？　アメリカに逃げた昔の恋人の話は？」

「アメリカに逃げた恋人？　いえ、そんな話は聞いたことがありません」彼の口元に笑みが浮かんだ。「父を見たでしょう？　なにもわからなくなっている。話をするにしても、とりとめのないことを言っているだけで、わたしにもさっぱり理解できないんですよ。ですがこれだけは言っておきます――これ以上父になにか言って、動揺させてほしくないんです。病気の老人なんですよ。あなたの役に立てることなんてありません」

もっともだと、エヴァンは車に戻りながら考えた。きっとそのとおりだ。だがテューダーのアリバイは確認しておくつもりだった。絵の盗難にふたりが関わっているとは思えなかったが。もしトレフォーが盗難に手を貸したのであれば、いまのような貧しい暮らしはしていないだろうし、四〇年以上も同じ鉱山で働くことはなかっただろう。恋人が彼を捨てて絵を持って逃げたのなら、彼女を告発していたはずだ。

ばかげている、エヴァンは勢いよく車のドアを閉めながらつぶやいた。絵の盗難なんてなかったんだ。ナショナル・ギャラリーはそう言っている。ぼくは想像をたくましくしているだけだ。ロバート・ジェームズがかっとなったというほうが、よほどありうる話だ。エドワード・フェラーズのほうがもっとありうる。エヴァンはため息をついた。

よし、ぐずぐずしている暇はない。仕事をしよう。ポルスマドグまで行って、テューダーのアリバイを調べるんだ。それが前向きな行動というものだ。エヴァンは車で急斜面をくだり、村を抜けた。空はどんよりとした灰色で、いまにも雪が降りだしそうだ。彼の惨めな思いにぴったりだった。

テューダー・トーマスの名前を聞くと、ポルスマドグの郵便局員はにこやかにうなずいた。「彼ならいつものようにここに来ましたよ。父親の年金を受け取りに、時計のように決まった時間に来るんですよ」

「それは何時ですか？」

「九時半くらいですかね。四五分かもしれない。その時間はものすごく忙しいんですよ」

「ありがとうございました」ポルスマドグからブライナイ・フェスティニオグまでは車で三〇分の距離だ。つまり、グラントリーが鉱山に入っていった頃、トーマス親子は遠く離れた場所にいたことになる。そしてふたりの言葉どおり、その後スーパーマーケットにいたのであれば、家に戻ったのはグラントリーが死んだずっとあとだ。

エヴァンは公衆電話から留守番電話のメッセージを確かめた。アメリカ大使館は、マーサー・ティドビル出身のサンドラ・デイヴィスを探し出してくれていた。イングランド人女性と結婚したバウアーというふたりのアメリカ人空軍兵もいたが、女性たちはどちらもデイヴィスではなかった。どれもあまり期待は持てない。たとえマファンウィが偽名を使ったとしても、決して南ウェールズ出身とは言わないだろう。北ウェールズの人間は絶対にそんなことはしない。

予想どおりのミセス・パウエル＝ジョーンズのメッセージが入っていた。もう一軒の礼拝堂の屋根にもっと大きな星が飾られているという内容だ。その次のメッセージはミセス・パリー・デイヴィスからで、ミセス・パウエル＝ジョーンズがキリスト降誕劇に生きた動物を使おうとしていると聞いたが、礼拝堂に動物を持ちこむのは神への冒瀆(ぼうとく)というだけでなく、衛生法規に反するのではないかという訴えだった。エヴァンはため息をついた。またトラブルが起きようとしている。続けて聞こえてきたのはワトキンスのぶっきらぼうな声だった。「エヴァンズ、きみも聞きたいだろうと思ってね。ハワード・バウアーの口座からグラントリー・スミス宛に多額の金が数度振りこまれている。かなりの金額だ。興味深いじゃないか。時間があれば、今日中に彼に話を訊きに行くつもりだ。きみは、先回りしようなんて思わないように」

メッセージはカチリと音を立てて切れた。大金がグラントリー・スミスに払われていた。グラントリーはハワードのインターンだが、インターンが多額の給料を受け取ることはない。これは口止め料かもしれない。ハワード・バウアーが自分の計画をグラントリーに話し、黙っていてもらうために金を払ったのだろうか。それともグラントリーがなにかを知って、金を要求したとか？　いますぐハワード・バウアーに話を訊きたかったが、口を出すなとワトキンスからはっきりと釘を刺された。私服警官のなかにいる唯一の味方を怒らせたくはない。

車に戻ろうとしたところで、ロバーツ巡査が通りを歩いてくるのが見えた。エヴァンは車に目をやり、気づかれないようにあそこまで走っていけるだろうかと考えた。いまはロバーツに会いたい気分ではない。だがロバーツがエヴァンに気づいた。

「やあ、エヴァンズ」ロバーツが声をかけた。「あんたに電話しようと思っていたんだ。つかんだことがある」エヴァンは、ロバーツが近づいてくるのを辛抱強く待った。「いまさら、なんの役に立ちそうもないけどな。あんたが捜していた男を殺した容疑で、男が逮捕されたそうじゃないか。ランドローバーを駐車している人間を見たという女性が、ようやく見つかったんだ」

「そうなのか？　素晴らしい」

ロバーツは満足そうだ。「ああ。グラントリー・スミスじゃなかったぞ」

「大柄な色白の男か？」

ロバーツは首を振った。「そいつが勾留されている男なのか？　いや、彼でもない。

地元の男だそうだ。このあたりで見たことがあると彼女は言っている。大柄で帽子をかぶっていたそうだ。顔立ちについては聞けなかった。ごく普通の地元の男、彼女はそう言ったよ。これがなにか役に立つだろうか？」

「立つかもしれない。ありがとう。その女性の名前と電話番号を教えてくれれば、ぼくから上に伝えておくよ」

「これが役に立ったとしても、おれたちが褒められることはないんだろうがね」ロバーツは名前と電話番号を紙に書き、エヴァンに渡した。

「それでも、大事なのは犯罪者を捕まえることだろう？」エヴァンは如才なく言った。「警察の訓練用マニュアルの読みすぎじゃないか？」ロバーツはにやりと笑った。「ともあれ、幸運を祈るよ」

「いまぼくに必要なのはまさに幸運だよ」エヴァンは車に戻った。大柄で帽子をかぶっている男。ロバート・ジェームズはまさに当てはまる。だがどうして彼がグラントリーのランドローバーを運転していたんだろう？　グラントリーがあのあたりにいないように見せかけたかった？　ランドローバーをここまで運転してきた人間は、死体が発見されるとは思わなかったのだろう。

エヴァンは念のためテスコまで赴いたが、はっきりした証言は得られなかった。土曜日の午前中は大混雑している。テューダー・トーマスが現金で払ったのなら、覚えている人間はいないだろう。まあいい、とエヴァンはつぶやいた。グラントリー・スミスが鉱山をうろついていた頃、トーマス親子は郵便局にいたのだから、その後もいつもどおりの土曜日を過ごしたと考えるほうが自然だ。

それなら、これからどうする？　エヴァンは河口を渡り、ブライナイ・フェスティニオグに向かって車を走らせた。マイリオン・モーガン巡査が戻ってきているかどうかを確かめて、ロバート・ジェームズに対する疑惑について彼と話し合ってみようと考えた。ジェームズの指紋が保管されていれば、ランドローバーに残されていた指紋と照合できる。ようやくなにかがつかめるかもしれない。

ブライナイに着く頃には、再び雪が降り始めていた。フロントグラスの上を白い薄片が流れていく。空は黄色みを帯びた雲が低く垂れこめ、これからさらに降りそうだ。警察署は閉まっていて、〝昼食に行きます。二時頃戻ります〟というメモがドアに貼られていたので、エヴァンはがっかりした。マイリオンは裁判所からまだ戻ってきていないようだ。どれくらい待つべきだろう？　大通りの突き当たりにある電話ボックスに行き、この付近にいるのでマイリオンに会いたいというメッセージを警察署の留守番電話に残すことにした。

エヴァンは留守番電話が苦手だった。決められた時間内に、言いたいことを言えたためしがない。言葉に詰まりながらメッセージを残している途中でふと視線を外に向けると、真正面に鉱山の入口があることに気づいた。「ちょっと待ってくれ」留守番電話に向かって言った。確かにあそこでなにか動くものがあった――鉱滓の山のあいだを素早く移動する人影。あたかも、古い裏口に向かっているのを見られないようにしているみたいに。

制限時間が来て、留守番電話はカチリと音を立てて自動的に切れ、エヴァンは急いで受話器を置いた。通りを渡り、なにかが動いたあたりに向かって走った。最初の鉱滓の山が近づいてきたところで足取りを緩め、その先は用心深く進んだ。待ち伏せされているところに飛びこんでいきたくはない。だがあたりに人の姿はなかった。ただの想像だったのかもしれない。雪が舞ったり、枝から落ちてきたりしたのが見えただけかもしれない。それでもエヴァンは裏口に通じる小道をさらに数メートル進んだ。雪をかぶったイバラのあいだにそろそろと足を進めていく。時折足を止めては耳を澄ましたが、雪に音が吸いこまれ、いつも以上にあたりは静まりかえっていた。足跡が残されてはいないかと地面を眺めたが、雪になる前の雨のせいで小道は水たまりになっていた。

エヴァンは鉱山の入口にたどり着いた。ここにもはっきりした足跡はなかったが、ブーツから落ちたようにも見える小さな雪の塊がいくつか残っていた。エヴァンは薄暗がりのなかに立ち、耳を澄まし、目を凝らした。なにも見えないし、聞こえない。

想像をたくましくしすぎたのだろうとエヴァンは考えた。

きびすを返して戻ろうとしたところで不意に風が吹き、ぱさりと枝から雪が落ちた。背後からぞっとするようなきしみ音が聞こえ、エヴァンはあわてて振り返った。腐った木の側柱が壁からはずれ、ドアが風にあおられていた。

26

一瞬ためらってから、エヴァンは車に駆け戻った。幸いなことに、グローブボックスには常に懐中電灯と予備の電池を入れてある。光源としてだけではなく武器として、これまでにも役立ってくれたことがあった。懐中電灯をつかみ、鉱山の入口まで走った。そろそろとドアを押し開け、あたりを見まわし、通路へと足を踏み入れた。背後でドアが閉まり、あたりは闇に包まれた。懐中電灯のスイッチを入れ、音を立てないようにしながらおそるおそる階段をおりていく。時折足を止め、前方に耳を澄ました。

エヴァンはひたすらおり続けた。頭のなかを血液が流れる音が聞こえていたし、まわりの岩に反響しているに違いないと思えるほど、心臓の鼓動は激しかった。冷たい汗が肩甲骨のあいだを流れ落ちていく。手のなかの懐中電灯だけが、安心感を与えてくれていた。

いったい何段あるのだろう？　何千段もおり続けているような気がした。脚ががくがくしている。悪夢に迷いこんだようだった。あきらめて戻ろうかと思い始めた頃、足元が平らになり、最初の部屋にたどり着いたのがわかった。脚の筋肉が震えていた。懐中電灯を上着で隠し、ちらちらと揺れる光が見えるのではないか、スレートを踏みしめる音が聞こえるのではないかと思いながら待った。永遠にも思えるほどだったが、進もうと決めるまで、待っていたのはほんの五分ほどだっただろう。

道は覚えられるとエヴァンは思った。初めのうち、通路はゆったりした四角いトンネルで、ほぼまっすぐだった。ふたつ目の部屋を通り過ぎ、そしてついに絵が保管されていた大きな洞窟に出た。エヴァンは再び明かりを消して慎重に足を進めたが、動くものもなければ、ほかに明かりも見えなかった。あの人影は想像の産物だったのかもしれないとエヴァンは思い始めていた。ドアは寿命だったのだろう。長い年月のあいだに腐っていたところに、警察の捜査で開閉されて壊れたのかもしれない。ともあれ、何者かがエヴァンを殺すためにこのなかに誘いこんだのだとしたら、そうする機会はもう十分にあったはずだ。

エヴァンはいくらか肩の力が抜けるのを感じた。それどころか、ここまで来た自分を褒めたいくらいだ。最大の恐怖は殺人者が待ち構えているかもしれないということではなく、鉱山そのもの――頭上の岩と彼を取り巻く真の闇――だったことに気づいた。あれだけの階段をおりて、もっとも大きな洞窟までたどり着くことができた。簡単ではなかったが、どうにも対処できないようなものでもなかった。

せっかくここまで来たのだから、この機会を無駄にしてはいけないとエヴァンは思った。グラントリー・スミスは、なにか理由があってひとりでここまでやってきたのだ。相当に重要なことだったに違いない――映画のテーマを変えようと彼に思わせるくらいには。グラントリーは探していたものを見つけたけれど殺されて奪われたのか、あるいは見つけることはできなかったものの、何者かにとっては不都合な程度には近づいたかのどちらかだろう。

エヴァンは、グラントリーの遺体を見つけたときはどの通路をたどったのかを思い出そうとしながら、洞窟の壁に沿って歩いた。今回はそれほど難しくなかった。ブーツを履いた警察官が最近そこを歩いていたし、警告テープの切れ端が地面に落ちていたからだ。エヴァンは体をかがめ、そのトンネルに入った。そこを進むのは簡単ではなかった。天井は髪をこするほど低く、だれかがすぐうしろをついてきているような感覚につきまとわれて、ひどく無防備になった気がした。だれかが襲ってきたら、身を守るのは至難の業だろう。

曲がりくねった通路を進んでいくと、やがて懐中電灯の明かりの先にグラントリー・スミスが沈んでいた黒い水たまりが現われた。死体を引きずってきた跡はなかったから、ここで殺されたに違いない――つまりグラントリーは、このあたりを探していたときに不意に襲われたということだ。エヴァンはあたりを見まわした。水中になにかが隠されていた可能性はあるが、切り出したスレートのかけらがいたるところに山積みにされているのだから、そんなことをする必要はないはずだ。絵のような小さなものを隠す場所はいくらでもある。エヴァンは付近を照らすように岩の上に慎重に懐中電灯を置き、ポケットに予備の電池が入っていることを確かめてから、一番近くにあったスレートの山を調べてみた。ぬかるんでいる。ここに絵が隠されていたとしたら、とっくの昔にだめになっているだろう。

エヴァンは、半分岩で埋まっている細長いくぼみに向かった。こちらは乾いてはいるものの、スレートの破片が大きいので動かすには時間がかかりそうだ。エヴァンは一、二個ずつ移動させていった。その並べ方には規則性があって、適当に積んだものではないような気がした。エヴァンは作業を続け、細長いくぼみのなかの岩は次第に減っていったが、それでも紙や木箱の断片のようなものが現われることはなかった——灰色の岩ばかりだ。やがて、とりわけ大きな平たいスレートの破片を持ちあげたエヴァンは、全身がすっと冷えるのを感じながら、現われたものを見つめていた。骨だ。

エヴァンは膝をついて、その骨を手に取った。四五センチほどの長さの細い骨。動物が鉱山に迷いこんできたのだろうか？　たまにひつじが落ちる陥没穴があることは知っていた。けれどここは地下深くだ。それがなんであれ、ここまで来るにはあの階段をおりてこなければならない。犬にしてはこの骨は大きすぎる。炭鉱ポニーかもしれない。かつて炭鉱ではポニーが使われていたという。スレート鉱山でも使われていたのかどうか、エヴァンは知らなかった。けれどこれがポニーの脚の骨なら、近くにひづめがあるはずだ。

エヴァンは再び岩に手をかけ、もうひとつの大きな破片を持ちあげると、懐中電灯の光が照らし出したものに目を凝らした。ひづめではない。腐った女性の靴だ。爪先の開いた、緑がかった革のハイヒール。

例によって、彼女は正しかった。素晴らしいアイディアだった。わたしは必要のない心配をしていたのだ。けれど、鉱山の階段をおりていくわたしの脚は、どういうわけか震えていた。何百回ものぼりおりした階段なのに。どうしていまさら脚が震えるのか、理解できなかった。懐中電灯の光は弱々しすぎる気がした。ひたすらおりていくあいだ、頭のなかではおまえは地獄に向かっているのだという声が響いていた。黙らせようとしたが、その声が消えることはなかった。

ようやくのことで小屋にたどり着き、長い距離を走ったあとのように息を切らしながら、わたしはその前に立った。落ち着けと自分に言い聞かせた。小屋を開けて、複製画を見つけ、しばらく水たまりに浸すだけでいい。包んでいる布を濡らしておけば、彼らが絵を回収しに来る頃には、カビが生えて腐り、すっかりだめになっているはずだ。小屋の裏側の羽目板をこじ開けていると、だれかに見られているような奇妙な感覚に襲われた。うなじのあたりがぞくりとした。さっと振り返り、危うく心臓が止まりそうになった。背後の暗がりに立つ白い人影がある。懐中電灯で照らすと、まるで二〇人もの人間が笑っているかのように、広い洞窟にジンジャーの笑い声が反響した。

「トレフったら、その顔」ジンジャーが言った。「ひどい顔してるわよ！」

「ここでなにをしているんだ？　死ぬほど驚いたんだぞ」

「訊かれたから教えてあげるけど、あなたをつけてきたのよ。あなたが最後の最後におじけづいて、本物の絵を戻したりしないようにするために。でも、そんなことはしないわよね？」

「きみの言うとおりにすると言ったたし、そのつもりだよ」わたしは言った。「とにかくきみも来たんだから、手伝ってくれないか。懐中電灯を持っていてほしいんだ」わたしは懐中電灯を彼女に渡した。羽目板は簡単にはずれ、ジンジャーもわたしのあとから小屋に入ってきた。

「見てよ、すごいわ。このひとつひとつに数千ポンドの価値があるのよね。買い物袋を持ってこなかったのが残念だわ」

「なにも触るんじゃないぞ！」恐怖のあまり、わたしの声はざらついていた。

「心配いらないわ。あたしはばかじゃないから。行きたいところに行くには、一枚あれば十分」彼女はわたしの背後に立った。「これがそう？」

わたしはうなずき、その絵を彼女に手渡した。「壁の近くに水たまりがある。そこに浸して、しっかり濡らすんだ」

わたしたちは洞窟の向こう側に行き、水たまりにその絵を落とした。絵が浮いてこないように、水中に押さえこんだ。水は氷のように冷たかった。泡が出てこなくなるまで、わたしはずっと押さえたままでいた。すぐ脇で水しぶきがあたり、冷たい水が飛んできたので、わたしは驚いて飛びすさった。

「なにをしているんだ？」わたしは尋ねた。

ジンジャーが隣でかがみこんでいた。「本当らしく見せているのよ。一枚だけ濡れているのはおかしいでしょう？　水が入ってきたなら、何枚かは濡れるはずだもの。違う？」

彼女の行為の重大さにわたしはすくみあがった。あわてて立ちあがり、彼女の体をつかんで立たせた。彼女の傍らには、数枚の絵の包みがあった。一枚はすでに水面に浮いていたので、わたしは手を伸ばしてそれを引っ張りあげた。「これはものすごく貴重な宝物なんだ。台無しにさせるわけにはいかない」

「そんな固いこと言わないの。いまじゃだれも気にかけないような、古臭くて退屈な絵じゃないの」彼女は別の絵に手を伸ばした。「本当らしくしなきゃだめよ、トレフ。あと数枚、濡らすだけ。いいでしょう?」

「だめだ!」わたしは彼女の腕をつかんで、水たまりから遠ざけようとした。彼女の手から絵が離れ、水のなかへと滑り落ちた。「なんてことをするんだ!」わたしは叫んだ。思わず彼女を揺すぶったのだろう、彼女の体がぐらつき、わたしに倒れかかってきた。それを感じたのはそのときだ——硬く膨らんだ彼女の腹部。

「それはなんだ?」わたしは尋ねた。

「なんでもない」

「いや、違う」わたしにはわかっていた。一年前、姉が子供を産んでいた。姉の腹部を触ったことがあった。「ジンジャー、子供ができたんだな!」誇らしさがこみあげた。

「どうして話してくれなかったんだ?」

「話せなかったでしょう? あなたは炭鉱で奴隷みたいに働かされていたんだもの。出征する前に言おうと思っていたの。タイミングを見計らっていたのよ」

わたしは彼女を抱き寄せた。「出発前に結婚しよう」

「そうね」彼女が言った。

わたしは笑い始めた。「よくきみを見せてくれ」彼女は笑いながら、わたしから離れようとした。けれどわたしは徐々にあることに気づき始めていた。彼女に最後に触れたのはクリスマスだ。それから七、八か月になるけれど、彼女のお腹はそれほど大きくなかった。出産前、姉のお腹はもっと大きかった。

笑い声が途切れた。

「ぼくの子じゃないんだろう？」わたしは静かに尋ねた。

「どういう意味？　あなたの子に決まっているじゃないの」彼女はわたしから離れようとしたけれど、わたしは彼女の手首をつかんだまま放さなかった。

パズルのピースがはまっていく。「あいつの子か」暑い炭鉱から出てきたときのように、わたしの声は再びざらついていた。「きみが一緒にいるのを見かけた、あのジョニーという男。リネン室できみが友だちに話しているのを聞いた。彼は正しいことをするときみは言っていたね。そういう意味なんだろう？　きみとあのジョニーという男は」

彼女はふてくされたようにわたしを見つめていた。「あなたはわかっているべきだったのよ。彼はあたしをアメリカに連れて帰ってくれるの。あの人、カリフォルニアに住んでいるのよ。あたしはあそこに行くんだわ。ハリウッドのすぐ近くに。ずっと夢見ていたとおりに」

「ぼくは？　ぼくはどうなる？　あの地獄のような炭鉱でぼくが働いているあいだ、きみはほかの男と遊んでいたんだな」

「あたしをひとり残して、遠くに行ったりしちゃいけなかったのよ」

「ほかにどうすることもできなかったじゃないか」

「いいえ、できたわ。だれだって選ぶことができるのよ。あなたは炭鉱に行くのを拒否できた。いやだって言い張れば、会社は別の仕事を見つけなきゃいけなかったんだから。ほかの人たちはそうしたのよ」

わたしはそんなことを考えたこともなかったから、そういう方法があると知りながら黙っていた彼女に腹が立った。「黙っているつもりだったんだろう? ぼくにはなにも言わず、黙って彼と出ていこうとしていた」そう言ったあとで気づいた。「きみはあの絵をアメリカに持っていって、ぼくを逮捕させるつもりだった。ぼくと家族を刑務所に入れようとしていたんだ!」

「それは違うわ。本当よ。手紙を書くつもりだった」彼女の声は硬く、怯えているようだった。

「嘘はやめろ!」わたしは叫んでいた。洞窟にわたしの怒りの声が反響した。「薄汚れた尻軽女め。手あたり次第、男と寝ていたんだろう。ぼくのいないところで、笑っていたんだな。かわいそうなばかのトレフォー・トーマスは、炭鉱で働くしか能がない。ただの子供だ。間抜けな田舎者の子供だと言って」不意に涙があふれてきた。「行かせないぞ」

「あなたには止められない」

わたしは彼女の首に手をかけた。「きみはどこにも行かない。彼のところには。ぼくが行かせない」わたしはぬいぐるみのように彼女を揺すった。頰を涙が伝っていた。彼女が完全に動かなくなるまで、揺すぶり続けた。

乾いた静かないい場所を見つけた。彼女を寝かせ、黄色い髪をきれいに撫でつけ、胸の上で両手を交差させた。眠っているようだった。そしてわたしはスレートの下に彼女を埋葬した。

27

「それじゃあ、彼女を見つけたんだな」背後の暗闇から声がした。

エヴァンは懐中電灯に手を伸ばしたが、間に合わなかった。男が先につかんで、エヴァンの顔を照らした。「時間の問題だということはわかっていた」彼は言った。「あんたが今朝戻ってきたとき、わたしを捕まえに来たのはわかっていたんだ」

エヴァンはその声を思い出そうとした。懐中電灯の光の向こうの暗がりに、顔を見出そうとした。驚きのあまり、男が話しているのが英語ではなくウェールズ語であることにすぐには気づかなかった。

「ロバート？」エヴァンは訊いた。

「なにを言っている？　ロバートってだれだ？」

懐中電灯にまともに顔を照らされて、エヴァンはなにも見えなかった。光の向こうにいる人物は闇の一部になっていて、形すら曖昧だ。

「やつは知っていたんだ。そうだろう？」男は興奮した口調で言葉を継いだ。「あのイングランド人の男だ。すぐにわかった。あいつは知っていた。だからわたしに会いにきたんだ」

テューダー・トーマスだ。そうに違いない。だがどうやって？

「だがあなたはポルスマドグの郵便局にいた」エヴァンは気づけば口走っていた。「彼らはあなたを覚えていた」

岩壁に甲高い笑い声が反響した。

「あんたは思っていたほど頭がいいわけじゃないようだ。だがもうどうでもいい。あんたは彼女を見つけた。大事なのはそれだけだ」

エヴァンは懐中電灯の光に目をしばたたいた。テューダー・トーマスではない。トレフォーだ。たったいままで、想像すらしていなかった。エヴァンは、トレフォー・トーマスを容疑者から除外していた自分の愚かさにようやく気づいた。息子から病人扱いされていたからといって、体が不自由なわけではないのだ。頭が衰えてきていると息子は言っていた。だが、鉱山で四〇年以上働いてきた体は頑健だ。エヴァンは足元を見つめ、頭のなかを整理しようとした。

「ちょっと待ってくれ」エヴァンは言った。「あなたの恋人――ジンジャーだな？彼女はアメリカに逃げたんじゃなかったんだ。そうだな？」

「逃げようとしていた」トレフォーは言った。「わたしに隠れてあいつと会っていたんだ。わたしを置いて、あいつと逃げようとしていた。そんなことをさせるわけにはいかなかった」

「だからあなたは彼女をここに連れこんで殺した」

今回も、もっとも根本的な理由が動機だったというわけだ。ごく普通の人間が人を殺すのは、一番原始的な感情からだとエヴァンはブロンウェンに語った。わかっているべきだったのに。ナショナル・ギャラリーは失った絵があるとは考えていないようだった。今回の件は絵の盗難や陰謀とは無関係だった——ただの男と女。愛した女性を失おうとしているという絶望にすぎなかった。

「殺すつもりはなかった」トレフォー・トーマスの声はかすれていた。「どうすれば彼女を止められるのか、わからなかった。わたしはとにかく腹がたっていて、動揺していて、自分がなにをしているのかわからなかった。気がついたときには、彼女は死んで足元に倒れていた。だから彼女を埋めた。いつか捕まるとわかっていた。あの若いイングランド人の男は、わたしを捕まえに来たんだろう？　そうでなければ、どうして戻ってくる？」

「土曜日の朝、グラントリー・スミスと会ったのか？　だがあなたは……」

「土曜日、わたしは具合が悪くてテューダーとポルスマドグに行かなかったのが不運だった。いつもは一緒に行くんだ。出かけるのが好きだからな。だがあの朝はそんな気になれなかった。だから残ったんだ。そうしたらあの若い男がやってきて、あれこれと尋ね始めた。それで、やつが知っていると悟った。だから鉱山に入る裏口を教えたんだ。やつはひどく興奮していた。わたしはやつがどこに向かい、なにをするのかを確かめるためにあとをつけた。彼女に近づきすぎたのがわかったから、殺した」

トレフォーは口をつぐんだ。水滴が水たまりに落ちるぽとんという音が、不自然なくらい大きく響いた。

トレフォーがため息をつくと、その音も反響した。「簡単だったよ。やつはほとんど抵抗することもなかった。わたしの……ジンジャーもそうだった」彼の声がうわずった。「二度目のほうが簡単だった。三度目はまったく問題ないだろう」

トレフォーはエヴァンの顔に向けて、じらすように懐中電灯を振った。

「ぼくを殺すのは簡単じゃないぞ」エヴァンは言った。「グラントリー・スミスのときは不意をついたんだろうが、ぼくは体も大きいし、訓練も受けている。ぼくの首を絞めることができるとは思わないね。トレフォー、あなたはチャンスを逃したんだ。ここに来るまでに、ぼくの頭を殴るべきだった」

「あんたと争う必要なんてないさ、おまわりさん」トレフォーはさらりと言った。「わたしはこの鉱山のことは知りつくしているからな。長年、ここで働いていたんだ。明かりを消して、地上に戻ればそれですむ。だが、あんたは一〇〇万年たっても戻ることはできない。だれもあんたをここまで捜しにこようとは思わないだろうしな」

「ばかなことを言うな、トレフォー」エヴァンはそう言ったものの、暗闇に残されることを考えただけで汗が出てきた。「ぼくがあなたについていけないと思うのか？　あなたから懐中電灯を奪えないとでも？」

「やってみるといい」

「トレフォー」エヴァンは口調を和らげた。「もう十分に苦しんできただろう？　罪を告白して、胸のつかえをおろすんだ。あなたが刑務所に入れられることはない。年を取っていて病気だと息子が証言してくれるだろう。あなたはどこか安全なところで暮らすことになる」

「精神科病院か？　テューダーが電話で話しているのを聞いたよ。息子はそのつもりだ——わたしをその手の施設に入れようとしている。だがわたしがなにをしたのかがわかれば、刑務所に送られるんだ。わたしは家を離れるつもりはない」

なんの前触れもなく、明かりが消えた。懐中電灯で顔を照らされていたエヴァンは目がくらんでいた。残ったのは、目の前で点滅するありもしない明かりと前方の通路を進む足音だけだ。闇のなかに取り残されたエヴァンはトレフォーに追いつこうとして、必死に足音を追った。罠かもしれないことはわかっていた。トレフォーは充分離れたところで足を止め、エヴァンが通りすぎるのを待ち、背後から襲えばそれですむ。

トレフォーは音を立てることなく、素早く移動したに違いない。エヴァンの足音がすべての物音をかき消していた。エヴァンは足を止めた。心臓が激しく打っている。左のほうから聞こえる水の滴る不気味な音以外、なにも聞こえない。トレフォーがこれほど早くいなくなるはずはないだろう？　ぼくが通り過ぎるのを待っているのだろうか？　トンネルを曲がるたびに、大きな岩を手にして待ち構えている彼の姿を想像しながら、エヴァンは一歩ずつ進んだ。これほど遠くはなかったんじゃないか？　道を間違えたんだろうか？　汗が流れて目にしみた。

そのとき、聞こえた――前方で砂利を踏むかすかな音。エヴァンは息を止め、足音を立てないようにしながら、音のしたほうに進んだ。トレフォーの息遣いが聞こえてきた。彼の体温まで感じられる気がした。いちかばちか、エヴァンは猛然と突進した。その大きな体がトレフォーに激しくぶつかり、ふたりはからまり合って地面に倒れこんだ。岩にぶつかったトレフォーがうめき、動かなくなった。エヴァンは彼の脈を確かめた。息をしている。次にすべきは、懐中電灯を捜すことだ。あたりを手探りしたが、そこはすでに通路ではなく広々とした洞窟のなかだった。どこまで転がっていったかはわからないが、トレフォーのそばを離れたくもない。エヴァンは片脚をトレフォーの体に触れたまま、円を描くようにして捜し始めた。懐中電灯を見つけられなければ、ふたりともおしまいだ。

エヴァンは唐突に体を硬くした。確かになにかが聞こえたと思った——足音？　間違いない。だれかが近づいてくる。助けが来た。彼の車を見かけたモーガン巡査が、どこに行ったのかに気づいたに違いない。

「ここだ」エヴァンは声をあげた。「大きな洞窟のなかだ」

かすかな光が見えてきたかと思うと、どんどん大きくなった。だれかが洞窟に現われ、懐中電灯の明かりが壁をなめた。

「ここだ」エヴァンは再び叫んだ。「トレフォー・トーマスがここにいる。救助が必要だ」

「本当に？」声がしたかと思うと、テューダー・トーマスが懐中電灯でエヴァンを照らしていた。「そこに父さんがいるんですか？　なにがあったんです？」

「転んで頭を打ったんですよ」エヴァンは答えた。必要とあらばすぐに立ちあがれるように、体勢を整えた。そこにいるのが敵なのか、それとも仲間なのか、定かではなかった。テューダー・トーマスはどれくらい知っているのだろう？　トレフォーがひとりでグラントリー・スミスの死体をあの水たまりに投げこめるはずがない。それに、テューダーは父親のためならなんでもするとミセス・ウィリアムスが言っていた。そこに殺人は含まれるだろうか？

「父はここでなにをしていたんです？」テューダーはトレフォーの顔に懐中電灯を向

けた。

「ぼくをつけてきたんです」

「あなたを殺そうとしたんですか?」

「それじゃああなたは、グラントリー・スミスのことを知っているんですね?」エヴァンは身構えた。テューダーはエヴァンと同じくらい大柄なうえ、手には大きな懐中電灯を持っている。

「ええ、知っています」テューダーは答えた。「家に帰ってみたら父がいなかったので、捜しに行ったんです。以前にもここに来ていたことがあったんですよ。探しているなにかがここにあったんでしょう……」

「彼の恋人ですよ。アメリカに逃げたと思われていた女性。彼がここに埋めたんです。ついさっき、見つけました」

「つまり、これまでということですね」テューダーはため息をついた。「ここ最近、父はとりとめもなく話し続けていました——あのいまいましいイングランド人の男がやってきてからずっと。ジンジャーのことばかり話していましたよ。彼女なんですよね? そうじゃないかと思っていたんです。それでここまで父のあとを追ってきて、父がスミスを殺したことを知った。だから急いで父をどこかにやらなきゃいけないと思ったんです」

「でも、彼に手を貸しましたよね？」

「確かに、死体の処分を手伝いました。父を刑務所に行かせたくなかった。わたしの父親なんです。だから鍵を奪って、だれもここに捜しにこないようにあの男のランドローバーを遠くに乗り捨てた。だがあなたは気づいた。頭がよすぎるんですよ、あなたは」

テューダーがこれからどうしようかと考えているのが伝わってくる気がした。彼はすでに一件の殺人に手を貸している……。

「あなたのお父さんは助けが必要ですよ」エヴァンは言った。「お父さんに生きていてもらいたいなら、できるだけ早く病院に連れていかなくてはいけない」

「父はいまここで死んだほうがいいのかもしれない。あなたたちふたりをここに残していったほうがいいのかも」

「本当はそうは考えていませんよね。あなたがお父さんに、鉱山のなかで緩慢な死を迎えさせるはずがない」

テューダーは再びため息をついた。「あんたの言うとおりですよ。そんなことはできません。もう十分に良心の呵責を覚えているんだ。これ以上はたくさんです。あんたが救急車を呼びに行っているあいだ、わたしは父のそばにいます」

救急隊員と戻ってきたとき、トレフォー・トーマスが死んでいたことを知ってもエヴァンが驚くことはなかった。

28

「きみはとんでもなく運がいいらしいな」その日の午後遅く、ヒューズ警部補に提出する報告書を書き終えたエヴァンに、ワトキンス巡査部長が言った。「それとも霊能者なのか」

「ただ幸運だっただけですよ、巡査部長」エヴァンが応じた。「ロバート・ジェームズを追ってブライナイに行ってみたら、たまたま鉱山にだれかが入っていくのを見かけた気がしたんです。それであとをつけたんです」

「恐ろしくばかな行為だったと思うぞ」

「ええ、そのとおりでした。すぐに気づきましたよ」

「結局、絵の盗難とはなんの関係もなかったことがわかったわけだな？　たいていの殺人事件と同じで、これもまた人間ドラマだったということだ。これまで表沙汰になっていなかったのが驚きだよ。どうやってこんなに長いあいだ、秘密にしておくことができたんだろう？」

「彼女は手紙を残していたようなんです。トレフォーが彼女の筆跡を真似て、親に送ったんでしょう。それに戦時中でした——人の居場所を突き止めるのは難しかった。彼女はいつもアメリカに行く話をしていたそうなので、だれも疑わなかったというわけです」

「気の毒な老人だな」ワトキンスが言った。「それだけの歳月、発見されるのを待つだけの人生だったのか」

エヴァンはうなずいた。「グラントリー・スミスは自分を捕まえに来たのだと思いこんでいました——でももちろん、そうじゃなかった」

ワトキンスはエヴァンの背中を叩いた。「カフェテリアで紅茶でもどうだ？」

「エドワード・フェラーズをスランフェアまで連れて帰らなきゃいけないんですよ」

「数分遅れてもどうということはないさ。彼はきみに借りがあるわけだしね。きみが真犯人を見つけていなければ、これほど早く釈放されることはなかったはずだ」ワトキンスはあたりを見まわすと、エヴァンに顔を寄せた。「それに、面白い話があるんだ」

ふたりは並んで廊下を歩いた。

「ハワード・バウアーのことですか？」エヴァンは尋ねた。

ワトキンスはにやりと笑った。「そうだ。今朝、少しばかり彼と話をしたら、白状したよ」

「白状?」スイングドアを押し開けると、カフェテリアには昼食のミートパイと野菜のにおいがまだ残っていた。

「そうなんだ。グラントリー・スミスは彼を脅迫していたらしい。彼はかなりの額を払ったんだが、グラントリーはそれだけでは満足せず、今回の映画に彼の名前を貸せと迫った。そうすることで、有名になる一歩を踏み出せると思ったんだろう。グラントリーを追い払えるならと考えたハワードは同意した」

「それがわかったのが遅くてよかったですよ。もっと早くわかっていたら、彼が第一容疑者になっていたでしょうから、ぼくはブライナイには行っていなかった」エヴァンは言った。「グラントリーから自由になれるチャンスに彼が飛びついたのも無理ないですね」

「チャンスに飛びついた?」

「列車ですよ。彼が全部白状したのかと思っていましたが」

ワトキンスは目を丸くした。「ハワードが彼を列車から突き落としたのか?」

「そんなあからさまなことじゃないんです。彼はただ、ロックがちゃんとかからないように細工しただけです。グラントリーが自分で身を乗り出して、そのあとの仕上げをしたんですよ」エヴァンは紅茶のカップを取り、代金を払い、空いているテーブルに向かった。ワトキンスがそのあとを追った。

「そんなことは言っていなかったじゃないか」

「話すつもりだったんです。ただ、今回の事件に直接関係はありませんでしたから。ハワードに素手でグラントリーを絞め殺せるほどの力がないことは、はっきりしていましたし。それで、グラントリー・スミスはなにを種に彼を脅迫していたんです？恋愛沙汰ですか？」

ワトキンスはまたにやりと笑ってから、ゆっくりと紅茶を飲んだ。「オスカーを取った、例のドキュメンタリーだよ――ほら、アフリカの内戦の。あれは偽造だったんだ」

エヴァンは思わず自分のティーカップから顔をあげた。「バウアーはドキュメンタリーを偽造したんですか？」

ワトキンスはうなずいた。「アフリカには行ったが、紛争地帯に近づくことはなかった。部族民を雇って劇的なシーンを再現させたらしい。もちろん彼らは、戦いごっこが気に入った。そこに、ニュースで流れた本物の映像を組み入れたというわけだ」

「なんてこった！」エヴァンは声をあげて笑った。「グラントリー・スミスはどうして気づいたんですか？」

「グラントリーは彼のインターンだっただろう？　グラントリーがケンブリッジで人

類学を専攻していたのが、ハワードにとっては不運だった。それもアフリカが専門だったんだ。だから写真を見て、写っている部族が違うことに気づいた。それでさらに嗅ぎまわってみたところ、すべてが演出だということがわかったというわけだ。このことが公になれば名声は地に落ちるから、グラントリーを黙らせておくためにハワードは言われるがまま金を払ったんだ」

「事実は公になると思いますか？」

「わたしたちが口を出すことではないだろう？　殺人事件とは無関係だ」

「ハワードは、自分がアフリカ人と一緒に写っている写真を盗んだ」エヴァンは言った。「エドワードは、グラントリーと一緒に写っている写真を盗んだ」

「確かにグラントリー・スミスは、他人を支配するのが好きだったようだな。危ない橋を渡るのが好きだったわけだ。きみと同じだよ。彼のような目に遭わないように気をつけるんだな」

「そのつもりはありませんよ。自分の仕事をして、週末は山に登る。それだけでいいんです」

「ずいぶん退屈な人生のように聞こえるが。身を落ち着けて、人生の本当の意味を学び始めてもいい頃だと思うぞ」

「家族を持てということですか？」

「いいや。水漏れする食器洗い機を修理したり、壁紙を貼ったり、芝を刈ったりということさ」

エヴァンはくすくす笑った。「いずれはそういうことをすると思いますよ。ふさわしい相手が見つかれば、ですけれどね」

そう言っているところにドアが開いて、グリニスが入ってきた。エヴァンに気づいて、彼女の目が輝いた。「全部聞きました——真犯人を追いつめたのはあなただそうですね。素晴らしいわ！　どうやったのかをぜひ聞かせてください。この仕事を続けていくためには、学ばなきゃいけないことがたくさんあるんです」

「真犯人を追いつめた？」ワトキンスが訊き返した。「エヴァンズが彼を見つけたのは、まったくの偶然なんだ。自分でそう言ったんだぞ。この男は強運の星の下に生まれついている。それだけのことだ」

「それって悪いことじゃないですよね？」グリニスは魅力的な笑顔をエヴァンに向けた。「それに、あなたは今回もまた謙虚すぎるだけなんだと思います。全部聞かせてください」

ワトキンスは立ちあがった。「わたしは遠慮しておくよ」

エヴァンも立ちあがった。「いや、いいんです、巡査部長。ぼくも帰らなきゃいけません。エドワード・フェラーズをホテルまで送っていくと約束しましたから。疑いが晴れたことを聞いて、ほっとしていましたよね。いまにも泣きそうだった」エヴァンはグリニスに向かって言った。「悪いが、すぐに帰らないといけないんだ」

「それじゃあ、また次の機会に」グリニスはいま一度、うっとりするような笑みを浮かべた。

「もちろんだ。それじゃあ、また」

エヴァンはワトキンスと共にその場をあとにした。カフェテリアを出ると、ワトキンスはエヴァンの脇をつついて言った。「彼女はきみを気に入っていると言っただろう？　まったくきみは、幸運の塊だよ」

三〇分後、エヴァンはすっかりおとなしくなったエドワード・フェラーズを車に乗せ、スランフェアに向けて峠をのぼっていた。どちらも無言だった。エヴァンはエドワードと話をしたくなかったし、エドワードはまだ釈放されたことに茫然としていて話をするどころではないようだった。エヴァンが今回の事件を解決したのは、単に運がよかっただけだとワトキンスは考えているらしい。確かに、あながち間違ってはいない。真相に近づいているとエヴァンは感じていたし、正しい方向に進んでいることはわかっていたけれど、トレフォー・トーマスがエヴァンのあとをつけてくることができるくらい、長時間ひとりでいたのはたまたまだ。エヴァンがジンジャーの遺体を見つけたことも。一〇〇万年たっても、エヴァンがその可能性に気づくことはなかっただろう。盗まれた絵のことばかりを考えていた。つまり、すべては運がよかったというだけだ。たいした意味はない。功績を認められることはないだろう。それどころかヒューズ警部補は、エヴァンがまた首を突っこんだというので腹を立てるかもしれない。つまり、少しも昇進には近づいていない。

車は村を抜け、エヴァンは〈エヴェレスト・イン〉でひどく恐縮しているエドワード・フェラーズをおろした。

「なんてお礼を言っていいのかわかりません」彼は言った。「文字通り、ぼくの命を救ってくれた。もしぼくにできることがあれば……」

ブロンウェンに近づかないでくれとエヴァンは言いたかったが、言わなかった。

「自分の仕事をしただけです」言い古された決まり文句が、面白いほどさらりと口から出てきた。「それで、あの飛行機はどうなるんですか?」

「始めたことは終わらせますよ」エドワードが答えた。「あと一歩なんです。もう一日、状態のいい日があれば終わります。天気がよければ、明日、クルーを向かわせます。なので、明日、向こうで会いましょう」

エドワードは手を振ると、死刑囚監房から逃れたばかりの男とは思えない足取りで、ホテルに入っていった。エヴァンは警察署に戻り、その日の報告書を書いた。唐突に、激しい疲れを感じた。鉱山のなかにいたあいだ、ずっとアドレナリンが体内を駆けめぐっていたのだ。その反動が襲ってきたようだ。〈レッド・ドラゴン〉でブランデーという選択肢もあったが、あそこに行けば、噂を聞いてさらにくわしい話を知りたがっている詮索好きな村人たちと顔を合わせなければならない。いまは話をしたい気分ではなかった。ひとりになりたかった。

警察署に鍵をかけ、坂道をのぼり始めた。どこに行くあてもなく、ただ顔に当たる風を楽しみながら、脚に力が戻ってきたことを確かめていた。気がつけば、コテージの焼け跡が目の前にあった。再建することを夢見ていたコテージだ。その場に立ち尽くし、焼け跡をじっと見つめた。どうして再建できると考えたのか、不思議だった。黒焦げの骨組みが残っているだけだ。再建するとしたら、一からやり直すことになる。一緒に暮らすブロンウェンがいないのなら、そんなことをする意味があるだろうか？トレフォー・トーマスがどんな思いでいたのか、エヴァンは理解できる気がした。愛した人が去っていこうとしていて、自分にはそれをどうにもできないことを知ったとき、どれほど怒りと無力さを感じるものなのかを、エヴァンは実感していた。

「それで、できると思う？」傍らから穏やかな声がして、エヴァンは胸から心臓が飛び出しそうになった。山道をのぼってきたせいでブロンウェンの頬はピンク色に染まり、普段はきちんとまとめられている髪は顔の前で風になびいていた。

「あなたを捜しまわったのよ」ブロンウェンは息を切らしていた。「エドワードが来て、話してくれたの。あなたって素晴らしいわ、エヴァン。どれほど感謝してもし足りない」

自分の仕事をしただけだというぅいつもの決まり文句が、どういうわけか出てこなかった。言いたいことはたくさんあるのに、なにひとつ言葉にならない。

「それで、これからどうなるんだ？」エヴァンは尋ねた。

「飛行機は必ず引き揚げるって言っていたわ。それが終わったら、帰るんでしょうね」

「きみは？」

「わたし？」ブロンウェンは驚いた顔になった。「これまでの生活に戻るのよ」彼女は目を細くした。「ちょっと待って。まさかあなたは……」

「きみは、彼をまだ愛していると言った」

「ええ、そうよ――雛を愛する母鳥みたいにね。まさか、わたしが彼のところに戻ると考えていたんじゃないでしょうね？」

「どう考えればいいのか、わからなかった」

「エヴァン、彼は自分がゲイだと告げて、わたしから去っていったのよ。関係を続けたいと思う理由にはならないわ。それに聞きたいのなら話すけれど――」ブロンウェンは顔を伏せ、近くにあった土の塊に片方の爪先をめりこませた。「――それ以前から、淡々とした関係だったの。夜には模型飛行機を作っているような人だった。寝室には、第二次世界大戦当時の飛行機が一四機も飾られていたわ。とてもじゃないけれど、情熱が生まれるような雰囲気ではなかった——なにも生まれるはずがないわよね。わたしはいずれ子供がほしかったのに」ブロンウェンは唐突に顔をあげ、挑むようなまなざしをエヴァンに向けた。

「きみは彼らといて、とても居心地がよさそうだった」エヴァンはとがめるような口調で言った。「知らない人を見ているような気がしたよ。きみたちは同じ言葉を話しているのに、ぼくだけは違う惑星から来たみたいだった」

「ケンブリッジは楽しかったわ。でもいまはここで満足しているの。人は成長するものよ。そうでしょう？　グラントリーみたいな人は別として。ああいう人たちはずっと変わらない」ブロンウェンは身震いした。「それで、あのコテージのことはどう考えているの？　本当にまた建てられると思う？」

「大変な作業になる」エヴァンは言った。「それだけの価値があるんだろうか。村からかなり離れているし、不便だからね」

「でも景色が素晴らしいわ。世界が足元に広がっているのよ。朝、目を覚ましたらこの光景が広がっているところを想像してみて」

エヴァンはうなずいた。眼下では、冬のもやのなかにスランフェア村がひっそりとたたずんでいる。峠をくだる曲がりくねった道は、はるか彼方の海へと続いている。谷の向こうにそびえる山々の先に、山頂に雪を頂くスノードン山がそびえている。

「それに、遠すぎてだれも休日にあなたを探しに来られないわ」ブロンウェンが言葉を継いだ。「それを言うなら、うるさいわたしの親もね」

「ブロンウエン、それって――」

「気づいたことがあるのよ。どうしてかわからないけれど。あなたって、まだ一度も愛しているって言ってくれていないわ」

「もちろん愛しているよ」エヴァンは言った。

「わたしも愛している」

エヴァンは彼女を抱き寄せて、キスをしようとした。

「エヴァン」ブロンウェンが抵抗した。「ここは、村のどこからも丸見えなのよ」

「彼らはなにもかも知っているさ」エヴァンは笑いを含んだ目で彼女を見つめた。「ぼくが何時にきみの家を訪れて、何時に帰ったのか。それどころか、そのあいだになにがあったのかもね」

「そうね」ブロンウエンはエヴァンの首に腕をからめた。「そういうことなら、わたしはもうふしだらな女ということだから、人前でキスをしてもどうということはないわね？」

「そういうことだ」エヴァンはそう言うと、彼女にキスをした。

「それじゃあ、きみは本当にここで暮らすことを考えているんだね——ぼくが、ここを建て直したら？」ふたりで山をくだりながら、エヴァンは尋ねた。

ブロンウェンは顔にかかった髪をはらった。「いつかはね。でも、あなたが自分の面倒を見られるようになってからよ。ミセス・ウィリアムスがすっかりあなたを甘やかしているんですもの」エヴァンががっかりした顔になったことに気づいて、ブロンウェンは彼の手を取った。「いまからでも始められるわ。わたしがお料理をするから、あなたはお皿を洗うのよ！」

大きな凧（たこ）を引きずりながら走る幼い子供のように、ブロンウェンはエヴァンの手を引いて山道をくだり始めた。

翌朝、エヴァンは湖の撮影現場に戻った。いまにも雨が降りそうな、どんよりした日だった。水面が霧に覆われているせいで、潜水用の装備はまるで湖から顔を出した大きな黒い怪物のように見えた。

「すぐにでも浮いてくるぞ」エドワードが言った。「浮き輪を取りつけ終えて、いま空気を入れているところだ」

湖岸では、緊張した面持ちの人々が待ち構えていた。ハワードはカメラをまわしている。ダイバーふたりが水面に顔を出し、親指を立てて見せた。泡が立ったかと思うと、伝説の巨大生物クラーケンが目を覚ましたかのように、大きななにかが浮きあがってきた。鯨（くじら）の背びれのような翼が水面からのぞき、続いてコックピットが現われた。人々は一斉に息を呑み、自然と拍手が湧き起こった。

「やったぞ！」エドワードはあたりを走りまわり、そこにいる人たちに片っ端から抱きついた。「よくやった。よくやってくれた」

一行は、岸に引き揚げるためのウィンチのケーブルを持ったダイバーのひとりが、飛行機に近づいていくのを見守った。サンディが叫んだ。「あれはなに？」

一行は霧のなかに目を凝らした。

「あれはなんだ？」ハワードがつぶやいた。

水面から現われた白い腕が、剣を振り回している。

「湖の乙女だ」カメラマンのひとりが声をあげた。「なんてこった、湖の乙女だ！」濡れて光る腕に続いて、白い顔が現われた――赤い髪から水を滴らせている白い顔。エヴァンは岸に駆け寄った。

「ベッツィ！　いますぐ水からあがるんだ」エヴァンは怒鳴りつけた。

「言われなくてもわかっているわよ」ベッツィが叫び返した。「凍えそうに冷たいの。

腕がうまく動かない」苦しそうにあえぎ始める。「助けて！　泳げそうにないわ。溺れる。助けて！」

エヴァンは上着を脱いで湖に飛びこもうとしたが、ダイバーたちがすでに向かっていた。ベッツィはかろうじて飛行機にたどり着き、ふくらんだ浮き輪にしがみついてダイバーたちが助けに来るのを待った。そしておとなしく彼らに引きずられて、岸まで戻ってきた。

エヴァンは彼女を引っ張りあげた。「なんてばかなことをするんだ！　尻をひっぱたかれたいのか、ベッツィ・エドワーズ！」

タオルでくるまれたベッツィは、恥ずかしそうに笑いながらエヴァンを見あげた。「あなたがそうしてくれるなら、わたしはかまわないわよ」

湖で叫び声があがった。「気をつけろ。沈むぞ！」

「支えきれない。離れろ！」

飛行機ががくんと揺れたかと思うと、浮き輪がはずれ、エドワードが苦悩に満ちた悲鳴をあげた。だれもなにもできないでいるうちに、古い戦闘機は音もなく、再び湖の底へと沈んでいった。

「なにをしたんだ？」エドワードの絶望の声が湖に反響した。「沈んだ。失ってしまった。もう取り戻せない！」

「それほど悲観することはないと思います」ウィンチを操作していた男は、取り乱しているエドワードを落ち着かせようとして言った。「ラインはつながっていますから、もう一度浮き輪をつけるだけですみます」

「だがそれには何日もかかる」エドワードは悲嘆にくれていた。

「このままにしておこう、エドワード」ハワードは静かな声で言った。「あのドイツ人の老人が言ったとおり、ここは墓場なんだ。死人を目覚めさせても、なにもいいことはない」

「あたしのせい？」ベッツィは振り返り、ソーサーのような大きな目を湖に向けた。「そんなつもりじゃなかったの、本当よ」

「きっときみとは無関係だと思うよ」エヴァンはそう言ったものの、彼女がしがみついたせいで浮き輪がはずれたのかもしれないと考えていた。「ああいう飛行機は扱いにくいものだからね」

「本当にごめんなさい。ばかなことをしたわ。いまならわかる」エヴァンのコートを着たベッツィは、震えながら彼の隣に立った。「でも、本当にそんなつもりじゃなかったのよ」

「わかっているよ。きみはただ映画に出たかっただけだ。その手の夢をかなえようとして、人はこれまでも愚かな危険を冒してきたんだ」

ベッツィはうっとりとエヴァンを見つめた。「わかってくれるのね。あなたときたらあたしの邪魔ばかりするんだもの。ものすごく怒っているのかと思っていた」

「きみが溺れたりしたら、ぼくはものすごく怒っただろうね」

ベッツィは期待に満ちたまなざしを彼に向けた。「そうなの、エヴァン・バッハ？本当に？」

「当たり前じゃないか。ベッツィ、よりによって真冬の湖で泳ぐなんて。よほど映画に出たかったんだね」

「そうなのよ。こんなに有名になりたかったなんて、自分でも気づいていなかったわ」

「それなら、ちゃんとしたやり方で取り組むんだ。本当に女優になりたいのなら、貯金をしてレッスンを受けることだ。そうすれば、きみに才能があるかどうかがわかる」

「才能？」ベッツィはもう震えていなかったし、従順でもなかった。「前にあたしの才能を認めてくれていたじゃないの、エヴァン・バッハ。〈レッド・ドラゴン〉であなたたち男性があたしに向ける目つきを見れば、あたしには必要な素質がたっぷりあることくらいわかるわ！」

ベッツィはエヴァンを従えるようにして、村へと戻る山道を気取って歩き始めた。

二軒の礼拝堂までやってくると、ベウラ礼拝堂のドアに貼り紙がしてあるのが見えた。〝子供たちによるキリスト降誕劇。本日リハーサル〟

突然、ベウラ礼拝堂から甲高い悲鳴が聞こえた。勢いよくドアが開いて、ミセス・パウエル＝ジョーンズが飛び出してきた。そのあとを大きなひつじが怒って追いかけていく。子供たちがうれしそうに運動場のフェンスに駆け寄り、道路の向こうに消えていくミセス・パウエル＝ジョーンズとひつじに歓声を送った。


あの絵を処分したかったが、あの鉱山に二度と行くつもりはなかった。なので、家の壁にかけたままにした。見つかったら、見つかったときのことだ。わたしは戦争に行く。生きて帰れるとは思っていなかった。

けれど生き延びた。わたしは極東に送られ、さらなる地獄がそこで待っていたことを知った。日本軍にとらえられ、捕虜収容所で一年過ごした。地獄は散々経験したが、そこは本物の地獄に一番近かった。いまになっても、そのときの話はできない。仲間のほとんどは死んだが、わたしは死ななかった。神さまのちょっとしたジョークなのだろう。わたしを生かしておいて、自分がしたことを繰り返し体験させようとしたのだ。

戦争が終わり、わたしは家に戻ってくると、再び鉱山で働いた。よくそんなことができたと思われるかもしれない。だが、戦後は仕事を見つけるのが難しかったし、ジンジャーを埋めた場所は古い作業場で、もう近づくことはない場所だった。

一年ほどたった頃、みんなに勧められたので結婚した。そのときは、それほど悪い考えではないような気がした――健康な男にはベッドを共にし、面倒を見てくれる女性が必要だ。彼女は物静かで、見た目も悪くないいい子だった。いつかは彼女を愛しく思うかもしれないと思ったが、そんな日は来なかった。彼女も気づいていたのだろう。ある年の冬、肺炎にかかった彼女はあっさりと死んでしまった。あとには幼い息子が残された。わたしはいい父親になろうとしたが、息子のこともそれほど愛しいとは思えないままだった。

わたしがすっかり変わってしまったのは、戦争と捕虜収容所での経験のせいだとだれもが考えていた。けれどそうではなかった。わたしの心は一九四二年に死んだ。二度と絵を描くことはなかった。

あの絵？　いまもわたしの家の壁にかかっている。わたしが死んだら、おそらくほかの荷物と一緒に息子が処分するだろう。息子が真実を知ることはない。だれもこのテープを聞くことはないからだ。すべてを語り終わったから、このテープは燃やしてしまう――煙となって消えるのだ。わたしの夢と愛と人生と共に。

訳者あとがき

《英国ひつじの村》シリーズ第五巻『巡査さんを惑わす映画』をお届けいたします。

今回、スランフェアにやってきたのは、映画撮影チームでした。当然のことながら、村じゅうが大騒ぎです。撮影の邪魔にならないよう、村人たちを現場に近づかせないことがエヴァンに与えられた仕事でした。けれど村人たちは、エヴァンがあらかじめ忠告していたにもかかわらず、撮影現場をのぞきに来ます。なかでも熱心だったのがベッツィでした。監督に見いだされて芸能界デビューできるかもしれないと舞い上がってしまい、エヴァンの忠告も聞かずに、あの手この手で撮影チームに近づこうとするのでした。

けれど実のところ、彼らが撮影していたのは華やかなスターが登場するような映画ではなく、地味なドキュメンタリーでした。第二次世界大戦中にスリン・スラダウ湖に沈んだドイツの爆撃機を引き揚げるところを撮影しようというのです。作業そのものは順調に進んでいきますが、チームのメンバーであるグラントリーはそれだけでは飽き足らず、いろいろな要素を組み込もうとして混乱を招きます。チームの人間関係にもなにか複雑なものがあるようでした。エヴァンもまた、平静ではいられませんでした。チームのメンバーであるエドワードがブロンウェンの元夫だったのです。グラントリーを含めた三人はケンブリッジ時代の同級生だということで、昔話に花を咲かせる彼らを眺めながら、エヴァンは複雑な思いにかられます。そんななか、グラントリーの行方がわからなくなります。エヴァンは彼の行方を捜し始めますが……。

本書では軸となるストーリーと並行して、一九四〇年頃の話が語られます。現在の事件とはまったく無関係に思える物語ですが、読み進むうちにすっかり引き込まれていることに気づくでしょう。著者は第二次世界大戦時代を舞台にしたシリーズも執筆していますから、時代考証がしっかりしているということもあるでしょうが、ナショナル・ギャラリーにある絵をすべてウェールズの鉱山に隠したという、とても本当とは思えない話のインパクトが大きいかもしれません。

第二次世界大戦勃発の直前に、ナショナル・ギャラリー所蔵の絵画はウェールズ各地に移動させられました。移動先に選ばれたのはペンリン城、バンガー大学、アベリストウィス大学などでしたが、一九四〇年になると戦火が迫り、より安全な保管先が必要になります。そこで選ばれたのがウェールズの採石場でした。当初はカナダが保管先の候補にあがっていたようですが、当時のナショナル・ギャラリー館長宛てに『洞窟や地下壕にでも隠すように。一枚の絵画もイギリス諸島から出してはいけない』という首相ウィンストン・チャーチルからの電報が届き、ウェールズに運ぶことになったそうです。空っぽになったナショナル・ギャラリーでは毎日ピアノの演奏会が開かれ、毎月一点の絵画が採石場から運び出されて展示されていたといいます。戦時中でも人々が芸術を楽しんでいたことがよくわかりますね。

閉所恐怖症の気があるエヴァンは、第四巻で海峡トンネルを使ってフランスに渡る際にも青い顔をしていましたが、本書では地下にある採石場という、それ以上に厳しい場所へと足を踏み入れることになります。ワトキンス巡査部長にさえ、あれだけの岩が頭上にあると思うとぞっとすると言わしめるようなところですから、エヴァンがどれほどの恐怖にさらされたのかは想像にかたくありません。そのうえ、突如としてブロンウェンの元夫が現われたことで嫉妬にかられたり、想像していた以上に彼女が聡明であることを知らされて劣等感を刺激されたり、さらにはワトキンス巡査部長のパートナーの座を若き女性刑事デイヴィス巡査に奪われたりと、今回のエヴァンはいろいろと辛い目に遭うようです。捜査をはずされたエヴァンがどうやって事件を解決するのか、ブロンウェンとの関係はどうなるのか、エヴァンにエールを送りながらお読みいただきたいと思います。

次巻ではベッツィがなにやら怪しい宗教だかニューエイジ・グループだかに傾倒して、

危険な目に遭うことになるようです。二〇二一年一二月に刊行予定です。どうぞお楽しみに。

コージーブックス

英国ひつじの村⑤

巡査さんを惑わす映画

著者　リース・ボウエン
訳者　田辺千幸

2021年　1月20日　初版第1刷発行

発行人　成瀬雅人
発行所　株式会社　原書房
〒160-0022 東京都新宿区新宿1-25-13
電話・代表　03-3354-0685
振替・00150-6-151594
http://www.harashobo.co.jp
ブックデザイン　atmosphere ltd.
印刷所　中央精版印刷株式会社

落丁・乱丁本はお取り替えいたします。
定価は、カバーに表示してあります。
 ISBN978-4-562-06112-9 Printed in Japan